CARAMBAIA

Posfácio
Constância Lima Duarte

Iracema Guimarães Vilela

Nhonhô Rezende

Romance

Sob o pseudônimo de
Abel Juruá

NOTA À EDIÇÃO

Iracema Guimarães Vilela foi uma das tantas autoras brasileiras vítimas do apagamento literário que acometeu as mulheres de sua geração e das gerações que a antecederam. Não se sabe ao certo quando a autora nasceu, mas se supõe que tenha sido na década de 1880; seu falecimento ocorreu em 1941. Escreveu romances, contos e textos dramatúrgicos, além de considerável produção para a imprensa, sempre com o pseudônimo masculino de Abel Juruá, maneira que encontrou para adentrar o universo das letras de então, dominado por homens.

O texto usado como base para esta edição é o da primeira redação do romance, publicado em 1918 pela Livraria Editora Leite Ribeiro & Maurillo do Rio de Janeiro. Aqui foram realizadas atualizações ortográficas e correções de erros tipográficos, além da atualização da grafia dos nomes próprios. Mantivemos, no entanto, a grafia antiga de palavras cuja vigência ainda é aceita pelos dicionários brasileiros. Também optamos por respeitar o costume da época de se iniciar frases com letra minúscula sempre que forem posteriores a frases terminadas em exclamação ou interrogação. Alterações de outra ordem, como de pontuação, foram feitas apenas quando a compreensão do texto ficava comprometida, sobretudo no que se refere à virgulação.

Uma interferência importante realizada por esta edição: como a original dava início à numeração dos capítulos apenas a partir do terceiro, foi preciso indicar, de forma arbitrária, porém tentando respeitar a alternância de temas, o ponto em que se inicia o capítulo II.

Boa leitura!

**Ao Gastão, o meu maior, melhor
e mais estremecido amigo.**

—

**Abel Juruá
Rio de Janeiro, junho de 1917.**

I

O relógio de bronze da sala de jantar bateu compassadamente quatro sonoras pancadas, e Nair, que, recostada na cadeira de balanço percorrera por alto a *Gazeta de Notícias*, dobrou-a em quatro, e atirou-a para cima da grande mesa do centro. Estava vestida com um roupão de cassa azul-pálido, e o sol, irradiando pela sala toda, ia doirar, ao de leve, os seus formosos cabelos castanhos que se enrolavam na nuca numa trança grossa e larga. Ela espreguiçou-se; tinha tanta coisa a fazer naquela tarde! Esboçara na véspera um quadro a óleo, queria também acabar um vestidinho da filha! Levantou-se com um bocejo e, para sacudir a moleza que lhe entorpecia os movimentos, pôs--se a endireitar os panos bordados dos aparadores de peroba--revessa. A sala de jantar tinha um aspecto alegre, com o papel salpicado de flores vivas, as cortinas pardas, muito leves, onde adejavam, em relevo, borboletas multicores, e as três amplas janelas que abriam para a chácara enorme, bem coberta de arvoredos, sob cujas frondes opulentas apetecia descansar o corpo e devanear o espírito. Por toda ela havia sombras acolhedoras, e perfumes penetrantes que se espalhavam profusamente naquele ar puríssimo de Teresópolis.

Nair aproximou-se do peitoril e ali se quedou pensativa. Um gorjear forte de pássaros saiu das magnólias fronteiras, e foi aumentando, aumentando, até encher a atmosfera de trinados delirantes. Com a cabeça encostada à mão, o olhar vago, pôs-se a meditar quanto a vida lhe deslizava serena, sem preocupações de espécie alguma, e como o destino acedera, afinal, aos rogos do seu coração desiludido, recompensando-lhe a triste orfandade com um marido tão bom, honesto e generoso como Antonico, e livrando-a de Nhonhô Rezende, aquele insinuante e pérfido Nhonhô que ela receara não poder mais esquecer.

Aos poucos, e numa ternura demorada, o seu pensamento poisou-se na imagem da mãe, toda dedicação e carinhos, que, sem desfalecimentos nem hesitações, lhe consagrara a viuvez ainda viçosa e bela, desfazendo-se em seu proveito de tudo que possuía, até mesmo da mesquinha pensão, legada pelo austero desembargador, a fim de a não privar dos professores escolhidos que a sua educação exigia.

Esse excesso de zelo maternal compreendia-se perfeitamente, porque Stella, a sua única irmã, fora desde pequena entregue aos cuidados de uma tia, D. Guilhermina de Albuquerque, senhora milionária e bondosíssima que a reclamava insistentemente com direitos de madrinha extremosa.

Nair, agora, sorria ao recordar-se dos grandes olhos espavoridos que a pequena, nas suas curtas visitas, fixava naquela casa onde só se ouviam lamentações e suspiros. A mãe beijava-a, acariciando-lhe os longos cachos escuros, as lindas faces morenas, as finas mãos aristocráticas... Era em vão: Stella esquivava-se, contrafeita, e o seu arzinho assustado somente a deixava quando a sombria figura materna desaparecia da sua presença. Ao princípio, tão brusca separação lhes fora dolorosa, uma saudade mesclada de arrependimento pairava naquele ambiente pesado, mas quando D. Cocota viu a filha a residir em palácios, ostentando um luxo de princesa, abençoou a coragem que tivera num momento de angustiosa resolução. A diferença de idade entre as duas irmãs era sensível, porque, na ocasião de Stella nascer, Nair tinha 10 anos, mas o seu semblante grave já revestira aquele suave recolhimento que tão indefinível encanto lhe impregnava à fisionomia. Da mãe herdara a meiguice, o gênio calmo, o modo de falar sem gestos, um gosto notável pelo estudo do pai, a integridade de caráter e a sóbria distinção do seu porte.

Nair foi deixando o pensamento divagar... Quanto amara Nestor Rezende, ou Nhonhô Rezende, como o chamavam na intimidade! Quantos sobressaltos não tivera quando ele ia a sua casa à noite, com pontualidade escrupulosa, acompanhado pela irmã, aquela escultural Clotilde, que se tornara depressa sua inseparável amiga, e a embalava com palavras de ambrosia que ocultavam habilmente intenções malignas!

Parecia ainda vê-lo todo de claro, com um laço negligente na gravata vermelha – o que lhe dava um aspecto muito juvenil e despretensioso – fixando nela os seus olhares de fogo, fascinando-a com a sua voz quente, persuasiva, que lhe perturbava por completo a recatada timidez! Nestor assenhoreara-se dos seus pensamentos, e ela, supondo-o sincero, vencia a custo a indiferença que lhe inspirava tudo que não tratasse dele. De resto, sentia-se desvanecida por esse culto fervoroso que não afrouxava nem desaparecia.

Via-o abandonar por ela as melhores distrações e fugir do círculo dos amigos, não admitindo que nada interrompesse o ardor da sua ternura. Ela era pobre, ele sabia-o; não estava, portanto, atraído pelo seu dote. E quando, para tentar a fortuna que a Pátria lhe recusava, Nestor foi obrigado a aceitar oferecimentos vantajosos na República Argentina, ela sofreu todos os tormentos da saudade, avivada ainda mais pela solidão que a cercava. No entanto Nestor era pontual, não tinha preguiça de escrever, embora frequentes vezes manifestasse uma súbita descrença no futuro, atendendo aos negócios que não progrediam. Ela afligia-se; mas, sempre palpitante de esperanças, ia adiantando os trabalhos que preparava às escondidas para o seu futuro ninho.

Passados dois meses de um silêncio desusado, recebeu uma carta que, logo ao abrir, lhe alterou a expressão tranquila do rosto.

Nestor dizia:

"Perdoe-me, Iaiá, mas sou forçado a romper, pois não vejo nada róseo no futuro, tudo ao contrário, apresenta-se negro e incerto. Perdoe-me ter ocupado tanto tempo a sua mocidade, mas resta-me a consolação de sabê-la boa, inteligente e bela, e ter a certeza de que outro, mais ditoso, poderá fruir a suprema ventura que eu, mísero, não consegui alcançar. O mundo é caprichoso e mau; enquanto uns têm por guias astros deslumbrantes que lhes facilitam a

existência e os conduzem à glória, outros vivem renegados e taciturnos; como Silvio Pellico no cárcere. Esqueça-me; não aspiro mais ao seu amor e seria indigno se o fizesse. Tenho pensado no suicídio, mas a religião ordena-me que viva e percorra com o lenho este calvário de angústias. Viverei. Não me maldiga, pense em mim como no mais desgraçado dos homens, guarde-me amizade fraternal.
Nestor."

Nair chorou muito, porque, dentre aquelas frases rebuscadas, apenas leu o sentimento de elevada generosidade que sufocava os próprios tormentos, para exclusivamente ocupar-se da felicidade que desejaria oferecer-lhe, e se via forçado a negar-lhe, atendendo à sua posição incerta e precária. Os sofrimentos íntimos que ela lhe adivinhou pareceram-lhe tão intensos que a pobre moça desafogava a mágoa em soluços desesperados. A muito custo, dominou-se, para a mãe, já em estado grave, lhe ignorar o desgosto, mas, descobrindo os enormes laivos que as lágrimas dele haviam deixado sobre o papel, ficou fora de si e sem poder calmar a agitação febril em que se debatia, começou a responder-lhe numa explosão de dor, afirmando-lhe querer ser pobre sempre, uma escrava do trabalho, mas viver para ele, por ele e com ele. Como estivesse, porém, muito exaltada, guardou a resposta para enviar-lha mais tarde, o que não fez por se ter agravado o estado da doente e ser forçada a empregar nos serviços caseiros todos os momentos que lhe sobravam do seu mister de enfermeira, extenuada por intermináveis vigílias.

Uma manhã, aproveitando enganosas melhoras da viúva, releu ainda a carta de Nestor, e, como estava mais calma, sentiu-se enojada com aquelas frases traiçoeiras que tanto a haviam sensibilizado. Resolveu não lhe responder, manifestando-lhe desprezo com o seu silêncio. Ele não merecia mais nada; achou-o indigno, desapiedado para com a sua inexperiente juventude, forjando expressões literárias com o único intuito de disfarçar a ânsia que tinha em libertar-se dela. Essa tremenda decepção prostrou-a ainda mais e concorreu para o abatimento em que ficou com a morte da mãe, um mês mais tarde. Desesperada pelo desaparecimento da sua inigualável amiga, Nair, que fora viver com a tia Guilhermina, encerrou-se no seu quarto, como numa cela, não saindo nunca, não vendo ninguém, inteiramente entregue às suas pungentes recordações. Livre-pensadora, não buscava na religião o conforto de que necessitava, recusando-se mesmo a frequentar igrejas e ajoelhar-se nos confessionários, apesar das contínuas súplicas da tia, que considerava esses atos de humildade poderosos lenitivos para os sofrimentos morais. Às vezes, a seu pesar, lembrava-se de Nestor, mas nunca mais obtivera notícias dele. Morreria? residiria no Rio? O orgulho impedia-a de o indagar, pois estava agora convencida de que nunca fora amada por ele. Passatempo, vaidade, nada mais!

Soubera apenas que Clotilde se casara, por uma participação impressa atirada às incertezas do correio. Nem um rabisco a acompanhara, nem uma linha que atestasse uma lembrança, embora desvanecida.

Que infames! – pensou com desprezo – servi-lhes de joguete, e mais nada.

Dois anos de tristeza se escoaram, e afinal, um dia, cedendo aos constantes pedidos da tia e do primo Álvaro – um rapaz folgazão e amável –, decidiu-se a ir a um primeiro baile, ao qual se sucederam três concertos, uma recepção, um chá elegante... e a imagem de Nestor foi-se sumindo da sua memória dolorida como uma fotografia que se vai apagando, no decorrer monótono e fatigante dos anos. Quando, por acaso, rememorava alguns episódios daquele tempo, pasmava da sua falta de perspicácia e ria-se da sua ridícula ingenuidade.

Numa *soirée*, encontrou-se com Antonico, que lhe agradou pela sua atitude distinta e pela maneira de se exprimir, a qual denotava um caráter feito de reflexão e seriedade. Dançaram juntos, e todo o tempo conversaram sobre a sábia lição que a natureza fornece continuamente a quem a estuda e compreende. Ambos a amavam e tinham por ela doçuras infinitas que os incitavam a aborrecer ainda mais a sociedade frívola e pervertida em que viviam. Ele confessou detestar essa sociedade, sendo a sua única aspiração afastar-se dela, observando e cultivando a terra, para a qual sentia cada vez mais invencível predileção. E Nair, que durante tanto tempo repelira o amor, temendo ele a fizesse novamente padecer, começou a experimentar perto de Antonico uma doçura comovedora que a inebriava de paz e de tranquilidade. Seria aquela a alma gêmea da sua, que lhe traria o consolo e a esperança? Tudo nele lhe agradava. Era um homem sério, aplicando a inteligência em estudos úteis e ações refletidas. Desde muito jovem, o amor do campo e da árvore iluminavam a sua fisionomia máscula de traços regulares e viris. As suas palavras despretensiosas e amáveis sem exagero, profundas sem empenho de demonstrar erudição, encantavam pelo tom sincero e superior como as pronunciava. Álvaro, seu companheiro de infância, mostrava-se radiante com a união que antevia, D. Guilhermina mesmo, cônscia dos méritos dele, admirava-lhe o caráter puro que infundia involuntariamente respeito. Somente a aversão que ele manifestava pelo convívio mundano estampava nos lábios fatigados da velha senhora sorrisos de melancolia, porque, a seu ver, era ainda nessa sociedade, crivada por todos de sarcasmos e ironias, onde vibravam os mais magnânimos impulsos de caridade e de abnegação.

Depois de alguns meses de convivência com Antonico, durante os quais os seus espíritos se fundiram numa comunhão perfeita de ideais e de aspirações, o casamento ficou tratado no meio dos aplausos da família e dos amigos. Apenas Álvaro lhe disse uma vez, com o seu modo galhofeiro:

— É possível que você se habitue numa roça atrasada, onde as galinhas vivem cacarejando e esgaravatando o capim que cresce nas ruas?

— Já daqui estou a gozar a minha ventura – respondeu ela.

Ele fitou-a muito, como a querer sondar-lhe o pensamento:

— E eu sempre persuadido que você padecia de uma paixão oculta!

Nair corou, embaraçada. E por quem, não lho diria?

O primo encolheu os ombros. Como adivinhá-lo? Que sábio ou filósofo poderia jamais penetrar no abismo insondável de um coração de mulher?

II

Nair casou-se numa linda manhã banhada de sol. Os jardins sobrepujavam de flores, os bondes deslizavam rápidos, carregados de gente. Fizeram, a seu pedido, uma cerimônia simples, mas tudo sorria naquele sábado alegre, e os ricos salões de D. Guilhermina adornavam-se com festões de esplêndidas camélias encomendadas de Petrópolis. Apenas tinham convidado pessoas muito íntimas, mas as moças vestidas de claro punham tons festivos entre a riqueza dos estofos. E quando, ao *lunch*, Álvaro ergueu a taça de *champagne*, num pequeno brinde comovente, Nair, lembrando-se da mãe, que dormia no seu estreito e úmido jazigo, não pôde conter a emoção, e prorrompeu em soluços aflitivos.

Logo depois do casamento, os dois retiraram-se para Teresópolis, onde Antonico ficava todo o dia embrenhado nas duas fazendas que comprara, inteiramente entregue à sua paixão pela lavoura; e ela, perto dele, e da filhinha que viera abençoar a doce união, sentia-se mais feliz ainda, mais sã de espírito e de corpo, prosseguindo na sua vida calma em que o estudo e a arte ocupavam um grande lugar. Já tinham decorrido tantos anos e esse estado de coisas não se modificara ainda! Os dias iam-se sucedendo cheios de uma felicidade sempre igual, mas sem surpresas nem modificações. Nair sorria aos próprios pensamentos quando uma voz amiga a chamou de longe, despertando-a daquela meditação prolongada. A moça ergueu vivamente a cabeça e duas rosas vivas lhe desabrocharam nas faces morenas.

— Vou já – gritou muito alegre para o marido, que lhe acenava com as mãos.

E saiu para a chácara, suspendendo as saias por causa das folhas que se alastravam com abundância pela terra.

— Em que estava tão absorvida? – perguntou ele, passando-lhe o braço pela cintura.

— Nem sei mesmo!... Ou por outra, em assuntos tão sem importância... – respondeu ela sem desmanchar o sorriso.

Caminharam enlaçados até um banco tosco de madeira que um frondoso cambucazeiro sombreava com a sua abundante ramaria.

— Stella já voltou do passeio?

— Creio que ainda não – respondeu Antonico, sentando-se a seu lado. Depois, segundo o antigo hábito, começou a relatar-lhe o que fizera naquela tarde toda. Fiscalizara o serviço das abelhas, mandara começar novas plantações de legumes; as vacas já haviam recebido a sua visita quotidiana...

— E que cheiro, minha cara amiga, um delicioso e honesto cheiro que nos dá pensamentos sãos!

Dizia isso sorrindo e mostrando dentes magníficos. Todo o seu semblante respirava saúde e seriedade, desde a boca de lábios frescos até os olhos escuros que fitavam as pessoas bem de frente numa expressão de decisão e lealdade.

E, limpando a poeira das calças de brim pardo, falou-lhe nuns projetos um tanto audaciosos que se lhe tinham enraizado no espírito ultimamente. Faria grandes exportações para o Rio, e para esse fim adquiriria aquela terra que dali se avistava – e estendia os braços com orgulhosa satisfação.

A terra ora aparecia lisa e plantada em pequenas roças, onde o milho abundava elegante e flexível, ora negrejava compacta e sombria, quase cerrada pelo mato rebelde.

— Aqui é que se respira! – tornou ele. — De dia para dia, minha querida, mais admiro e amo a natureza! Leio e compreendo os seus íntimos segredos, e sinto desejos de beijar a terra devotamente, como se beijam os pés às santas. Repare, Iaiá, como essas árvores seculares nos fitam desdenhosas do alto da sua grandeza! Nasci para isto: é a minha vocação. A sociedade não me preocupa, tampouco ambiciono as honras de uma posição elevada ou brilhante, mas possuo essa grande ventura que nem todos conhecem: o sossego, a paz do espírito, e dentro da minha alma julgo que circula um pouco de seiva destas terras benditas.

E, a um sorriso dela, continuou com ardor:

— Há em mim um misto de civilizado e de selvagem, reconheço-o. Prefiro a companhia dos animais à dos homens. Até adoro o capim; o seu cheiro entranha-se na minha alma e aspiro-o com as narinas bem abertas.

— Estou convencida, Antonico, de que a vida da cidade não lhe conviria...

— Não a tolero, como não suporto essas festas sociais,

recepções e bailes resplandecentes de luzes e de decotes. Só me agradam o lustre admirável dos astros e os ombros nus das ninfas protetoras do meu milharal. E afirmo-lhe, Iaiá, nós é que verdadeiramente sabemos gozar a vida, sempre em contato com a natureza, investigando-lhe os mistérios e observando-lhe as transformações! A ideia da morte mesmo não nos aterra! Parece-me que só morreremos para descansar um pouco... e quando quisermos. Quem no Rio conhece quando se podam as árvores, se plantam legumes e se colhem sementes para novas plantações? Ninguém. De resto, nas grandes capitais, nada se sabe ao certo. Quando nos queremos informar se a lua está em crescente, recorremos à folhinha, quando chove ou faz sol, procedemos da mesma maneira. Não há tempo para o êxtase perante uma noite de luar! Apenas se diz a um amigo que passa de corrida "A noite está bonita, hein?". E alcança-se o bonde depressa, para não perder o espetáculo. A gente, na roça, sai para a estrada, e embebe a vista no firmamento que nos inunda com a sua luz maravilhosa. Olha-se para as mãos, para o rosto, para o cabelo, para os montes, para as casas... tudo é branco, até a nossa alma!

Uma voz alegre chamou-os da rua das hortênsias. Era Stella, que regressava do passeio com a sobrinha.

— O que a trouxe tão risonha? - perguntaram eles.

Sem lhes responder, a moça exclamou mesmo de longe:

— Aposto, Iaiá, que você não é capaz de adivinhar quem encontrei há pouco!

— Não...

— Uma verdadeira surpresa, aquele seu vizinho do tempo de mamãe: Nhonhô Rezende!

Nair empalideceu e o coração começou a bater-lhe agitadamente.

— Nhonhô Rezende? mas como veio ele aqui parar?

— É naturalíssimo... e nós?

— Ah! mas nós! Como se reconheceram no fim de tantos anos, Stella? Você era tão criança!

— Vou contar já - declarou esta. — Eu ia pela várzea com Nenê, quando notei a pequena distância um grupinho parado. Passando rente, examinei as pessoas. Eram uma moça muito *chic*, que dava as mãos a duas crianças mais altas do que Nenê, um homem de barba loira à Nazareno, e um rapaz muito bem-vestido que tirava fotografias da serra com um pequeno Kodak. Ao avistar-me, a moça dirigiu-se a mim, e perguntou-se eu poderia informá-la onde morava D. Nair de Tanger. "Nair de Tanger?", exclamei. "É minha irmã!" "Oh!", bradou ela. "Você é a Stella?", e começou a elogiar-me, o que me atrapalhou muito. Disse-me então quem era, apresentou-se o marido e o irmão; em suma, conversamos um bom pedaço. Foi muito agradável!

Stella falava tão depressa e com tanta volubilidade que não dava tempo a ser interrompida, mas a irmã sentia-se irritada, pois o que de fato não passava de uma interessante coincidência assumia, ao seu juízo severo, proporções gravíssimas.

— Ainda não terminei! - disse Stella abanando-se com o chapelão de palha. — Uff! que calor! Clotilde encheu-me de perguntas a respeito de você e de Dinorah, mostrou-se ansiosa para tornar a abraçá-las, e acabou anunciando que vêm cá logo à noite! Que bom!

— Que maçada! digo eu - respondeu Nair com as faces contraídas.

— Maçada? pois eu estou pulando de alegria. Precisamos manter relações elegantes porque as daqui, francamente, são intoleráveis.

— Prefiro-as às civilizadas. Com as primitivas é que me tenho dado muito bem.

— Mas em que podem as outras atrapalhar você, Iaiá?

— Nas menores coisas: sou retraída, gosto do meu cantinho, e só a ideia de viver na expectativa de visitas me contraria de modo horrível.

Stella declarou-se contentíssima; achara Clotilde muito gentil, os moços muito amáveis, e os seus olhos se alargavam com intenso contentamento. Antonico, que até aí escutara em silêncio, pediu explicações sobre essa família desconhecida.

A mulher tomou logo a palavra, e num segundo descreveu aquela amizade de vizinhos, interrompida por morte da mãe.

— Não vejo inconveniente algum em reatarem relações – disse ele com naturalidade.

Uma contração de aborrecimento se desenhou nos lábios dela, que teve ímpetos de confessar ao marido, mesmo defronte da irmã, todo o seu idílio com Nhonhô.

Seria correto e decente admiti-lo em sua casa, provocar talvez uma forte simpatia entre ele e Stella, depois de tudo que com ela sucedera? Ora lhe parecia necessário abrir-se em confidências, ora se achava pueril em recordar uma passagem tão insignificante e que não deixara o menor vestígio.

Preferiu calar-se, a fim de não perturbar a sua tranquilidade, mas resolveu recebê-los com a mais cerimoniosa polidez, para afastar sobretudo Clotilde da sua intimidade.

Era ela que mais temia, com o som falso dos seus beijos, as suas palavras que dissimulavam pensamentos perversos! Tornava-se pois indispensável patentear-lhe uma grande frieza, e estava decidida a fazê-lo.

— Você recorda-se, Iaiá - perguntou abruptamente Stella -, de uma caixa de doces que eles trouxeram num dia de seus anos, e que eu roubei da sua gaveta um por um? Eu era levada nesse tempo!

— Nunca fui amante de doces; de frutas, sim - respondeu ela embaraçada.

— E dois - secundou Antonico.

A tarde escurecera de súbito, deixando aquele mormaço abafadiço que tanto predispõe ao sono e ao repoiso. Nuvens túmidas de água arrastavam-se a custo, como exaustas de caminhar, e ao longe, com ruídos surdos, ribombava o estampido seco da trovoada. Stella, observando que o gado se aproximava de casa, disse à irmã:

— Como os animais pressentem a chuva e vêm chegando! Afinal de contas a vida na roça não deixa de ter os seus encantos!

— Mas com relações... - retificou a outra, sublinhando a frase com um sorriso forçado. — Sim... decerto...

— Agora vou entrar! Vamos, Nenê?

Stella pediu-lhe para se demorar mais.

— Não posso; tenho o que fazer. Vamos, filhinha? - e, depois de verificar que o temporal não tardaria a desabar, aconselhou a irmã a retirar-se também.

— Daqui a pouco - respondeu a moça sem se mover, conservando a cabeça encostada ao tronco do cambucazeiro.

Ficou assim alguns momentos abstrata, esquecida, como perdida num sonho místico que imaterializava a sua maravilhosa formosura morena, iluminada pelos imensos olhos, cintilantes, transparentes, inundados de ternura, e poisados vagamente na abóbada celeste.

Depois suspirou e, erguendo-se devagar, arrancou-se da sua obstinada meditação. À varanda da copinha assomou uma crioula velha que gritou alto para fazer-se ouvir:

— Nhá Stella, Iaiá mandou chamar a senhora para jantar.

— Dize-lhe que vou já - respondeu ela acelerando o passo pela alameda fora.

Como apesar da chuva fazia um calor excessivo, Nair foi jantar mesmo de roupão.

— Você não se enfeita para receber as visitas? - perguntou-lhe o marido sorrindo daquele desleixo.

Ela respondeu muito séria, fitando as fivelas dos sapatos brancos.

— Depois do jantar, agora sinto uma preguiça! Muito me contrariam as tais visitas! Estou ansiosa para que chegue a hora de partirem!

Antonico respondeu em tom conciliador:

— Não vejo motivos para tão grande aborrecimento, minha filha!

— Receio que não nos larguem mais a porta, e eu que adoro o meu sossego!

A chuva continuava a cair sonoramente nas lajes da calçada, embaixo. A dona da casa, admirada com a prolongada ausência da irmã, perguntou por ela à copeira, uma pardinha de rosto ladino e engraçado.

— Está-se vestindo, D. Iaiá.

— Cáspite! – interveio Antonico malicioso. — Ela de fato quer fazer sensação!

— Parece!

— Mas com você sucede o oposto! – acrescentou, envolvendo-a num olhar de suave censura. — Faz mal, Iaiá, eu no seu caso apareceria bem *chic*, para não dar ideia de roceira ou de esquisitona. É preciso impressionar favoravelmente a sua amiga, depois de tão longa separação.

Nair explicou, levemente corada, que jamais considerara Clotilde sua amiga, tendo existido apenas entre ambas uma grande familiaridade devido à sua mútua paixão pela música. E baixou os olhos, receosa de eles a desmentirem. Veio a sopa, que estava suculenta, com cenouras e nabos cortados em pequenas rodelas. Os dois tomaram-na em silêncio, enquanto Adelina esperava entre os umbrais da porta.

Logo que descansou a colher, o marido perguntou com certa curiosidade:

— Então a pequena está radiante com o encontro desta tarde? Oxalá daí lhe advenha resultado proveitoso.

Nair respondeu sem dissimular a contrariedade:

— Stella é excessiva em tudo! Sempre o foi, aliás... É mal de nascença.

O marido sorriu:

— Na sua idade são naturais esses entusiasmos, que só brotam aos 18 e 20 anos. Mais tarde, custam a pegar; são como fogo em lenha verde.

Mas Iaiá aborrecia as exaltações que se ateavam e extinguiam com a mesma apaixonada celeridade.

Adelina, que retirava os pratos, veio colocar entre eles a galinha guisada com palmitos.

Antonico tornou a insistir:

— Embora você se constranja, Iaiá, acho conveniente mostrar amabilidade, por hoje ao menos, a essa família – e esboçando um gesto resignado: — São os tais deveres da sociedade! É necessário fingir eternamente.

— Com pessoas que se não incomodam em nos desagradar? É boa!

Adelina perguntou, chegando-se a Nair:

— Não será melhor chamar Nhá Stella outra vez?

— Não, não, ela não pode tardar. Vá buscar a salada e o assado.

Antonico ia formular outra pergunta, mas Stella entrou vestida de azul-claro, com um fio de pérolas no pescoço ebúrneo e descoberto, e duas rosas vermelhas a perfumarem-lhe a cintura flexível.

— Que luxo! – exclamaram ambos remirando-a demoradamente entre expressões elogiosas, polvilhadas de malícia.

— Admirem! Admirem a elegância! – volveu ela risonha, levantando os braços com donaire, revirando-se toda.

— Sim senhora; já compreendo que você está decidida a enlaçar o indefeso rapaz, tal qual a aranha à atordoada mosca – disse o cunhado piscando o olho brejeiro para a mulher.

A moça sentou-se rindo enquanto a copeira se açodava em servi-la.

— Nhá Stella quer que mande aquentar o jantar? assim frio está sem graça...

— Não é preciso; já é tarde, e se me demoro *eles* podem chegar por aí de repente...

— Descanse - atalhou Nair num tom que forcejou de tornar indiferente –, não vêm esta noite. Digira em paz...

— Oh! se vêm! Pão, Adelina, e vinho, avie-se.

— Abençoado encontro este! nunca vi você tão animada! - repetiu Antonico no mesmo tom de gracejo. — Valeu a pena a saída depois do almoço...

— Tolice! Estou apenas radiante com a deliciosa noite que vamos passar.

A irmã emendou com brandura:

— Que você vai passar.

Stella encolheu os ombros numa cômica resignação. Antonico bebeu o vinho e, depois de anunciar que o tempo estiara, enfiou os tamancos por cima das botinas amarelas e foi para a chácara.

Stella clamou com alegria:

— A noite vai melhorar? oh, felicidade! oh, delícia! É sempre assim! Depois da tempestade a bonança!... - e, toda saltitante, foi atirar um piparote no pescoço da irmã, que se recostara na cadeira de balanço, ao lado do aparador. — Você não se decide a preparar-se? Compenetre-se desta verdade, Iaiá; Clotilde é muito elegante.

— Não duvido...

— E *chic*!

— Sim...

Stella começou a passarinhar de um lado para o outro. Estava toda no ar, e os seus lábios frementes não paravam um só instante de sorrir.

Na estrada tranquila, onde alguns derradeiros pingos de água caíam muito espaçados, desfazendo-se na terra encharcada, apenas quebrava a suave monotonia o concerto dos sapos escondidos nas pequenas poças, e, de momento a momento, os passos secos dos cargueiros que regressavam de Guararema sacudindo os jacás vazios. Depois de o último assobio dos tropeiros vibrar nos ares, estridente e enérgico, ouviu-se somente com regularidade de pêndula o tique-tique da cadeira de balanço onde Nair permanecia silenciosa. Stella tornou a espreitar o céu, deu duas voltas distraídas e saiu cantando:

— Mostraram-me um dia! Na roça a dançar! – e a sua voz gorjeou fresca e afinadíssima pelos corredores fora.

— Viu passarinho verde! – murmurou a outra, pensativa.

Aos fundos, na copa e na casinha, os criados discutiam alto, e o ruído das vozes misturava-se ao da loiça e da água que caía nas largas bacias de ágata. Um passo discreto parou atrás de Nair.

— Iaiá?

— Ah, é você, Mariana?

— Sim senhora, Nenê está dormindo desde que veio da chácara. Ainda não tomou nada... Iaiá quer que a acorde, ou a deixe sossegadinha?

— É preferível deixá-la. Escute, Mariana.

A crioula adiantou alguns passos e postou-se-lhe na frente, esperando a continuação da frase encetada. Era uma mulher de 60 anos, baixa, gorda, de olhos empapuçados e carnes balofas, com poucas rugas a atravessá-las.

Depois de um momento de silêncio, Nair recomendou-lhe que tirasse do armário o seu vestido de sarja azul-ferrete. E continuou a balançar-se com a vista pregada no teto. Mariana ainda a fitou com ar interrogativo, mas, vendo-a calada, afastou-se, retorcendo nas grossas mãos o avental de algodão cru. Ao passar pela cozinha, gritou para dentro, com o seu modo áspero a que todos já estavam habituados:

— Xentes, pouco barulho, Iaiá está na sala de jantar!

Boa velha! – pensou Nair, enternecida com a dedicação daquela mulher que nunca a abandonara e que por ela derramaria, se necessário fosse, todo o seu sangue até a última gota. A sua imaginação foi-se povoando das variadas e imprevistas recordações do passado, dentre as quais o vulto da crioula surgia sempre para servi-la ou para consolá-la. Como um pano de teatro que lentamente se erguesse, divisou algumas cenas singelas da sua primeira mocidade e da sua meninice, bafejadas pela doce e incomparável presença materna. Viu-se pequenina, dormitando no leito macio, coberto por vaporosas cortinas de filó branco, e Mariana, à sua beira, a acalentá-la, com paciência amorosa, até o sono vir cerrar-lhe as descuidadas pálpebras infantis. Outras vezes, quando passeava às tardes nos jardins públicos para respirar o ar puro que a sua estreita moradia lhe recusava, era ainda ela que colhia flores para agradar-lhe, arranjava ramos desajeitados e, ameigando a voz que sentia rude e pouco acessível ao sentimentalismo, expunha a maneira de tratar das plantações e cuidar carinhosamente das aves. Quantos ninhos de colibris lhe trouxera com ovos pequeninos que luziam como pérolas imensas! E, sabendo-a curiosa, vinha elucidá-la sobre as cautelosas atenções que deveria ter com eles, prometendo-lhe arranjar mais, tão depressa os lobrigasse nas folhagens das árvores.

As suas mãos grosseiras faziam-se mais leves e macias, quando tocavam o seu corpo esbelto, por sabê-la delicada e sensível; e, nas duas longas moléstias que tivera, vira-a sempre auxiliando a mãe, e velando à sua cabeceira com um carinho nunca desmentido. Nair sentiu os olhos umedecerem-se. Ah! era uma amiga segura que tinha, para sofrer os seus desgostos e alvoroçar-se com as suas alegrias! Além disso, compreendia-a a um simples sinal ou gesto, não sendo necessário orientá-la para que apreendesse sem errar o tênue fio do seu pensamento. Ao princípio, quando Nestor e a irmã iam vê-la, Mariana dizia estalando um muxoxo aborrecido: "Tenho um pressentimento que esta gente há de trazer desgostos a Iaiá". Nair respondia acariciando-lhe as costas carnudas: "Você leva a descortinar tudo negro e ameaçador, por isso nunca há de ter satisfações na vida". E mais tarde, quando o rompimento se efetuou, a velha, notando-a preocupada, aconselhava-a a esquecê-lo, afiançando-lhe que Nhonhô era um sujeito de maus instintos, cuja ambição no matrimônio consistia apenas numa herdeira endinheirada.

Nair meneava a fronte meditativa e pedia-lhe que se calasse. E então a preta, solícita e afetuosa, continuava a incutir-lhe desprezo por ele, sem contudo lhe pronunciar mais o nome. E fazia-o jeitosamente, com um tato tão intuitivo, demonstrando bem que o sangue das suas veias não era de mísera escrava, nascida e criada numa infecta senzala, onde a atmosfera saturada de temor e de ódio só poderia abrigar com justiça criaturas perversas, sedentas de vingança e de assomos de revolta. A história de Mariana fora simples, florindo apenas em toda ela a paixão infeliz pelo copeiro de um hotel de águas termais que falecera após um violento ataque de bexigas. Esse desastre abalou-a fortemente, e deixou-lhe um tão completo desânimo que desde então não podia ouvir citar amores sem responder com frases repassadas de amargura. Pobre velha! Quantas provas de afeto lhe dera para suavizar--lhe o coração pejado de desilusões, porque Nair, atribulada pela atitude indigna de Nestor – que lhe desvendara os homens sob outro aspecto, que a sua credulidade supusera –, refugiara-se na arte, e nas leituras sãs, a fim de distrair o espírito fatigado em conceber ideais irrealizáveis. Quando Antonico apareceu, Mariana recebeu-o com fogachos de entusiasmo desusado no seu temperamento taciturno, precipitando-se para preparar-lhe guisados especiais, e acumulando-o de atenções ao mesmo tempo que seguia com desvanecimento o olhar amoroso em que ele envolvia a noiva. Durante esses meses a crioula expandia-se de tal maneira que a todos causava estranheza. Ele mesmo tratava-a como uma antiga camarada, e um dia, tendo-lhe comunicado que tencionava empregar o patrimônio paterno num sítio ou pequena fazenda, a velha respondeu acenando a carapinha espessa. "É mesmo; isso é que é o verdadeiro! Eu também já estou cansada do Rio com estes mosquitos que não me deixam dormir sossegada."

E o rapaz, vendo-se aplaudido, apertou-a com força de encontro ao largo peito, num movimento de alegria espontânea! Nair teve um sorriso melancólico. O que obtivera a crioula como recompensa material de tantos sacrifícios? Apenas o pão, o teto, e a sua gratidão inalterável. Bastariam eles, a almas como a sua, que percorrem aos tropeços o árido caminho da existência? Uma voz íntima respondeu-lhe afirmativamente. Ela sentiu um aperto na garganta, comoveu-se; mas logo a recordação súbita de Nestor, intrometendo-se de novo na sua vida, insuflou-lhe no peito uma lufada de cólera. Que viria ele procurar, sabendo-a casada e por conseguinte perdida para ele, como para todos, a não ser para o marido nobre que escolhera num dia de lucidez abençoada? Teria ele a ingenuidade criminosa de esperar que, com o infame ardor dos seus olhos, faria reviver, nas cinzas do seu amor destruído e sepultado, alguma centelha ainda não de todo extinta? Seria a sua vaidade ingênua e cega a ponto de não enxergar o asco que ela lhe tinha, o qual deveria ser muito mais veemente que o amor? Mas não se iludiria mais, quando lhe notasse o desprezo com que ela o receberia, e o orgulho altaneiro do seu caráter honesto! Talvez nessa ocasião modificasse o seu juízo errôneo e fácil demais sobre as mulheres em geral! Talvez!

Um clarão de luar rompendo as nuvens escuras alongou-se palidamente a seus pés, e a voz de Stella ouviu-se lá fora, cristalina e autoritária. Mas de repente ei-la que surgiu ao seu lado, agitando os braços nervosos:

— Iaiá! são eles! e você ainda nesse trajo!

— Tenho tanta preguiça de preparar-me! – replicou Nair bocejando, para disfarçar as faces que se lhe incendiaram.

— Vá depressa, pelo amor de Deus, pois não hei de recebê-los sozinha com Antonico!

Ela tentou resistir, mas vendo-a tão contrariada, com um véu de lágrimas a empanar-lhe o esplendor negro dos olhos:

— Distraiam-nos vocês dois, que eu me apronto num minuto – disse, e correu para o quarto.

Mariana, que em pé fazia arrumações perto da cômoda, aventurou-se a perguntar-lhe com voz abafada:

— Nhá Stella contou-me que Sinhá Clotilde e Nhonhô Rezende vêm aí. São mesmo?

— São – respondeu a moça, enfiando o vestido diante do espelho.

— Tola lembrança! Que vêm cá fazer?

— Visitar-nos.

— Seria melhor que deixassem Iaiá sossegada. Não deram nunca mais sinal de vida, agora é que se lembraram de voltar...

— Sim, de fato seria mais acertado, mas, visto terem decidido o contrário, recebê-los-ei com o maior sangue-frio pela primeira e última vez – e, dando um jeito mais airoso ao cabelo, saiu do quarto, sorrindo ainda para a crioula, que, mal-humorada, respondeu cavalgando os óculos no nariz:

— Faz Iaiá muito bem, não dê confiança a semelhante gente.

E, logo que a viu afastar-se, resmungou com expressão rancorosa para desabafar os antigos ressentimentos.

— Isto de relações interrompidas daquela maneira não dá certo quando pegam, de novo. Que virá esse bilontra aqui fazer? Se pensa que ela é como as outras engana-se. Para cá vem de carrinho.

Entretanto Nair tinha chegado à sala. Todos se levantaram e, com espaventosas exclamações de contentamento, uma moça alta avançou para ela, abraçando-a repetidas vezes com efusão.

— Iaiá, minha querida Iaiá, há quanto tempo não tenho notícias suas, embora pensasse em você com tão infinitas saudades! Mas como se esqueceu depressa de mim!... – repetia ela.

— Qual o quê! – respondeu Nair embaraçada, querendo desprender-se dos belos braços que a cingiam.

— Como ficou forte e bonita! - continuou Clotilde no mesmo embevecimento. — Alfredo, chegue-se. Este é meu marido, Iaiá!

Nhonhô aproximou-se também, desmanchando-se em sorrisos e curvando-se em repetidas mesuras.

— Há quantos anos não tenho o prazer de vê-la! - disse com voz firme, apertando-lhe calorosamente a mão.

Nair, muito pálida, retirou a sua, sem mesmo o encarar.

— Pois é verdade - fez Clotilde, sentando-se ao lado dela com ar muito íntimo. — Se não fosse Ritinha Alvarenga, de quem fui despedir-me na véspera de partir para aqui, nunca teria descoberto onde você se achava, sua ingrata!

— Conhece Ritinha?... - perguntou Stella alvoroçada com a notícia.

Clotilde respondeu muito melancólica:

— De longa data! Minha pobre mãe foi a amiga predileta da baronesa.

Era pois certo, devia aquele imenso prazer a uma mera coincidência! Falara com Ritinha sobre Teresópolis, e uma palavra puxara outra, até que por casualidade se viera a pronunciar o nome delas! Descobrira desse modo o seu paradeiro.

Nair informou-se timidamente:

— Como vai ela? ainda sai muito com Miss Lesly?

— Muito! Vivem na rua, habituaram-se a isso na Europa. É de fato interessante ouvi-las discutir! Contradizem-se a todo o instante! É curioso que uma mãe tão calada e apagada como a baronesa pudesse ter uma filha inteligente como Ritinha!

Nestor relanceava a vista incendiada para o rosto severo de Nair, que lhe sentia a agudeza e a curiosidade, sem nunca para o seu lado voltar a cabeça.

— Como você está bonita e bem-disposta! – tornou Clotilde contemplando-a com amor. — Engordou! Dantes era tão franzina! fez uma mudança colossal. Não acha, Nhonhô?

— Enorme; a Senhora D. Nair, em solteira, era tão magrinha...

— E mais risonha! – acudiu a irmã com vivacidade.

A dona da casa disse franzindo as finas sobrancelhas:

— No entanto sou muito mais feliz agora!

— Sim? vejam como as aparências iludem! – retorquiu Clotilde, trocando com o irmão um lesto e expressivo olhar.

Em seguida, recostou-se na poltrona, mais à vontade, e divagou sobre as excepcionais belezas da serra, a poesia que ali pairava e se comunicava a todos, a transparência incomparável do ar, a pureza da água, a qual deveria ser bebida nas fontes e nas cascatas sem auxílio de copos.

Ah! que delícia habitar aquele paraíso, mormente para quem adora a paz e o sossego!... Como Alfredo se revelasse apaixonado pela lavoura, Antonico entabulou com ele um diálogo animado, não prestando mais atenção à conversa geral, e Stella, sentada em frente de Nestor, respondia-lhe às menores perguntas, sorrindo sempre, corando sempre, e não lhe desprendendo do semblante os seus admiráveis olhos de odalisca. Clotilde, muito sagaz, percebendo na antiga amiga um visível constrangimento, e querendo desfazê-lo a fim de prolongar a sua visita, foi levando a conversa para assuntos que a pudessem interessar. Lembrou-se da pintura. Ela ainda pintava ou o culto pela filha preenchia-lhe todos os minutos da existência, não permitindo que o espírito se recreasse?

— Pinto sempre que posso, pois a meu ver é na solidão que melhor se sente a arte. Uma excelente pianista como você há de por força concordar comigo.

A irmã de Nestor esboçou uma expressão de desalento. Ai! nunca mais pusera as mãos no teclado, os múltiplos afazeres impediam-lhe por completo esse deleite! Só uma vez ou outra, por desfastio, dedilhava valsinhas insignificantes, e isso mesmo para obrigar a mocidade a dançar... E com fugitiva malícia nos olhos pardos:

— Imagino como a exuberância desta natureza não lhe deve ter inspirado poemas bucólicos de infinita suavidade... Serei indiscreta, Iaiá, se lhe pedir para no-los deixar admirar?

Com o busto inclinado, aguardava uma resposta, mas Nair, sentindo a ironia que envolvia aquelas palavras de mel, sorriu ao de leve sem disfarçar o tédio.

No meio do teto, velado por um fofo quebra-luz de seda clara, uma lâmpada de porcelana projetava uma claridade suavemente esbatida, e pela porta contígua, aberta, avistavam-se a mesa de jantar e as cadeiras com almofadas macias nos espaldares. Nas paredes, graves e austeros os retratos a óleo dos pais de Nair, dentro de molduras antigas, tinham a imponência de castelões feudais de eras remotas. Lá de dentro saía um perfume estonteador de rosas e de jasmins, e ali na sala, em cima das mesas de mármore e sobre pequenas estantes de peroba, as mesmas flores em profusão, dentro de bojudas jarras da Índia, embalsamavam o ar já de si tão perfumado.

Clotilde circunvagava o olhar em redor, toda encantada, asseverando que Nair sempre tivera jeito para enfeitar a sua casinha, manifestando nos menores arranjos o primoroso gosto de artista que lhe adornava o espírito. E, com extrema meiguice, designando Stella, de dedo erguido, onde fulgurava um brilhante de rara beleza:

— "Estazinha" conheço pouco, pois naquele tempo era uma criança travessa que apenas fazia no lar materno aparições fugazes...

— Fui criada pela madrinha, vivi sempre lá – acudiu a moça, corando.

— Bem sei, bem sei, mas felizmente Iaiá não estava nunca só, porquanto nós dois éramos muito assíduos...

Nair empalideceu sem responder.

— Bom tempo, hein, Iaiá? delicioso tempo aquele, mas como fugiu depressa, Santo Deus, parece um sonho!

Nestor, como se fosse alheio às reminiscências do passado, fingia não ouvir o que a irmã dizia, fitando o colar de Stella e discorrendo com pedantismo sobre a literatura estrangeira, declarando desprezar as obras nacionais como pouco dignas de sua atenção.

Repotreou-se na cadeira, cruzando as pernas, deixando ver as meias transparentes com bolinhas azuis, e os seus dedos, num vaivém contínuo, anelavam as pontas compridas do bigode. Stella escutava-o desfolhando nervosamente as rosas enfiadas na cintura. Notando, porém, o silêncio que se fizera entre a irmã e a dona da casa, ele inquiriu em tom de exagerada cortesia:

— A Senhora D. Nair só tem aquela filha?

— Só.

— É uma teteia! Que idade completou?

— Seis anos – interveio Stella –, e eu adoro-a.

Clotilde disse logo de modo afável:

— Esta menina está-me parecendo um vulcão; exprime-se com tal calor...

— É verdade, sou muito extremada nas minhas afeições: ou odeio, ou amo. A natureza dotou-me com um temperamento ardente demais. Desconheço o meio-termo...

— Não me espanto que ela assim seja – declarou Clotilde muito convencida.

Que a desmentissem aqueles soberbos olhos a despedirem faíscas luminosas, aqueles traços móveis que traduziam uma natureza expansiva e esbraseada! Como era linda, que perfeição de feições; e que cabeleira opulenta! E aquela cútis de camélia, através da qual pulsava um sangue rico e generoso?

— Sem lisonja – concluiu voltando-se para Nair –, sua irmã é a encarnação do tipo ideal da brasileira.

Stella, muito perturbada, soltava risadinhas.

— Entretanto celebriza-se a beleza das argentinas! – observou Nestor com as mãos metidas nos bolsos.

Alfredo, que o ouvira, apressou-se em responder de modo malicioso:

— Você mesmo foi um dos mais ardentes propagandistas dessa beleza, pois, comparando as nossas patrícias com essas senhoras, sustentava que aquelas ficavam a perder de vista.

Ele sorriu jactancioso, e dardejando um chamejante olhar para o rosto de Nair, que se abrasara de indignação, respondeu cofiando demoradamente o bigode:

— Pode ser... mas se assim foi, mudei de opinião neste momento.

Ouviu-se um tilintar de loiça na sala de jantar, e Adelina apareceu entre portas, com a bandeja carregada de xícaras japonesas a rodearem um fofo e doirado pão de ló. Stella ergueu-se com precipitação para fazer as honras da casa. Ofereceu café a Clotilde e, com a vivacidade que dominava todos os seus movimentos, estendeu uma xícara a Nestor, conservando-se defronte dele, em pé, com o açucareiro de prata destapado nas mãos irrequietas.

— Está bom de açúcar? – perguntou toda ruborizada.

— Excelente, minha senhora, divino. É que o não tinha adoçado muito...

— Para mim está doce demais. Na família consideram-me excêntrico, porque chego muitas vezes à extravagância de tomar café com sal.

— Com sal? oh! que originalidade!

Ela examinava-o muito, achando-o interessante e esbelto no seu correto fraque cinzento. A gravata cor de vinho, onde um belo rubi cintilava com fulgores de chama viva, e o cabelo preto, luzidio, embebido em óleo, com a risca apartada ao lado numa irrepreensível elegância, o bigode basto, recendente a brilhantina, e exageradamente arqueado nas guias, davam-lhe um ar enfatuado e petulante que a atraía e encantava. Reparou-lhe nas mãos bem tratadas, nos sapatos envernizados com esmero. Era um belo rapaz, não restava dúvida, um belo rapaz!

Nestor lia a admiração que refletiam as negras pupilas, e todo se inclinava com languidez quando a ela se dirigia. O luar desdobrava as suas gazes lívidas que se estendiam na sala, e pelas janelas abertas entrava o canto estridente das cigarras.

Falenas pequeninas esvoaçavam buscando a luz. O relógio bateu dez horas, que todos escutaram em silêncio. Alfredo, com um sinal, fez compreender à mulher que precisavam retirar-se.

— Vamos – disse ela, levantando-se com gesto pesaroso –, a companhia é tão boa que a gente se esquece e abusa!

Puxou Nair para si, depôs-lhe dois beijos enternecidos em cada face e, apertando-a ao peito com força – para transmitir-lhe talvez a dor da separação –, suplicou-lhe que a fosse ver breve, a fim de mitigar saudades acumuladas...

— Pretendem demorar-se no hotel? – perguntou Stella.

Por alguns dias apenas, depois tomariam casa ali mesmo na várzea; era mais cômodo e agradável. Beijocou-as muito, prometendo voltar a vê-las amiúde.

Quando eles saíram, Nair, sentindo-se aliviada, respirou afinal! E, como Stella relembrava com fervor a elegância da amiga e o espírito brilhante do irmão, atalhou jovialmente numa entonação de motejo:

— Não vá passar a noite em claro por causa deles, aviso-a que a insônia desfeia...

Stella riu-se.

Não tivesse receio, não estava também àquele ponto... Mas, recolhendo-se ao quarto, abriu o seu canhenho de pensamentos íntimos, e nele rabiscou duas vezes o nome de Nestor. Fitou-o, pensativa durante alguns segundos, mas de súbito arremessou a pena para cima da escrivaninha e começou a despir-se à pressa.

III

Stella ficara deslumbrada com Nestor! Desde aquela noite não pensava senão nele, não sonhava senão com ele. Como falava bem e que instruído era! E as argentinas, tão elogiadas por todos pela sua formosura, eram tratadas por ele com tanto desprezo! Só, no seu quartinho singelo, empregava horas a meditar na sua linda figura, e em todas as suas frases e gestos cadenciados. Sentou-se para começar uma carta para Dinorah, a filha de sua madrinha, a sua prima e melhor amiga... Dinorah compreendia-a; tinham os mesmos gostos, a mesma educação. Viviam juntas desde a idade de 3 anos, e eram como irmãs, mas irmãs que se estremecem. Stella não achava encantos na vida longe dela, e nos insípidos meses que arrastava em Teresópolis – para satisfazer os pedidos de Nair – escrevia-lhe quase diariamente longas cartas minuciosas. Naquele dia não encontrou expressões nem palavras; achou-se oca, estúpida. Tentou ler, não conseguiu fixar a atenção em coisa alguma. Nas entrelinhas do livro, espreitavam-na dois olhos negros, pestanudos, nos topos das páginas faiscava um sorriso perturbador. E pelo teto, paredes, cama e cadeiras, os mesmos olhos a procuravam, perseguidores e insistentes como um remorso.

Para matar o tempo e esfriar a imaginação que tinha a escaldar, pegou no bordado e foi para a chácara. A tarde estava gloriosa, de um azul sem nuvens, e o céu, muito límpido, parecia um imenso toldo de cetim bem estendido e repuxado. Pouco a pouco, o trabalho foi-lhe resvalando sobre os joelhos, os dedos moles deixaram escorregar a agulha. Mas ao longe apontou um grupo de cavaleiros despertando a quieta serenidade do lugar.

Stella debruçou-se ansiosamente, e entre eles reconheceu Clotilde, muito distinta na sua simplicidade, a relancear a vista fugitiva para o prédio. Ainda se precipitou na cerca entre as madressilvas cheirosas, mas os cavalos desapareceram numa intensa nuvem de pó.

— Nestor iria ali? – murmurava ela, inquieta e sobressaltada, conservando-se por algum tempo na mesma posição de expectativa, mas a estrada recaíra novamente no silêncio habitual. Afastou-se então distraída, voltou para casa, abriu o piano, e com voz meio trêmula pôs-se a cantarolar uns compassos do *Guarani* e da *Mulata*, mas a cabeça voltava-se a todo o momento para fora, impaciente e atenta ao menor ruído. Sempre na mesma ansiedade, entrou no quarto e estendeu-se na cama, ao comprido.

Coração desgraçado o meu – pensou enraivecida –, que se apaixona sem conhecer a fundo a pessoa que o faz estremecer...

Tornou a levantar-se, irritada consigo e com os outros, mas tinha os ouvidos repletos daquele tropel de animais, e vinham-lhe à mente as visões fascinadoras da Idade Média, quando os cavaleiros galopavam em frente às janelas ogivais dos castelos das suas damas, gentis e apaixonados, tremulando ao vento a pluma branca do chapéu de veludo! Deveria ter nascido nessa época de menestréis e de bardos, em que não se admitia o amor sem a glória, nem a glória sem o amor! Como invejava o caráter pausado da irmã! Teria ela sido sempre assim? Aquela fronte serena era como um rio sagrado, no qual a mais doce vaga não fazia encrespar a superfície acetinada! Tudo no seu semblante era repisado e nobre! Se ela pudesse imitá-la, como seria feliz! Um dia casaria, por amor, sim, mas um amor sossegado que lembrasse a pomba arrulhando num ninho de penas, escondido em arvoredos ridentes. Ela, porém, viera ao mundo para sofrer e inspirar paixões exaltadas e romanescas! Se vivesse naquelas eras, visse os homens se baterem com ardor para alcançar dos seus lábios nacarados uma palavra de esperança? Nascera para grandes feitos! Sentia palpitar dentro de si um coração indomável, e agitar-se como fera enjaulada uma imaginação incandescente! O século era, entretanto, desgraçadamente prosaico e material, e ela estava coagida, pela advertência imperiosa da razão, a sufocar-lhe os ímpetos, a tolher-lhe os voos idealistas. E via-se já no futuro, enterrada numa esgarçada poltrona de ramagens, com o jornal caído sobre o regaço, aberto nas folhas dos anúncios, ou então nas noites de inverno, embrulhada num largo xale de casimira a remendar as meias do marido entre repetidos bocejos de enfastiada. Assim é a vida! – pensou com melancólico despeito – vibra-se, ama--se, sofre-se, para tudo ficar sepultado num velho pé de meia crivado de remendos! E ai do que se arredar desse trilho sensato, porque verá logo o mundo ameaçá-lo com espadas inclementes e línguas de fogo!

Querendo calmar a excitação que a oprimia, sem saber ao certo o que a ocasionava, abriu um romance que fechou em seguida depois de o folhear sem interesse e, muito inerte para se ocupar com qualquer trabalho ou estudo mais sério, pôs-se a passear à toa medindo o aposento de ângulo a ângulo. Este era faceiro, enfeitado a musselinas azuis, com o toucador resplandecendo de frascos facetados e um serviço completo de cristais da Boêmia, que espalhavam claridades irisadas de vermelho e oiro. Mais adiante, no vão das janelas, estava a escrivaninha de canela, e, sobre delicadas mesas de mármore, duas lindíssimas avencas estendiam a folhagem rendilhada. Stella aproximou-se, olhou-as fixamente, com as sobrancelhas arqueadas e o pensamento além...

IV

Quase todas as noites, as pessoas mais graúdas da terra iam passar, em amável palestra, algumas horas na vasta sala de Antonico. Ele gostava daquelas visitas despretensiosas que alegravam a tranquilidade dos seus serões, deixando-o contudo ficar à vontade nas roupas de brim pardo, recostado molemente num canapé de palha, a fumar o cigarro, com ar satisfeito.

Nair bordava a lãs, falando pouco e escutando muito. Stella levantava-se a todo o momento para espairecer na frescura perfumada da chácara o espírito entorpecido. Às vezes, às oito horas, aparecia D. Gertrudes Taveira, arrastando atrás de si o marido – um suburbano magro e adoentado –, o qual, cochichava-se em segredo, fora em tempos remotos mestre de obras no Pedregulho. Agora, abastado, possuidor de inúmeros prédios, habituara-se a veranear em Teresópolis, a cujo clima maravilhoso devia a restauração parcial da saúde. Apenas as palmas dele soavam junto à porta da rua, e, sem esperar que os viessem receber, a mulher irrompia pela casa dentro, com sorrisos e exclamações triunfantes. Tinha 55 anos, e era muito nutrida e baixa. Os cabelos grisalhos repuxados para cima descobriam-lhe a testa larga e enrugada, as orelhas bem-feitas, e o pescoço curto com refegos de carne mole na nuca. Usava invariavelmente saia de lã preta, muito limpa, e sobre a ampla *matinée* de uma alvura imaculada, toda repleta de babados engomados, trazia um medalhão de oiro fosco com as suas iniciais entrelaçadas, enfiado numa fita estreita de veludo preto.

Desde que Nair ali ficara residindo, o casal habituara-se a vir vê-la, sem nunca aguardar a retribuição das visitas. A mulher do Taveira era a crônica viva do lugar e as mais insignificantes palavras que ouvia, ou os menores fatos que ocorriam, eram comentados por ela entre risinhos de mofa e reticências malignas, sem nada escapar aos seus olhinhos espertos, quase abafados pelas pálpebras descaídas. O marido ficava, a um canto, muito sumido na larga poltrona forrada de almofadas; e com gestos lentos conchegava constantemente para as orelhas o *cache-nez* de lã escura que trazia à roda do pescoço.

Naquela noite, D. Gertrudes, logo ao entrar, depois de repenicar dois beijos cantados nas finas faces de Nair, disse caindo pesadamente sobre o cômodo sofá:

— Deram-se casos por aí esta semana...! Um escândalo, um verdadeiro escândalo, aliás como todos os outros – e levantando a voz para que Antonico e Stella a ouvissem: — A minha cara amiga, a vendeira do lado, abalou para a corte com o padeiro da esquina.

Todos ficaram admirados.

O Taveira puxou um pigarro e acenou com a cabeça.

— Não imaginam como foi curioso; o pateta do marido está ainda mais apatetado com os seis filhos pequenos às costas! É bem feito, tudo se paga!

— Oh! D. Gertrudes! – fez Stella repreensivamente.

— É bem feito – repetiu ela com gozo. — Não me pode ver... pois apanhe estas pelas barbas!

Nair começou a bordar, inclinada sobre o trabalho. Stella, mais expansiva e ruidosa, encheu a velha de perguntas alegres.

— Afinal a vida aqui, para a senhora, deve ser muito interessante – observou com malícia –, há tantas novidades picarescas...

— Não mo diga brincando; é muito cheia de peripécias, é! A senhora quer saber outra? o nosso doutor novo, o Lamenha, perdeu tudo no jogo. Está sem um real de seu. Bem feito, chucha!

Stella trocou com a irmã um olhar significativo.

— Sim senhora que é bem feito, veio tão cheio de si, declarando-se o Salvador, sem fazer caso de ninguém... agora toma!

— A senhora é implacável, eu é que a não queria como inimiga! – disse Stella rindo.

O Taveira, muito encolhido, teve uma tosse seca.

— O senhor não concorda comigo? – continuou ela com modo galhofeiro.

Ele acariciou a barba com lentidão e, levantando humildemente as sobrancelhas ralas, murmurou indicando a mulher:

— Isso é com a senhora. Ela é que sabe!

— Não gostam de mim; pois hão de pagar – tornou D. Gertrudes escandindo as sílabas. E, como um Satanás poderoso que fizesse desencadear sobre os homens e os elementos tempestades e naufrágios, repetia muito consolada: — Hão de pagar, hão de pagar! Também, verdade seja, que os não suporto e sinto grande alívio quando abalo pela serra abaixo, longe desta porcaria, com perdão da palavra. Se o clima não fosse o que é, ninguém mais cá me apanhava!

— Ah! mas o clima! - suspirou o marido. — Graças a ele é que ainda sou gente...

A mulher fingiu não o ouvir, e, dando um puxão ao braço de Stella, erguendo as pálpebras para poder observá-la melhor:

— O que sei é que em todos os cantinhos se encontram trovadores.

— Ah! isso agora é comigo? - perguntou a moça.

— Talvez seja, talvez não seja... os versos em pílulas enrolam-se ao mesmo tempo... nem todos os Romeus sobem por escadas de seda...

O Taveira aprovou com um pigarro barulhento, e Antonico, meio deitado no sofá, sorriu para o teto, calado. Nair não levantava os olhos do trabalho, mas Stella sossegara, pois tivera um momento de terror, receando que D. Gertrudes citasse o nome de Nhonhô, apalpando com a grossa mão o doce segredo da sua alma palpitante. A velha esperava vitoriosa o efeito das palavras reveladoras.

Era o filho do carniceiro, o farmacêutico, que se babava por Stella, pobrezinho, e suspirava junto aos bambus da casa à espera que a deliciosa visão surgisse na varanda...

— E não é só ele! - continuou revirando o medalhão nos dedos papudos. — Há mais outros e outros, são todos os casquilhos da terra que estão perdidos de amores. Ai! esta terra, esta terra!... E sabe? anda por aí um namoro desenfreado que é uma pouca-vergonha!

— Sim? – fez Nair por polidez.

Ela mencionou casos, numa fertilidade palradeira e indiscreta. Era a mulher do Fernandes, o peralta, que pregara literatura em chinelos de trança e fora encontrada à noite, abraçada ao Pereirinha, que a debicava sem piedade nas suas crônicas da *Gazeta*; era o Zeferino, aquele enfezado barbeiro, que andava no mundo com licença da cova, e fora ameaçado de prisão por ter roubado 2 contos de réis à mulher do turco mascate, que chegara da terra havia pouco e passava as noites completamente embriagada cercada de rapazolas...

— Velha daquele jeito? – interrompeu Antonico, jocosamente.

— Vá lhe dizer isso! Ver uma é ver todas, bater numa porta é bater em todas... E as da corte? essas são piores!

— As da corte, então! – rosnou o Taveira com voz soturna.

— Aquelas não se importam nem com a casa, nem com os filhos; anda tudo à mercê do diabo, sem rei nem roque! Vivem para baixo e para cima, pavoneando-se todas empinadas na rua do Ouvidor, as caras besuntadas e os chapéus recheados de flores que nem andores de procissão da roça. Uma pouca-vergonha! Não sabem nada, não fazem nada, apenas vivem a batucar no piano músicas horríveis que dão sono à gente; há outras, então, cala-te boca... Não há mais o amor da família, nem honestidade, nem nada! É um luxo que bota a gente tonta; só se veem sedas e mais sedas a lamber as calçadas e os asfaltos. No meu tempo, um vestido de seda durava toda a vida e até fazia parte do testamento, hoje... é o que se vê.

— A senhora está exagerando! - acudiu Stella. — Há muita gente de costumes puríssimos, que frequenta bastante a sociedade e da qual nunca se falou. Posso afirmar-lho, D. Gertrudes; pois a madrinha recebe muito, e nunca notei isso a que a senhora se refere.

Lobrigando porém o lampejo do olhar sério da irmã que procurava contê-la, calou-se, e, roçando o lenço fino pelas faces, acrescentou com mais brandura:

— Em toda a parte há bom e mau, e ainda se encontra gente honrada, com a graça do Senhor.

— Cá e lá más fadas há! - sentenciou o Taveira.

— A senhora com esse horror a Teresópolis não gostaria com certeza de adoecer aqui. Que faria se tal sucedesse?

— Moscava-me bem depressa, minha rica; morrer nesta pocilga é que não morro, porque estas almas danadas seriam capazes de remexer a minha cova para dar palmadas no meu esqueleto.

Nair observou com doçura:

— Não diga tal, D. Gertrudes, que somos nós neste mundo para determinar o lugar onde devemos morrer?

Houve um pequeno silêncio recolhido. Stella levantou-se; abriu o piano, e começou a tocar com um só dedo o canto alegre de uma *habanera*. Depois pediu à irmã que experimentasse a guitarra.

— Faça-se ouvir, faça-se ouvir! - secundou D. Gertrudes, sem entusiasmo.

Uma nuvem de melancolia cobriu o rosto de Nair, que, pensativa, poisou o bordado. Na guitarra, ela? Isso fazia em solteira para alegrar os pungentes serões da pobre mãe. Stella, perto do piano, cantarolava baixo. Antonico abriu ao acaso uma revista e começou a mostrar ao Taveira algumas fotografias interessantes.

— Oh! que é isto? – gritou este de repente, atônito.

— É uma advogada que acaba de defender em Paris uma causa muito notável.

— Uma advogada? – repetiu ele assombrado esmurrando o rosto feminino que lhe sorria em silêncio. — Uma advogada? há disso pelas Europas? Mas então, em Paris, as mulheres vão berrar para os tribunais, em vez de ficarem em casa a preparar o jantar do marido?

E os seus olhinhos de um azul sujo, raiados de sangue, coruscavam.

— É o progresso! – acudiu Stella divertida. — Em todos os países adiantados as mulheres distinguem-se pela grande instrução e refinado preparo. Na Inglaterra, Suécia, Rússia, do mesmo modo.

"No nosso Brasil infelizmente é que há ainda muito atraso, porém, o tempo virá. Já nas grandes cidades do interior, nestes últimos anos, veja que revolução notável se tem operado! Como as moças estudam, seguem cursos, formam-se..."

— Mesmo no Rio a instrução feminina está muito apurada! Lá chegaremos também! – afirmou Antonico enrolando devagar outro cigarro.

Mas o Taveira pasmava ainda mais, com a boca aberta, os dentes amarelos a aparecer.

— Estou abismado! Então o Senhor Antonico deseja que as nossas patrícias imitem as doidivanas de lá?

— Decerto! – aquiesceu este riscando um fósforo e acendendo-o tranquilamente. — Isso só provaria que a nossa intelectualidade está à altura da europeia. Não nos devemos limitar a apregoar o nosso progresso e independência de pensar, é necessário prová-los.

D. Gertrudes esfuziou um risinho sarcástico.

— Ora, o senhor, o homem da lavoura, que gosta da natureza, da simplicidade, ter ideias de "emancipamento"?

Nair observou muito convencida do que dizia.

— É por isso mesmo! o homem que lida com a terra e a ama é mais são de espírito do que aquele que só lida com os homens. Está menos sujeito a mesquinharias, tem a alma mais magnânima e elevada, e compreende que o mundo é vasto e há lugar para todos debaixo do sol...

O Taveira não podia crer no que ouvia, e repuxava os pelos da barba, formando com os dedos pequenos anéis que logo desenrolava. Pois, se D. Nair cismasse de repente estudar medicina ou ir para os tribunais defender causas, o marido permitiria semelhante desarrazoamento?

— Uma vez que essa profissão lhe agradasse...

D. Gertrudes resumiu mastigando as palavras com azedume:

— Se todos pensassem assim, acabava-se a família, não havia mais lar, nem mais nada! Essas modernices têm mesmo muita graça!

— A senhora não declarou que o lar não existe mais? - bradou vivamente Stella, fechando o piano, interessada já pela conversa. — E essas da corte tão criticadas há pouco não me parecem poços de sapiência e de sensatez.

Antonico aplaudiu, e levantou-se porque sentia os pés adormecidos, as pernas entorpecidas. Andou um pouco, e aproximando-se da mesa com as mãos enterradas nas algibeiras das calças, a face séria e convencida:

— Se essas pessoas que a senhora citou como ignorantes procedem desse modo, venham para cá as engenheiras, as médicas, as farmacêuticas, a ver se conseguiremos endireitar a sociedade!

O Taveira resmungou entre dentes, bamboleando a perna magra:

— Não tenho essa opinião; a mulher nasceu para a cozinha, criar filhos e mais nada! Essas ideias não pegam, Seu Antonico.

Os seus olhinhos irritados voltavam-se para D. Gertrudes como a implorar socorro.

Mas esta prorrompeu com ar escarninho:

— Já vejo que o Senhor Antonico aprecia a mulher sabichona!

— De fato, a mulher instruída é em geral criteriosa, e por conseguinte garantia segura para o marido.

— Mas as que têm instrução nem sempre têm juízo!

— Também estou de acordo; porém o homem sensato não deve casar no ar, precisa estudar a sério o caráter da futura companheira, observá-la, analisá-la com calma, sem paixão e sem precipitação. O talento é um dom divino, cai na alma, sem distinção de sexos, e nós não temos o direito de enfurecer-nos só porque a mulher o recebeu de Deus, mormente quando ela compreende a fundo os deveres que tem, e espalha a felicidade e o bem-estar pelos que a rodeiam.

Nair balbuciou, timidamente, pregando a agulha a um lado da talagarça:

— E ocupa o espírito, ocupa-se! E isso a meu ver, D. Gertrudes, é a suprema compreensão da vida, porque a ocupação, seja qual for – refiro-me à honesta, à digna –, obsta o desenvolvimento de muitos pensamentos maus, e de muita fraqueza para as que não são bastante fortes poderem evitar a perversidade do mundo; tornando-as mais condescendentes e menos insuportáveis.

Stella tartamudeou:

— E não se acha tanto tempo para criticar o próximo – depois levantando a voz onde transparecia a maior sinceridade: — Comigo mesma, observo este exemplo. Nos tempos em que estudava, bordava, sentia disposição e coragem para tudo; hoje, que nada faço, ando acabrunhada, sem razões, chegando às vezes a ter aborrecimento da vida...

Nair fitou-a com melancolia, e Antonico, fazendo tinir as chaves, exclamou muito alegre:

— Felizardo sou eu, porque, trabalhando o dia inteiro, desconheço por completo essa decantada neurastenia que tanto prejuízo tem dado à humanidade! Graças a Deus estou livre dela!

D. Gertrudes mordia as películas secas dos beiços. Ora, ocupar-se para quê? ela que não tinha filhos e nunca pegava numa agulha, nem num livro, era por isso menos feliz?

Houve uma rápida troca de olhares entre Antonico e Nair. A velha continuou mais agressiva e amarga:

— Com que então não há mais que fazer senão chafurdar em papéis, e cerzir roupa velha? Eu cá entendo que a gente deve poupar-se. Quem menos trabalha mais estimado é.

Remexia no sofá o corpo mole, e as duas saias de goma que usava por baixo, rebelde às variações da moda, abjurada com superioridade, produziam um rumor áspero que fazia sorrir os donos da casa, mas ela, com o seu modo arrogante, olhava alternadamente para ambos, sem se alterar. Então, para quebrar o silêncio coagido que se fizera, o Taveira desdobrou o largo lenço enquadrado de vermelho e assoou-se repetidas vezes com estrondo.

Antonico retomou a marcha com a cabeça baixa, depois, fazendo uma paragem, começou em tom muito convincente e pausado:

— D. Gertrudes, a mulher que é de fato virtuosa, aquela que inspira confiança absoluta aos seus, velando para que nada lhes falte, multiplicando a sua atividade com a mais carinhosa solicitude, sempre indulgente para as culpas alheias e severa para as suas; embora a sua instrução seja modesta e acanhada, pois, como sabe, dantes não se olhava a isso, essa mulher, que é o anjo tutelar, o sustentáculo moral da família, sugere a todos que tem o coração bem formado, a mesma admiração e a mesma estima que as que aliam às admiráveis qualidades citadas uma ilustração profunda e completa. E é junto dessa criatura antiga e magnânima que se encontra mais pronto acolhimento pelas modernas ideias feministas e mais fervoroso apoio pelo seu desenvolvimento, porque ela tem a inteligência clara, sabe prever.

E depois de uma pausa, fitando sempre as pupilas arregaladas de D. Gertrudes:

— Pelo fato de uma senhora revelar-se instruída, não é necessário levar a vida em cima dos livros; há inúmeras formas de aproveitar a sua inteligência e de manifestá-la - e entre galhofeiro e sério, acariciando a orelhinha rosada de Nair: — Repare aqui para a patroa, se não é o exemplo vivo do que acabo de dizer? este ar sério e refletido, este espírito sempre estudioso e ávido de aprender, esta figurinha graciosa e tão intensamente feminina é que me tem prendido, acorrentado, escravizado até. É um polvozinho gentil que me enlaça nos seus tentáculos finos, sem eu mesmo sentir.

Nair levantou para ele os grandes olhos reconhecidos. D. Gertrudes nada respondeu e apertou mais os beiços, como para reter à força as palavras azedas que eles queriam expelir.

Stella, que se sentara no mocho do piano, olhava vagamente pelas janelas abertas, amarrotando entre os dedos, com ar distraído, as páginas soltas de uma valsa.

O perfume das magnólias invadia a sala toda, e junto ao parapeito, em fartos ramos tufados, os lilases roxos balouçavam-se ao de leve. Tacões grossos bateram nas pedras da rua. Antonico foi ver e, deparando com um vulto, de ouvido atento às vozes que saíam de dentro, estendeu-lhe a mão num gesto amável:

— Olá, Seu Neca, venha dar dois dedos de prosa.

O outro encarou-o gravemente:

— Não é a baronesa da Língua Doce que está perfumando o ambiente da sua sala?

— Ela mesma – respondeu o moço com um sorriso.

O Neca franziu a testa, depois o queixo, enquanto, com o dedo mínimo, coçava a ponta avermelhada do nariz.

— Fica então para amanhã a minha visita – respondeu com voz grave.

Neca Amarante era um dos farmacêuticos mais antigos do lugar. O rosto comprido, muito agudo no queixo, que uma pera branca encobria, os lábios delgados, quase sumidos, e os óculos, cujas grossas lentes não conseguiam diminuir o brilho penetrante do olhar, davam-lhe à fisionomia uma expressão satânica que a muita gente era antipática. Vestia-se mal; o casaco de alpaca já surrado, sempre desabotoado, as calças de xadrez, com nódoas alastradas, e os chinelos acalcanhados que usava constantemente ajudavam a arredá-lo do convívio dos ricos, sendo a sua companhia somente apreciada pelos mais inteligentes, que se gabavam de compreender o alcance da sua observação e do seu espírito sarcástico. Fora em tempo cabo eleitoral, dando leis e conselhos, mas, como era pobre e tinha inimigos, vira-se de repente abandonado, vivendo numa modesta casinha, carregado de filhos, lendo e relendo alfarrábios que adquiria por preço módico no Rio, e deixando enferrujar entre apertadas paredes os seus ambiciosos ideais políticos. Adorava a política, era a sua mania, a sua "cachaça"; e raramente sustentava um assunto sem que esse nome se lhe não desprendesse da boca amargurada; então, com a lembrança triste das humilhações padecidas, blasfemava, tinha ódio a todos! Havia já muitos anos que morava em Teresópolis; para ali viera, para ali ficara, mas uma vaga esperança palpitava-lhe dentro d'alma, por um futuro mais risonho que decerto um dia viria surpreendê-lo.

Antonico instou, com amabilidade:

— Deixe-se disso, homem, entre um pouco.

Mas como nesse momento um ruído de gargalhadas, acompanhadas de forte alarido de vozes, se elevasse na sala de visitas, o Neca disse com asco, escarrando para a grama:

— Não posso, meu amigo, é-me impossível ouvir este riso que empesta tudo e vai espalhando micróbios por aí fora – e brandindo o punho fechado. — Continua a lançar a tua baba, venenoso réptil, mas para bem longe de mim! – Depois, mais calmo, com a unha suja espetada: — Deixe a bicha rabear que eu lhe estou a preparar uma das boas! Escute esta sábia sentença, amigo: quem com ferro mata com ferro morre. A víbora há de morrer às minhas mãos, ou deixo de ser quem sou.

Dizendo isso, afastou-se. Deu alguns passos com a cabeça baixa e, voltando-se ainda para Antonico, que o considerava prazenteiro, concluiu já mais risonho:

— Amanhã lhe contarei uma anedota apropriada ao caso. Colecionei um bom par delas nestas noites de chuva.

Disse-lhe adeus com a mão, e o seu vulto esguio e seco sumiu-se pela estrada fora. Antonico conservou-se ainda por alguns minutos à porta, respirando a plenos pulmões a suave frescura da noite incomparável. Da mata fronteira saíam sussurros suaves, e um perfume esquisito, onde predominava a magnólia, embalsamava o ar.

— ... sus Cristo – murmurou uma voz ao lado.

— Boa noite – respondeu ele a uma crioula esfarrapada que se esgueirou como sombra, rente à cerca florida. E ficou sorrindo à lembrança do farmacêutico, que não perdoava nunca à D. Gertrudes, nem ao seu julgamento maldoso.

Foi ao canteiro colher lilases e, empurrando a cancela com o pé, repenetrou na sala.

No centro da mesa, o bule de porcelana fumegava, e Nair, em pé, enchia tranquilamente as chávenas.

O Taveira enterrara-se na poltrona, enrolado no *cache-nez*, recusando chá por temer resfriamentos, enquanto a mulher – cujos babados lhe tinham subido para a nuca, encurtando-lhe ainda o pescoço – parecia mais balofa e estufada, lançando olhares gulosos para os pratos de biscoitos.

Apenas o dono da casa reapareceu, ela apressou-se a perguntar-lhe onde fora e por que fugira.

Antonico atravessou a sala, e prendendo na massa escura do cabelo de Nair as flores que trazia:

— Eis o que fui buscar, D. Gertrudes: não está bonita assim a minha mulherzinha?

— Está, está...

— E diga que não tive bom gosto...

— Ah! teve, isso teve!

— Ainda bem que o reconhece!

Mesmo em pé sorveu o chá em largos tragos saborosos. Stella encostara-se à janela com um sorriso feliz no lindo rosto. Uma estranha doçura pairava no ar, as estrelas fulgiam na escuridão do céu. Tudo parecia dormir; havia uma imensa serenidade na estrada; as próprias árvores não ousavam mover-se; somente de uma sebe orlada de pinheiros altos, emergiu um vulto embuçado que se escoou maciamente no silêncio da noite.

D. Gertrudes virou-se para a moça:

— Ai, ai, ai, que tristezas são essas? chegue-se para aqui, D. Stella, chegue-se para os bons...

Debruçou-se sobre a mesa e, erguendo com mão sôfrega o tapetinho de rendas que cobria o prato de cristal, foi dizendo sem olhar para ninguém, enquanto enchia a boca de suspiros:

— Suspiros, temos suspiros? e que esplêndidos estão! Venha para cá, D. Stella, venha suspirar conosco. Pois é verdade, D. Nair, a senhora foi de sorte; no fim de oito anos de casada, ainda tem marido galanteador que lhe vem oferecer flores! Oxalá assim continue, mas saiba que, às vezes, esses muitos cheios de melúrias fazem o que podem por fora... Não digo todos, mas... Estou aflita para presenciar quem virá trazer lilases à D. Stella... O filho do carniceiro deve andar por aí, rondando no escuro, como abantesma, coitado! A senhora precisa decidir-se, lembre-se que os anos voam, e a beleza também, e depois desta desaparecida, minha amiga, não se pode escolher, é pegar no primeiro que aparece...

V

Havia já quinze dias que Clotilde e o irmão tinham ido vê-los e Nair não tocava em retribuir a visita. Stella bem lho lembrava de vez em quando, fazendo-se escarlate como uma papoila, mas a irmã respondia friamente:

— Tenho tão poucas disposições de lá ir...

— Por quê?

— Nem mesma sei, esquisitices decerto...

— Ah, Iaiá, a sua mania de solidão transpõe os limites da excentricidade! Você está-se tornando hipocondríaca demais!

Nair baixava a cabeça sem responder e a conversa finalizava. Rara era a tarde em que Clotilde, coberta de sedas e de brilhantes, como se fosse para uma festa, não passava pela chácara de carro, com Nhonhô ao lado e as crianças na frente, vestidas de branco, muito engomadas, os cabelos escuros a emoldurarem-lhes as faces morenas. Assim que os avistava, Stella corria para palestrar alguns deliciosos instantes, embora a irmã não aparecesse nunca, e as janelas do seu quarto conservassem as portas de madeira cerradas. A moça irritava-se com aquela ausência proposital, mas o caráter de Nair infundia-lhe tão profundo respeito que não ousava exprobar-lhe a hostilidade da sua conduta. Não obstante isso, Clotilde continuava a informar-se com carinho a respeito dela. Como estava? por que lhe não vinha falar? E, às respostas embaraçadas e inverossímeis que ouvia, acrescentava numa melancolia quase infeliz:

— Creio que Iaiá antipatizou comigo!

— É desconfiança sua, pura desconfiança.

— Oh! Sinhá! - redarguiu Nestor admirado. — Quem pode antipatizar com você?

— Quanta gente! Afinal têm razão, pois reconheço que não sou nada agradável.

Stella protestou com tanto ardor como se ouvisse uma blasfêmia. Não admitia que houvesse alguém mais insinuante.

— Deixe-se disso! - e Clotilde, atirando a vista despeitada para as janelas descidas, observou com ar de fingida veneração: — Esta casa assemelha-se a um convento. Mas Santo Deus, Stella, como Iaiá mudou!

— Desde que se casou fez-se mais reservada, mais retraída, tudo lhe parece mal...

— Pensa muito bem, assim deve ser, mas não se podem levar esses excessos de severidade ao exagero. Eu também me divirto e sou casada; só se ela não é feliz!

— É felicíssima! Antonico e ela adoram-se.

— São gênios - atalhou Nestor vagarosamente, e depois de um minuto de pausa: — D. Stella é que é o oposto.

— Acho tão bonito uma moça como você! - acudiu Clotilde frisando as palavras com um vivo olhar de aplauso.

Uma grande vermelhidão se alastrou pela fisionomia pálida de Stella, que declarou não se apreciar nada por ser expansiva demais.

— Revelo-me logo, mostro logo o que sinto...

Mas aquilo é que era louvável, asseveraram eles com ardor. Ela possuía essa qualidade rara – a lealdade!

Os cavalos impacientavam-se, querendo disparar, e as crianças, que durante todo o tempo se tinham divertido em subir e descer as portinholas, já se mostravam enfadadas com a conversa da mãe. Nini puxou o chicote e Lulu pulou para a almofada, para guiar, escarnecendo dos ralhos do cocheiro.

Clotilde gemeu com afetada resignação:

— Minha filha, é impossível pronunciarmos mais uma palavra, pois estes meninos têm o manfarrico no corpo! – Depois, mudando subitamente de tom: — Não se esqueça, meu bem, que amanhã nos mudaremos para a Várzea. A casinha é no fim da estrada; para além daquela grossa moita de bambus. Nhonhô afirma que é um ninho, mas o casal de pássaros está velho e sem graça... No meu entender só os jovens esposos a deveriam habitar.

E, batendo nas costas do irmão com um sorriso significativo, prometeu arranjar-lhe uma lindíssima companheira...

Os adeuses foram abafados pela vozearia das crianças, que se disputavam os lugares, e o carro deslizou pela formosa estrada macadamizada, enquanto Stella, junto ao portão, recebia em cheio a ternura ardente que Nestor lhe enviava de longe. Assim permaneceu alguns minutos naquele doce enlevo, quando um puxão na manga a fez voltar o rosto para trás.

— Ah, a D. Gertrudes! - exclamou ruborizada, e para evitar as suas perguntas indiscretas: — A senhora veio dar o seu passeio? Fez bem, a tarde está tão bonita!

A outra observava-a com argúcia. Aquele modo embaraçado, aquelas cores repentinas na face, levaram-na logo a farejar mistérios novos.

— Hum... hum... parece que a senhora também a está apreciando...

— Quero aproveitar o pouco tempo de verão que ainda me resta...

A Taveira não lhe despregava do semblante a atenção maliciosa.

— Aproveite, aproveite que está na idade disso! - e tocando-lhe no ombro com o leque: — Diga à mana que logo à noite virei agradecer-lhe o bolo de mandioca que teve a bondade de me enviar e que estava de apetite. Comemo-lo todo no mesmo instante; até por sinal o Zeca da Barreira, que tinha ido dar um recado ao Taveira, também provou dele e declarou-o "na hora".

— Farei ciente - respondeu Stella.

D. Gertrudes estranhou-lhe o modo alegre; sempre a vira tão pensativa, numa atitude de quem vive na lua...

Aqui há marosca! - pensou com as narinas dilatadas, esquadrinhando a rua - há marosca!

— Então vamos ter muito breve a festa de São João? - perguntou a moça, de repente.

— É verdade; e estou aflita para apreciar as elegantes da terra com as suas roupas endomingadas. Sabe que o nosso sacrista - a sua voz tornou-se muito mordaz - já compôs um hino para ser executado na igreja?

— Parece que ele tem habilidade para a música.

A outra afastou com raiva semelhante suposição:

— Aquele amarelento chupado que se desmancha em cortesias aos altares pode lá ter jeito para nada? Não passa de um "escorropicha-galhetas". À noite, quando o oiço soprar na flauta, tenho ímpetos de arrancar-lha das mãos e despedaçá-la com fúria nas pedras.

Stella ensaiou um sorriso complacente, a velha prosseguiu imperturbável:

— O imbecil pensa que é alguém, mas a culpa têm-na aqueles que o "engrossam" desde pela manhã até à noite. Ainda ontem, em casa de D. Chiquita, ouvi o juiz de paz fazer-lhe o elogio, e fiquei boquiaberta com tanta baboseira. É verdade que esse, também, com os seus guisados científicos não vale dois caracóis.

O sino da capela do largo começou a repicar as ave-marias, e aquela toada sonora impregnou o ar de suavíssima melancolia. A uma das janelas da casa, apareceu logo a figura de Mariana, que se persignava enquanto, na varanda da cozinha, a copeira cruzava as mãos sobre o peito, murmurando uma prece com a cabeça baixa.

D. Gertrudes despediu-se, mas Stella, que se conservou na porta, encantada com o badalar, que espalhava sonoridades pela atmosfera serena e tão bem condizia com o estado de sua alma, ainda a avistou agarrada à janela do sacristão lançando para dentro um olhar pesquisador.

VI

Dias depois, pela uma hora da tarde, o portãozinho de ferro rangeu, e uma voz alegre gritou para dentro:

— Oh! de casa!

Stella precipitou-se para atender ao chamado.

— Quem é? – perguntou a um moleque de olhos azougados e dentes brancos que trazia uma carta.

— D. Clotilde mandou entregar à senhora e disse-me para esperar a resposta.

— Dá-ma – retorquiu ela, rasgando depressa o sobrescrito e lendo alto.

"Meu bem.

Mudamo-nos há uma semana, conforme a preveni, e se hoje não a vou ver, é porque me sinto ainda fatigada com as arrumações. Mas por esse fato não dispenso a sua visita, e esta noite espero-a sem falta.

Como passa a minha querida Iaiá? Diga-lhe que estando a cinco minutinhos de nós, bem pode dar um pulo até minha casa. Serei ouvida desta vez? Deus o permita, pois as saudades que tenho dela são já imensas. Felizmente libertamo-nos daquele horrível hotel, transbordando de gente e de moscas! Aqui, nesta doce solidão, poderei melhor deleitar-me com o gorjeio das aves e as vossas lindas carinhas. Peço-lhe para comunicar a Iaiá que, apesar da sua grande indiferença por mim, quero-lhe muito bem. Alfredo previne o Senhor Antonico que o não dispensa também. Poderemos contar com tão deliciosa visita?

Sua, do coração,
Clotilde."

Stella gritou ao rapaz que esperasse, e correu à procura da irmã. Depois de terminada a leitura perguntou-lhe com ansiedade:

— Respondo afirmativamente, não é?

— Que maçada!

— Iaiá, vamos! Ou então irei só, pedindo a Antonico que me acompanhe...

— Não fica direito...

— Você decide-se a ir também?

— Farei este sacrifício...

— Que bom!

Stella correu para dar a resposta, e ficou o resto da tarde em doces sobressaltos porque, embora não existisse no seu espírito uma ideia determinada ou fixa, queria apresentar-se elegante, muito elegante, e esse desejo era tão veemente que o não pôde apaziguar. Postou-se defronte do espelho, examinando a pele com todo o cuidado, e passando pelo rosto e pescoço nuvens finas de pó de arroz. Abriu o armário para escolher o vestido, mas, rejeitando diversos, decidiu-se por um de linho branco, entrecortado de finas rendas do Norte. Vestiu-se, perfumou-se discretamente e revirando-se, namorando-se, concordou que era linda, lindíssima, deslumbrante!

Tinham dado oito horas quando, acompanhada pela irmã e Antonico, fez a sua entrada na sala de Clotilde.

Nair, de escuro como sempre, sentia pulsar o coração emocionado ao ver aparecer a antiga amiga que, mesmo da porta, exclamou abrindo os braços:

— Até que afinal chegou o grande dia, ora até que afinal!

Ela balbuciou por entre o enleio que dela se apoderara:

— Andei muito ocupada toda a semana, e a minha filhinha toma-me muito tempo...

Clotilde suspirou logo. A quem ela o dizia! Ai, os filhos, os filhos! os dois que tinha constituíam a sua constante inquietação; era ela que os vestia, os ensinava, os ajudava a adormecer...

Era uma verdadeira escrava, mas com que prazer sentia o peso das algemas! – e substituindo o tom melancólico por um mais animado:

— Ainda bem que vocês vieram, já estava com tantas saudades! tantas! tantas! Não fiz bem de mudar-me para aqui? Que tal acham a minha casinha?

— Muito *chic*! - responderam elas olhando demoradamente para tudo.

— E alegre, não?

— Muitíssimo!

A sala era pequena, cheia de almofadas espalhadas sobre as cadeiras de laca branca, às quais davam uma nota de graça e de elegância, e Clotilde, tendo reparado que Nair as examinava com minuciosidade, observou encolhendo os ombros modestamente:

— Está simples demais!

Stella respondeu muito admirada:

— Simples demais? Eu, francamente, até me surpreendo da sua paciência em arranjá-la com tanto gosto para tão pouco tempo...

— Quatro meses, meu bem!

— Mesmo assim...

— Mas, minha filha, eu acho que a gente deve enfeitar a sua casinha. Não concordam?

Do lado da janela, sobressaíam as vozes animadas de Alfredo e de Antonico.

— Se eu pudesse demorar-me um ano, então, sim, teria gosto de a ornamentar. A casa é o nosso templo; nela desfrutamos os maiores prazeres da vida! Bem razão têm os ingleses de venerar o seu lar.

— A senhora tem gostado de Teresópolis? - perguntou Stella.

— Loucamente!

E, com a sua voz melodiosa, começou a exaltar-lhe as belezas e os encantos raros sem se fatigar de o fazer.

— Que montanhas! - volveu extasiada. — Que serras! que majestade! que grandeza! E que dizem ao pôr do sol, contemplado da estrada sobre um maciço de relva com a vista perdida no horizonte? Por minha vontade - resumiu batendo no peito com a fina mão resplandecente de anéis -, viveria na roça.

Stella influiu-a para que o fizesse, mas ela achava impossível. E o marido não tinha absoluta necessidade de residir no

Rio, por causa dos negócios? Conhecendo isso, nem lho pediria, preferindo vegetar na cidade...

— Considero um sacrifício imenso voltar para a sociedade, onde tudo é engano e hipocrisia - acrescentou desolada. — Tenho horror ao luxo, aos bailes, às visitas de cerimônia, a tudo! Neste paraíso, a gente sente-se mais bondosa e sã de espírito, e mesmo a oração, invocada numa capelinha tão suave, voa mais rapidamente para o Senhor. Não é verdade, Iaiá? Você dantes não era religiosa, e agora?

— A mesma coisa.

— E a senhora? - atalhou Stella.

— Sou-o muito; Deus me livre do contrário! Em Deus encontramos a esperança e a consolação para todos os nossos males.

Um piar medroso soou no pessegueiro, perto da janela do lado.

— Que paz! que sossego! - continuou ela com o olhar extático. — Como eu almejaria ser mulher do campo para trabalhar com a enxada! Essa gente é tão boa e tão generosa!

Stella discordou. Achava-a brutal, egoísta. Nos romances somente é que ela aparecia poetizada, mas essa poesia era fruto sem observação da fantasia dos romancistas.

— Não, não - protestou Clotilde. — No povo é que se divisa a verdadeira poesia, sem cultivo, é verdade, mas pura e sincera que lhe sai da alma com tanta espontaneidade como a água que jorra das entranhas da terra.

Nesse momento, afastando a porta entreaberta, Nhonhô apareceu, extremamente elegante, o casaco um pouco desabotoado, deixando ver uma corrente de oiro e uma medalha cravejada de brilhantes que lhe pendia do bolso do colete de seda clara. Na gravata escura, entre as dobras do cetim, aninhava-se uma pérola grande, e o colarinho alto, muito engomado, entalava-lhe o pescoço vigoroso como se fosse uma fita de aço.

Depois de cumprimentar todos, sentou-se ao lado de Stella, informando-se da sua saúde e dos seus passeios com solícito interesse. Mas a loquacidade dela cessou e o seu olhar inquieto ora o fitava rapidamente, ora se baixava desassossegado.

Clotilde desfazia-se em amabilidades, não lhe largando as mãos, tendo para ela, sem parar, expressões de caloroso elogio que a forçavam a corar a todo o instante.

— Que bonita Stella veio! Hein, Nhonhô? – disse para o irmão.

— Como sempre! – respondeu ele inclinando-se.

— O branco vai-lhe divinamente bem! Que vestido luxuoso! todo de rendas!

— E a senhora, cheia de sedas?

Ela desculpou-se; era um vestido velho, cansado, que usava para não deitar fora, porque, a seu ver, a economia era a mais sensata das virtudes.

— A senhora - tornou Nestor para Nair, muito amável – prefere as cores sombrias; vejo-a sempre de escuro!

— Porque lhe vai a matar – acudiu Clotilde, e maliciosa, com um piscar expressivo de olhos: — Esta sabe ser faceira!

Uma onda de sangue fustigou o rosto de Iaiá, a qual por extrema timidez não ousou responder.

— Parece uma viuvinha! - insistiu Clotilde, como se gracejasse. — Não sei por quê, mas ela faz-me sempre lembrar a Clara de Beaulieu de *O grande industrial*.

Nair, cuja emoção desaparecera para dar lugar a uma raiva surda que não podia explodir, reuniu todas as suas forças e respondeu, com voz trêmula, que Clotilde queria fazer dela uma heroína de romance, quando ela afinal não era mais do que uma triste mortal.

— E banalíssima – resumiu com sorriso forçado.

Clotilde, percebendo-lhe a indignação através daquele tom sereno, resvalou com diplomática habilidade para outros assuntos e referiu-se a diferentes festas a que assistira, relatando a descrição de um grande baile na legação de Portugal.

Nair, séria e silenciosa, aguardava uma ocasião para retirar-se.

— A senhora é apreciadora de bailes? – perguntou Nestor a Stella.

Ah! a valsa eletrizava-a; não conhecia prazer mais embriagador que deslizar num salão encerado, ao som de uma estudada orquestra de guitarras e bandolins.

Clotilde precipitou-se em exclamar:

— E você que tem feitio de boa valsista!

Quanto a isso não; até sentia o pé um pouco pesado...

— Com essa elegância de ninfa! – exclamou Nestor numa admiração.

Ela riu-se muito embaraçada.

Notando que Nair não falava nem sorria, ele dirigia-se somente a Stella, perguntando-lhe se montava a cavalo, e gostava de embrenhar-se nas matas entre os galhos das árvores que lhe prendessem o véu fino de amazona.

— Podemos combinar passeios – propôs, mas vergando os

ombros com falsa humildade –, se a Senhora D. Nair der licença, já se vê...

— Depende só dela – respondeu esta muito seca.

Nestor combinou logo. Iriam ao Quebra Frascos levando iguarias para um piquenique na relva e comeriam recostados à sombra daquelas sanefas de verdura ouvindo os pássaros chilrear, ou se sentariam perto de uma pequenina cascata cuja água pulasse contente e viva como uma rapariguinha de 15 anos em busca de divertimentos.

Stella concordava, não? Ah! ele era louco por aquelas diversões campestres! Poderiam também no caminho de Meudon colher os araçás maduros e as rubras framboesas, que se oferecem tentadores aos transeuntes gulosos.

— Com franqueza, D. Stella, prefiro isto aos grandes bailes.

— Confesso o meu pecado, dou preferência aos bailes.

— É levada! – exclamou Clotilde, e depois de um momento: — A sua Dinorah tem o mesmo modo de pensar?

Se aspiravam aos mesmos ideais e nutriam idênticas opiniões! – acudiu Stella entusiasmando-se. Ela e a prima identificavam-se admiravelmente, sendo "dois corpos numa alma só", segundo o bonito verso de um poeta brasileiro.

— Não se apaixonem pelo mesmo homem! – preveniu Clotilde. — Vejam o que fazem!

— Eis um dilema difícil de resolver – respondeu Stella, pensativa –, se eu tivesse de escolher entre um apaixonado e Dinorah, hesitaria.

Os dois irmãos louvaram a veemência e a lealdade daquele afeto.

— Há de mostrar-me o seu retrato, sim? – pediu Clotilde passando-lhe o braço pela cintura.

— Não desejava outra coisa! – respondia Stella comovida. Que a não ridicularizassem, mas, quando decorria uma semana sem receber notícias de Dinorah, não tinha satisfação completa, parecia-lhe que lhe faltava alguma coisa.

— Criticá-la? – bradaram ambos. — Ao contrário, tal sentimento deveria constituir um dos mais suaves encantos da existência!

E Nestor, para patentear erudição, começou logo a apologia da amizade, que reputava o mais nobre dos sentimentos. Apontou algumas célebres e respeitáveis: Michelet e Quinet, Madame de Sévigné e La Fontaine por Fouquet, Montaigne e La Boétie...

E com um sorriso sutil, observando Nair do canto do olho:

— Sou da opinião de La Rochefoucauld, o qual assegurava que embora seja muito raro o verdadeiro amor, ainda o é menos que a verdadeira amizade. Émile Faguet, por exemplo, declara que um amigo é um irmão, mas um irmão que se escolhe; e não considero Cícero excessivo, quando dizia que tirar a amizade da vida é o mesmo que tirar o sol do Universo. Pascal mesmo, o filósofo, o religioso Pascal, concordava que uma bela existência deveria principiar pelo amor, continuar pela ambição e terminar pela amizade.

Stella aplaudia com calor aquelas frases emitidas pausadamente, como se floreassem um discurso declamado na tribuna.

A irmã observou enternecida:

— As leituras da escola romântica francesa têm infiltrado no espírito dele ideias sentimentais, dignas de um Lancelot.

Nestor olhava às furtadelas para Nair, que, ereta e cerimoniosa, na borda do sofá, fitava insistentemente o marido, para fazer-lhe compreender o seu desejo de retirar-se, mas este, entretido com Alfredo, não se lembrava de voltar o rosto para o seu lado. Ela então, enfastiada com aquelas vozes que se assemelhavam a zumbidos infernais, com aquela luz embaciada e impertinente que parecia escarnecê-la, aquelas cadeiras empertigadas, como preciosas de Molière, com Nestor, com a irmã, com Stella, e até consigo mesma, levantou-se, a face contraída por um invencível tédio:

— Vamos? - perguntou friamente.

— Oh! tão cedo! - disse a dona da casa para responder alguma frase polida.

É que não podia demorar-se mais, Nenê ficara constipadinha...

— A você nada peço, pois sua filhinha toma-lhe o tempo todo - volveu Clotilde em tom mavioso -, mas a Stella afirmarei que me dará um prazer incomensurável se aqui vier diariamente.

Que Deus a livrasse de semelhante abuso, respondia Stella, rindo, pois acabariam por corrê-la. E despedindo-se de Nestor, toda ruborizada, a mão estendida, um pouco trêmula:

— Muito boa noite, Senhor Nestor.

Clotilde bateu palmas de alegria. Achava graça a coincidência; ela também o chamava Nestor, não tolerando os apelidos, que classificava de ridículos.

Stella tinha-lhes horror, embora, por hábito antigo, tratasse a irmã por Iaiá.

— Nesse caso - continuou a outra, prendendo-a num demorado abraço -, não diga nunca "sinhá" e ficam entre nós abolidas as senhorias... Valeu? diga "você" simplesmente, com a maior intimidade.

Pela rua fora, Stella caminhava pensativa. Acudiam-lhe perguntas para fazer à irmã, sobre Nestor e Clotilde, mas não ousava; ela com certeza iria debicá-la... Como fazer? a curiosidade vibrava-lhe ferroadas. A irmã poderia tão bem orientá-la, visto tê-los conhecido anos antes...

Ao entrarem em casa, convidou-a para ficarem na varanda. Sentaram-se. Antonico retirou-se para escrever. Depois de um curto silêncio, Stella, num assomo de coragem, perguntou com voz trêmula:

— Por que não gosta você de Clotilde, hein, Iaiá?

— Não gosto de Clotilde? Que lembrança é essa?

— Parece-me... Logo que nos sentamos, reparei na mudança do seu rosto...

Era porque não gostava de fazer visitas; já ficara um pouco selvagem, não se surpreendesse...

— Estou hipocondríaca, como você diz... Que posso fazer se o meu temperamento é esse?

— Eu acho-a uma criatura ideal. E que voz! é uma verdadeira música!

— É...

— Como lhe parece o irmão?

— Bonito rapaz.

— Só?

— É só o que noto por enquanto.

— Não o acha distinto?

— Sim...

— Que frieza! Pois não acha?

— Eu, minha filha, observo a sangue-frio. Não estou deslumbrada como você, não o vejo portanto através do mesmo prisma.

Stella riu-se. Não, deslumbrada ainda não estava, empregasse outro termo menos enérgico: simpatizada, encantada, por exemplo...

— Rendida, não tenha vergonha de confessá-lo.

Não, não; mas era exato que o supunha possuidor das mais nobres qualidades.

— Oxalá; pois se assim for, você poderá realizar o seu sonho!

— Ah! se isso fosse possível!

Nair calou-se; um pensamento triste a empolgava; a poesia melancólica da noite infiltrava-se-lhe docemente na alma. Uma aragem muito fina começava a circular e, por entre a moita de bambus, alguns pirilampos flutuavam como pequenos astros vagabundos. Depois de breves instantes, Nair disse com voz grave:

— Stella, oiça um conselho amigo: nunca se deixe embalar por sonhos inatingíveis, porque a decepção é tremenda.

— Podem censurar-me quanto quiserem, ou mesmo escarnecer-me, mas jamais me sujeitarei a casar por conveniência, ou a profanar o sonho que minha alma criou – respondeu ela.

Nair discordava. Na sua opinião, somente do Eterno podia-se exigir a perfeição absoluta, porque só Ele era perfeito, e quem n'Ele confiava obtinha o prêmio de sua fé religiosa. Mas na terra, onde queria ela descobrir a virtude suprema? Ignorava, pois, que o homem, barro frágil, pecava muito e sempre?

Como encontrara em Antonico as qualidades que havia ambicionado? Porque nunca desejara absurdos. Quisera um marido inteligente, honesto e bom, cujo braço forte a amparasse no caminho da vida. Fora feliz. Que a irmã lhe seguisse o exemplo e pusesse de parte aquelas quimeras que não denotavam apenas romantismo exagerado, mas já um sensível desequilíbrio de imaginação. Houve um momento de silêncio. Nair recostou a cabeça na varanda. Stella queria manter a conversa; não sabia, porém, como continuá-la. Não podendo reprimir-se, perguntou baixo:

— É verdade, Iaiá, por que não conversa você com Nestor?

— Não tenho nada a dizer-lhe!

— Nem eu, mas torno-me amável, comunicativa...

Mas com ela era diferente, era mocinha e solteira, estava no seu papel – e fazendo um esforço para permanecer calma:

— Com franqueza, acho feio uma senhora casada estar a derreter-se com os rapazes.

— Conversar não é derreter-se.

Era quase o mesmo, no seu modo de pensar; uma palavra atrai a outra, vinham depois os sorrisos, as conversas familiares... Ela não a podia compreender, ainda era muito criança, mas, para uma senhora ser considerada honestíssima em toda a rigorosa acepção da palavra, tornava-se indispensável observar um zelo extremo na sua conduta, e até nos seus atos mais insignificantes. Se a uns 20 anos assentavam bem o espírito leve e a graça folgazã, a esses mesmos 20 anos, quando rodeados de filhos e um nome a conservar imaculado, exigia-se mais alguma coisa.

E com uma expressão de gravidade:

— Eis o motivo por que me retraio o mais que posso, e me expando o mínimo possível.

— Quem pode duvidar da sua seriedade, Iaiá?

— Ninguém, bem o sei, mas para que sempre assim continue é preciso muito zelo, muito cuidado – e soltando uma risadinha de mofa: — Agora noto que estamos a filosofar com uma noite tão adorável em vez de lhe contemplarmos o esplendor!

— Desde que a consciência esteja tranquila, Iaiá, não nos devemos torturar com a opinião do mundo.

— É ela, porém, que nos dá tranquilidade à consciência, minha filha.

Stella objetou com vivacidade:

— Prefiro ter a consciência limpa, embora o mundo fale.

— Oxalá você nunca se veja obrigada a mudar o seu discernimento!

VII

Antonico chegou com o chapéu de palha atirado para a nuca.

— Vou até à farmácia do Neca dar uma prosa.

— Dê-lhe lembranças – respondeu Nair.

— E que ele se não esqueça da receita para a minha pele! – volveu Stella.

Antonico galgou os degraus do terraço rapidamente e, em largas passadas pela Várzea fora, transpôs uma porta aberta por onde saía um frouxo clarão de luz mortiça.

— Olá, Seu Neca! – exclamou num tom de afabilidade.

— Ora, viva o meu caro amigo! – respondeu o farmacêutico largando o livro que lia e tirando o boné de veludo preto bordado a rosas vermelhas.

— O senhor estava lendo, hein?

— É verdade; nesta calma de roça o que me vale ainda é a leitura. Sem ela não sei que seria de mim. O jornal e o livro são os meus fiéis consoladores. Queira sentar-se. Pela senhora não pergunto, sei que está bem, pois via-a passar ainda há pouco para casa. Tenho andado hoje indignado com essa maroteira da política; lá embaixo não há mãos a medir, é um horror; tudo é pouco para aqueles "esganados", no entanto o nosso partido está de cima; votamos com ele, damos-lhe força. Leia aqui esta mofina.

Pegou no *Jornal* e, ao mesmo tempo que procurava com atenção a notícia, roçava a comprida unha, muito amarela, na ponta vermelha do nariz, onde uma grossa verruga fazia proeminência.

Afinal achou o que queria; era um fato sensacional em que se faziam graves acusações a políticos notáveis, citando-se deles atos pouco dignos.

Postou-se defronte de Antonico com o jornal aberto nas mãos:

— Leia o amigo essa indecente comedeira! Vá lá ser-se honesto neste país a ver se vale a pena! Um pobre-diabo como eu, que arrasta a vida nesta miserável botica a servir o próximo o melhor que pode, é posto para o ostracismo a pão e água; outros, como esse que devora os olhos da cara dos desgraçados que lhe caem nas unhas, andam com as algibeiras abarrotadas de notas! Falem-me em honradez e escrúpulos.

— A política é às vezes injusta, Seu Neca.

— Porque tudo é tratantice – berrou este agachando-se para coçar o pé.

Sentou-se na borda do banco, tirou o chinelo e, examinando-o por dentro, detalhadamente, achatando-lhe os cantos, acrescentou sem erguer a cabeça:

— É o que lhe afirmo, são bandidos sem escrúpulos e sem consciência.

— Nem todos, Seu Neca. Separe o trigo do joio.

— Se o não são, parecem-no, o que equivale ao mesmo. Quem não quer ser lobo não lhe veste a pele.

Antonico corria a vista pelas demais colunas do jornal.

— Ei-lo – declarou alongando o indicador. — Já leu o "apedido" de hoje? Traz a mesma assinatura: "a alma do Taveira". – E, como o seu interlocutor se fizesse ligeiramente corado, não conteve um risinho, observando-o de esguelha e pronunciando com expressão admirativa. — Não sei como se pode perder tempo a escrever sandices desta ordem! Todos os dias são picadinhas de alfinetes molhados em veneno. A semana passada, foi para o nosso juiz de paz, que possui coração de pomba. Metiam-lhe as botas a valer, ridicularizando-lhe até o macuco que ele prepara com tanta habilidade e com uma intuição perfeita de molhos! Em seguida, coube a vez ao sacristão, agora é ao deputado Cardoso. Não escapa ninguém, isto é, falto eu...

O outro respondeu embaraçado, coçando o queixo:

— Do amigo não há que dizer, é homem de bem, ponderado, de gostos pacatos...

— Podem, querendo, alcunhar-me casca-grossa ou plantador de mandioca.

— Não leu o outro dia uma muito bem-apanhada sobre a D. Gertrudes? Era de arromba!

— Parece que tenho uma ideia, até lhe davam o nome a que tem direito, de baronesa da Língua Doce...

— Isso mesmo; mas aquela, Seu Antonico, é uma peste, uma megera! Pois não anda agora a esbravejar que viu o Jacinto sacristão escorropichar o vinho do vigário, substituindo-o por vinagre? O homem deu o cavaco! levou-o a breca! ele, com aquela gravidade conhecida, ser tido como ladrão de galhetas! É demais!

— A mulherzinha é terrível, não respeita ninguém; o melhor é não a tomar a sério e deixá-la falar enquanto tiver corda.

— Qual o quê, é dar-lhe para baixo, botar-lhe a careca à mostra! nada de piedade com a Cicuta, nada de contemplações!

Uma crioula velha apareceu à entrada da porta, com as trêmulas mãos estendidas:

— ... sus Cristo! Seu Neca, faz favor de me receitar um bom remédio para o reumatismo de "Siá Moça"?

O farmacêutico espreitou-a por cima dos óculos.

— Que espécie é? já atacou o coração?

— Credo, Ioiô, por enquanto, com a graça do Senhor, ainda não está lá. Só tem dores na perna e pelo braço direito.

Ele coçou a verruga e subiu à estante envidraçada que ficava do lado direito da parede, de onde tirou um vidro empoeirado com o rótulo rasgado aos cantos.

— Tome isso duas vezes ao dia.

Embrulhou-o num pedaço de jornal velho e entregou-lho.

— Boa noite – disse ela saindo.

O Neca rosnou qualquer coisa, e voltando-se para Antonico com muito azedume:

— Aquela aguinha há de servir-lhe de muito! É como quem ingere água do pote, mas como a fé é que nos salva...

— É óleo de São Jacó, Seu Neca?

— Não; outro não menos célebre e não menos inútil.

Deixava que os fregueses lhe chupassem todos os vidros, ele é que os não provava. Não acreditava na eficácia dos remédios, era muito cético, e quando vendia algum – o que lhe sucedia raramente – pedia um preço fabuloso, e era com sorrisos de mofa que o entregava ao comprador.

— Como se entende que o senhor, sendo farmacêutico, não crê na sua farmácia?

O Neca encarou-o num grande esforço de penetração.

— Botica, meu caro senhor, chame-lhe simples e categoricamente botica. Para que havemos de elevar esta reles "bicoca[1]" à importante categoria de farmácia? Eu, acreditar em remédios? nem remédios nem médicos me entram em casa. Aqui só se tomam cozimentos de ervas, porque só elas podem curar. A criançada já sabe: para dores de estômago, cabeça, perturbações nervosas, lá está o chá de laranjas-da-terra! Esse é que é o grande remédio!

Antonico ria, imensamente divertido.

— E é o senhor que o proclama?

O Neca, sem responder, saiu por alguns minutos, voltando depois com um molho de ervas secas na mão.

— Está reparando nesta folhinha miúda e recortada? Pois é remédio santo para a garganta. A gente toma-lhe o chá bem quente e pode dormir a noite toda de um sono só. Se o amigo for ao meu quarto, lá as verá penduradas com a indispensável designação.

— Que sujeito original!

---

[1] "Bicoca" tem o mesmo sentido de "biboca" em português, ou seja, habitação humilde, modesta. Provavelmente advém da influência do espanhol (*bicoca*, com variados sentidos, entre eles: casebre, choupana) ou do italiano (*bicocca*, de igual significado). [NOTA DESTA EDIÇÃO]

— Vai-se hoje ao solo? - perguntou uma voz jovial atrás deles.

— O nosso juiz de paz!... entre! entre!

Era ele, o Bebiano, o juiz de paz, alto, corado, com as suíças fartas e grisalhas penteadas para os lados, à moda inglesa, e um ar de alegre bonomia a adoçar-lhe os olhos pequenos, engelhados aos cantos. Andava sempre corretamente limpo, com o nó da gravata bem dado, e um botão de oiro chato a luzir no meio do peitilho da camisa. Estivera alguns anos no Rio como amanuense, e este simples fato fizera-o subir no conceito dos seus concidadãos a tal ponto que estes só se referiam aos seus gostos e opiniões nos termos da mais convicta consideração. Escutavam-lhe os pareceres, assinalavam-lhe os talentos culinários, e não havia sociedade recreativa a organizar, ou festa de casamento em perspectiva, onde não fosse pedida a sua palavra autorizada.

Como cozinheiro tinha-se criado um nome respeitável e, desde o mais modesto jantar de anos até o aparatoso banquete político às personagens do seu partido, era sempre ele que combinava os *menus*, indicava os lugares na mesa e preparava - rodeado do maior mistério - um molho especial para o lombo assado ou para as empadas de palmito e camarão. E, enquanto saboreavam gulosamente, a admiração pairava entre os convivas.

— Não há para temperos como o senhor juiz de paz! Que belo paladar! - afirmavam alguns. — O primeiro paladar do município! - acudiam outros mais entendidos. — É verdade que estudou na cidade, perto dos graúdos!

Assim que ele entrou, o Neca ofereceu-lhe um banco.

— Não temos esta noite o nosso solozinho? - perguntou

o Bebiano amimando com familiaridade o ombro robusto de Antonico.

— Já é um pouco tarde, mas amanhã prevenirei minha mulher, e então poderemos jogar até à meia-noite.

O juiz de paz retorquiu muito bondoso:

— Nesse caso não insisto – e animando-se: — Gosto de o ver com a sua senhora, é um casal raro, parecem dois noivos de ontem.

— D. Nair é o modelo das esposas! – sentenciou o Neca, assoando-se com alarido. — Não há segunda tão inteligente nem virtuosa por aí. O amigo teve sorte!

Antonico tornou risonho:

— Deixa lá que o amigo também a teve! A sua é mulher às direitas, trabalhadeira, boa quituteira...

O outro cuspinhou para o lado:

— Não é má criatura, um pouco birrenta às vezes.

Foi à porta pedir café; sem ele não podia passar. Não quereriam os amigos provar os sequilhos que a mulher fizera durante o dia?

O Bebiano arregalou os olhos alegres, aclamando a proposta. Que viessem! eram visitas sempre bem recebidas!

Daí a instantes, uma crioulinha esperta depunha em cima do balcão três xícaras de grossa loiça branca, e um prato fundo com biscoitos torrados.

O Neca engoliu uma xícara de café forte, e aconselhou os amigos a provarem os biscoitos sem susto. A mulher tinha a mão certa para amassá-los; para aquilo era boa.

O juiz de paz, compenetrado, mastigava de sobrancelhas franzidas.

— Parece-me que ela cometeu um errozinho, esqueceu-se da erva-doce... – e fechando um olho, trincando, devagar — Enfim, não é grave; há mesmo muita gente boa que passa sem ela.

Enquanto Antonico picava cuidadosamente o fumo para enrolar o cigarro de palha, ele continuava com satisfação:

— Fui ontem chamado à casa do vigário, por ser o dia dos anos da sobrinha. Fui preparar o macuco. Não lhes digo nada, saiu-me um petisco de truz! Lamberam-no todos, não sobrou nem uma lasca para as almas! Eu estava meio resistente, mas a pequena toda aflita veio pedir-me que não faltasse. "Como quer o senhor juiz de paz que achemos graça ao macuco se não for preparado pelo senhor?" Para a semana, tenho a festa do filho do tabelião, mas dessa vez farei a surpresa de uma *mayonnaise* de lagostas, e espero que os amigos tomarão parte no banquete, para verem o que é uma *mayonnaise*!

Era a sua especialidade, que proclamava com orgulho por toda a parte. Tinha-a aprendido no Rio com um compadre que fora, por largos anos, cozinheiro-chefe do Castelões. Reservava-a sempre para as grandes solenidades, e assim que ela aparecia coberta de conservas inglesas e rodelas de ovos cozidos, enfeitada a limão e folhas de alface, os olhos arredondavam-se cobiçosos, e corria pela sala um murmúrio aprovador.

— Cada um tem o seu fraco! – observou ele muito modesto, acariciando as suíças. — O meu é comer bem, e, como não atrapalha nada ser-se agradável, vou instigando o próximo a que faça o mesmo.

— Cá o nosso juiz de paz é entendido na matéria!... – apressou-se a declarar o Neca dando um rápido assobio de escárnio.

— O homem é da cidade, adiantado, astucioso, enfia-nos a todos pelo buraco de uma agulha...

— Lá embaixo é que me aperfeiçoei, mas sempre tive inclinação para quitutes, e, quando vou casar alguém, logo penso no prato especial que poderei fabricar para o banquete. Ainda ontem me dizia o Jacinto sacristão: "Seu Bebiano, os melhores sonhos da vida são encher os ouvidos com boa música e a pança com bons guisados. O senhor e eu somos dois grandes benfeitores da humanidade; o senhor dá-lhe molhos divinos, eu sons harmoniosos". E os amigos reconhecem que aquele sabe onde tem a cabeça: é um Carlos Gomes!

— Somente bronco para questões políticas! – observou o farmacêutico mascando o cigarro.

O Bebiano protestou; o homem tinha convicções, personalidade...

— Não discutamos que nós não compreenderemos – continuou ele, com um puxão irritado ao cós das calças. — Aprecio muito as suas qualidades como um Vatel, senhor juiz de paz, mas não como um Cavour. O amigo é um abnegado, está pronto a perdoar as ofensas e as fraquezas! É um altruísta! Quando morrer, asseguro-lhe que nascerá na sua tumba um lírio branco... Eu cá sou pecador, sem remissão, não tenho a alma sensível aos sons de sinos, nem das flautas. Anfião, mesmo, me deixaria indiferente... E a propósito: pode informar-me se os Bastos receberam a minha continha deste mês?

O Bebiano teve um gesto de complacência:

— Continha? o amigo dá-lhe esse título mimoso? Aquilo, pelo tamanho, parecia mais testamento de viúva dinheiruda do que outra coisa. Eles receberam, sim, e até por sinal as mocinhas (que têm graça) cantaram umas árias para eu ouvir.

— Ah, cantaram? então pagam! Responderei como o cardeal Mazarino, e num francês tão macarrônico como o dele: "*S'ils cantent la canzonetta, ils pagaront*".

Antonico riu-se, mas o juiz de paz, sem compreender, mostrou uma expressão de descontentamento. O farmacêutico explicou-lhe em tom paternal.

— Refiro-me ao Mazarino, o célebre ministro de Ana da Áustria, político astuto e ardiloso, profundo conhecedor da humanidade. Agora dei para alfarrabista, só assim posso aguentar este miserável antro de desiludidos, de tísicos, e... de antas. Para aqui, só vêm os desgraçados e as antas. Quando vou à capital, dou uma espiadela curiosa a um "sebo", meu amigo de longa data, e desencanto narrativas interessantes. Agora estou lendo o Rabelais, de dicionário ao lado, porque, a respeito da língua de Voltaire, pesco tanto quanto o Mazarino, que misturava alhos com bugalhos. Tenho apreciado imenso o diabo do Rabelais. Aquele tem chiste às pilhas. Para espírito não há como os franceses. O sal deles é produto de salinas diferentes das nossas, quer em sabor, quer em qualidade.

— O amigo deveria fazer tirocínio num tal Maquiavel muito falado por aí. Parece que esse indivíduo fornece recursos fecundos a quem quiser ser político atilado. Eu não posso julgá-lo, pois só me interessam escritos de cozinha.

Aludiram a outros tratados úteis, e o Neca lembrou-se de perguntar o que ficara decidido a respeito do *club*.

— Vai indo a passos de tartaruga! Eles aqui são uns atrasados, uns teimosos da marca e dão-me um trabalho doido para organizar tudo, que Deus nos acuda! – respondeu o Bebiano. — Eu acho que os músicos deveriam usar farda verde, e o chefe – que é o nosso Jacinto – botaria a maior, uma fita a tiracolo, para indicar a superioridade do posto. Pois não o entendem e já desisti de os convencer. Mencionei-lhes diversos uniformes de charangas conhecidas, diversos distintivos, qual! não há nada que os elucide. Lá na capital, sempre são mais atilados, atendem ao que se lhes recomenda...

— Dê-lhes exemplos eficientes, Seu Bebiano, alumie-lhes a inteligência enevoada, mas não lhes cite esses peralvilhos da corte que se apertam em sapatos de verniz enquanto um pobre chefe de família como eu leva o dia inteiro a fabricar drogas para ganhar o pão...

Antonico interveio, afetuoso:

— O amigo ainda é feliz, suponha que as multidões só tomassem chá de folhas de laranjas?

— Seriam mais puras de alma, fique o amigo sabendo. Repare para mim – berrou ele com olhar chamejante: — Vivo no meu canto, e não me envolvo com a vida de ninguém. Façam o mesmo, irra!

Ao longe, na maciez perfumada da noite, gemeram os sons melancólicos de uma flauta. O Bebiano pôs o ouvido à escuta, e pela sua face espalhou-se uma expressão de doce beatitude.

— Este nosso sacristão é um gênio! – exclamou com enternecimento. — Um gênio! como toca divinamente! Não fosse ele brasileiro e já teria fama universal!

— Era preferível que limitasse a habilidade às mãos e aos alexandrinos; e deixasse a política em paz – resmungou o farmacêutico puxando um pigarro teimoso.

O Bebiano atirou-lhe palmadinhas amáveis aos joelhos.

— Aqui o Seu Neca não perde ocasião de dar a sua piada, mas o fato é que todos devemos ser prestimosos à pátria, e, se cada um tem o seu partido, não impede que sejamos amigos. O Jacinto é homem de bem, Seu Neca, e que soberba instrução possui! Se quisesse, seria um Castro Alves ou mesmo um Varela! Só no outro dia escreveu de uma assentada doze versos diferentes para os arcos de São João!

— Apesar disso a baronesa Cicuta não o poupa e, enquanto ele repica os sinos, anda por aí, qual reclamo ambulante, a apregoar-lhe as gulodices!

O juiz de paz fitou-o muito severo, e fechando o olho direito, como era o seu hábito quando fazia ponderações graves:

— Aquela senhora tem a inteligência cheia de neblina; o Dr. Lamenha que dela tratou, e a conhece de longa data, afirmou-mo várias vezes. Há ali qualquer coisa de mais ou de menos.

O Neca bramiu, com o punho irado no ar:

— O que ela tem é língua peçonhenta e muita maldade naquele corpo de hipopótamo! Se quiserem, posso curá-la com certas ervinhas... Faço-lhe um chá bem doce, e passa desta para melhor, sem se aperceber...

Enquanto os dois riam, acrescentou, segurando a pera com ar pensativo:

— Essa maldita política é que me atrapalha o miolo! Às vezes tenho vontade de me desinteressar dela, e ficar na botica, a combinar algum remédio para calos ou para o suor, mas é mais forte do que eu, mergulho nela de novo.

Antonico pegou no chapéu.

— Seu Neca, vou indo; é a hora de os justos se recolherem...

O Bebiano levantou-se também.

O farmacêutico acompanhou-os até o meio da rua, onde ficou alguns minutos parado a escutar a flauta que ao longe continuava a ressoar com doçura. Depois entrou, fechou cautelosamente a porta com a tranca, e, repimpando-se na velha cadeira de braços partidos, tirou do gavetão uma larga folha de papel pautado, experimentou o bico da pena num borrão e acavalou os óculos na ponta do nariz, mudando os que tinha para o meio da testa.

O lampião espalhava um cheiro fétido de petróleo, e o seu angustioso clarão parecia extinguir-se aos poucos. O Neca levantou a torcida, espevitou o morrão e, soltando uma risadinha de escárnio, leu a meia-voz, à medida que escrevia:

"Consta que o nosso circunspecto e erudito juiz de paz será chamado muito breve a ocupar mais alta posição na importante política do país. Assim seja, pois os seus méritos culinários muito o farão apreciar pelos elevados paladares dos nossos *raffinés* de banquetes.

Mas aqui na nossa linda Teresópolis – desgraçada cidade da mais santa imperatriz! – a sua falta será insubstituível! Sem as luzes do seu espírito superior e o sublime segredo dos seus guisados, como poderemos continuar a viver?

A alma do Taveira."

Quando terminou, pôs-se em pé, esfregando as mãos com visível satisfação; voltou a reler tudo, e, querendo tornar a notícia mais digna de nota para reter a atenção dos leitores, abriu o dicionário e pôs-se a procurar palavras rebuscadas.

VIII

Nestor mandara arrear o cavalo para dar o passeio costumado e, depois de engolir à pressa um copo de leite bem fresco e abotoar as luvas de camurça amarela, bradou por Ângelo, o chacareiro português. Viesse ajudá-lo, que estava fazendo?

— Está tudo pronto; o patrão sai já?

— Já.

— Tão cedo? - perguntou Clotilde aparecendo risonha à janela do seu quarto. — Aonde vai, ave matutina?

Queria aproveitar a manhã, que estava deliciosa. Pondo muita malícia na voz, ela indagou para que lado se dirigia.

— Não tenho destino.

— À mercê de Deus, então?

— Sim...

— Está bem, e você vem almoçar?

Decerto, queria então que ele jejuasse?

— Bem, até logo.

— Escute.

Nestor, que havia esporeado o cavalo, sofreou-lhe as rédeas por alguns instantes.

— Se lobrigar alguma estrela por esse firmamento fora, recite-lhe versos de amor...

— Está dito – retorquiu ele rindo e disparando a galope.

Clotilde, depois de descer as persianas verdes, foi mirar-se ao espelho do toucador que ficava a um canto, do lado esquerdo.

Examinou a pele, mas o resultado do exame não a satisfez. O creme que pusera para desvanecer as sardas não fora bastante, botou mais. E depois disso recostou-se na preguiceira de cretone azul, com a vista errante pelo quarto.

Assim ficou alguns instantes acompanhando sem interesse o voo de um maribondo que entrara. O seu pensamento seguia o irmão passeando devagar pela estrada.

— Com certeza vai vê-la, isto de rapazes...!

Uma desconfiança, porém, atravessou-lhe o espírito; seria possível que ele estivesse fascinado pela extraordinária beleza de Stella? Só se fosse ingênuo – pensava –, porque ela era linda, sim, mas ninguém se deveria enlaçar por uma formosura pobre...

A consciência, porém, apontava-lhe com energia as raras qualidades da amiga; a sua imaginação brilhante, o seu espírito original. E estas, reunidas às do coração, que a sua perspicácia adivinhava, amontoavam-se-lhe na frente em pilhas faiscantes e luminosas como raios de sol. Seria, porém, crível que prendesse o irmão sem possuir um real de seu? Nhonhô teria virado sentimental? Não, ela não podia admitir tal absurdo! A sua natureza fria e calculista achava impossível a realização de um casamento só por amor.

— Tolos! o futuro lhes preparará os desenganos! – murmurou a meia-voz, encolhendo os ombros desdenhosos. Nhonhô casar com Stella? Ele que não quis prender-se a Nair na idade em que todo o homem tem no coração uma fibra sensível que estremece com facilidade.

E logo pensou naquele tempo divertido, em que testemunhara impassível o sentimento amoroso que ligava a amiga ao irmão. Todas as noites, lá estavam eles na modesta salinha de D. Cocota, e, enquanto a pobre senhora, doente e alquebrada de desgostos, trabalhava ou lia tranquilamente, Nair cantava aquelas malaguenhas lânguidas e cintilantes como os belos olhos das andaluzas. Nhonhô adorava-as; lembravam-lhe as noites cálidas de Sevilha, e as espanholas, com bolero de cetim escarlate, erguendo as saias e agitando as castanholas! E, na penumbra, os olhos de Nair chispavam faíscas, sussurravam ternuras! O pensamento de Clotilde estacava... Mais tarde o irmão fora para Buenos Aires, as cartas rareavam, e entre os dois haviam terminado as confidências. Se ele não foi constante com Nair, como o será agora com Stella? – pensava com incredulidade.

— Esta pode perder as ilusões, coitadinha, porque no fundo daquela alma palpita a mais insofrida ambição...

Uma ideia viva como uma fagulha iluminou-a de repente.

— Quem sabe se é com Iaiá? A seriedade que lhe apaga dos lábios o sorriso será realmente sincera? E ele? ah! talvez... Este passeio matinal... temos o *rendez-vous* poético com todos os encantos... Ela, ocultando-se nos arvoredos, a espiá-lo por entre as folhagens, ele, fazendo caracolar o ginete, junto à chácara, com o olho esgazeado de paixão... Creio tão pouco nas pudicas de cabeça baixa...

E uma risada sonora desprendeu-se-lhe da garganta, tão argentina como se saísse de um instrumento de metal. Pancadas na porta da rua despertaram-lhe a atenção; era um crioulinho enfezado que oferecia marmelos.

— Não quero – disse muito seca, despedindo-o.

O pequeno afastou-se cabisbaixo. O sol agora queimava a estrada onde rapariguinhas espertas circulavam, sobraçando livros e a parca merenda embrulhada num papel grosso, de cor. Junto à relva macia, agachavam-se duas galinhas felizes na sua pacatez. Do corredor, a criada chamou-a para o almoço.

— Mande essas crianças para longe que me não atordoem os ouvidos! – gritou ela aborrecida.

— Sim senhora; eles andam a brincar de cavalos.

Nesse momento, batendo estrepitosamente com os pés, Lulu e Nini atravessaram o corredor, suados e ofegantes. A mãe repreendeu-os muito severa, ordenando-lhes que fossem correr lá fora, e os pequenos, esbaforidos, fugiram para o jardim agitando os guizos das correias escuras.

Clotilde, mais calma, entrou na sala de jantar.

— Olá!, já regressou? como foi que o não senti entrar? – exclamou ao deparar com Nestor, no vão da janela palestrando com Alfredo, ambos muito à fresca nas suas roupas de linho branco.

— Pois não vim em balão.

— Todavia, nos tempos que correm, não seria para estranhar...

Sentaram-se à mesa...

— Eu vou-me ao bife – disse Nestor cortando o pão e besuntando-o de manteiga. — Estou com fome devoradora; o passeio despertou-me o apetite.

Clotilde tossiu significativamente.

— Está bem, e gostou dele?

— Muito, a manhã estava gloriosa!

Os dois se entreolharam à socapa. Alfredo, surpreendendo-os, interveio:

— Está-me parecendo, Seu Nestor, que você já está fazendo das suas!! Queira Deus que essa Stella não lhe transtorne o miolo!

Clotilde interrompeu em tom acre:

— Stella? depressa assim? safa!

— Você ignora que as maiores paixões são fulminantes? – perguntou Nestor espetando com negligência uma batata.

A irmã encolheu os ombros; se já estava àquele ponto, en-tão a questão era outra; não comentaria mais nada...

— Tem bom gosto – aduziu Alfredo muito sério –, a pequena é bonita a valer! Nos hotéis há diversos rapazes que estão doi-dos por ela!

— Vai a vapor!

— Que pensa, Sinhá, o brasileiro é o ente mais fogoso do planeta.

— É exato!

— Conheceu o Alberto Gonçalves?

— Aquele rapaz moreno de olhos amendoados?

— Esse mesmo; está como idiota, e já me pediu mais de vinte vezes que o apresentasse.

— Não apresente, não – apressou-se ela a retrucar com modo ríspido. — Acho ridículo um homem casado envolver-se em namoricos de rapazes.

O marido encolheu desdenhosamente os ombros.

Nestor perguntou zombeteiro, alongando novamente o braço para as batatas fritas:

— A moça então está embasbacando, pelo que oiço?

— É a palavra! fazem-lhe versos, comparam-na a Salammbô, a Cleópatra, à bela Helena...

Clotilde replicou sem disfarçar o azedume:

— Embora discorde, não me admiro da pasmaceira, porque na terra de cegos quem tem olho é rei. Por isso aborreço a roça, este atraso, este idiotismo irritante e vergonhoso...

— Tenha paciência, minha amiga, mas todos concordam que é uma beleza completa. Resiste à análise – tornou Alfredo servindo-se de mais arroz –, é lindíssima!

— Espantam-se por pouco!

— Você, é natural que assim pense: é mulher, não admira...

— Talvez suponha que estou com inveja?

Ele riu sem fazer caso, piscando o olho para o cunhado. Clotilde mordia-se de raiva. Com a voz malsegura, aconselhou o irmão a que não desanimasse.

— A minha natural modéstia não permite tal audácia; contentar-me-ei com um sorriso, um olhar, e a honra já será imensa!

— Em todo caso apresse-se – atalhou Alfredo, no mesmo tom de gracejo –, porque os concorrentes são muitos e perigosos... O mais interessante é que as moças dos hotéis estão numa rivalidade medonha; umas afirmam que ela pinta o rosto; outras, que tem dentadura postiça e mil asneiras idênticas – e dando uma gargalhada: — Quando a rival é de estrondo, já se sabe: as mulheres são inexoráveis.

Compreendendo o remoque, Clotilde corou, mas, readquirindo a serenidade habitual, asseverou que estivera gracejando, pois ela mesma se ufanava em proclamar-se a mais fervorosa admiradora de Stella.

— Calculo então como ficarão os rapazes!

Nestor ergueu para ela o rosto expressivo num sorriso perspicaz. Alfredo, que acabara de almoçar, estirou-se na cadeira de balanço, fumando, tranquilo, um enorme havano, e enquanto os dois irmãos se conservavam sentados bebericando o café, as moscas zumbiam à roda deles, enchendo a sala com um sussurro desagradável. Alfredo cerrou as vidraças porque o sol escaldava, e durante alguns minutos de sossego completo, apenas se ouviu o canário chilrear estridentemente.

IX

Segundo o hábito da terra, a mulher do sacristão, que viera visitar Nair, foi imediatamente introduzida na sala de visitas, onde se sentou abafando os passos, depois de depor na mesa do centro, ao lado dos álbuns e das flores, as mães-bentas que trouxera de presente. A dona da casa não tardou a aparecer, toda amável, pronta para o infalível abraço que não se fez esperar.

— Como vai o seu marido? – perguntou-lhe depois de agradecer e gabar os doces oferecidos.

D. Ana suspirou logo:

— Ai! minha rica senhora, vai indo com a graça de Deus! Aquela cabeça não para um instante de parafusar em mil coisas! – e penetrada de admiração, destraçando o xale de malha atirado para as costas achatadas: — Tenho até medo que lhe faça mal puxar tanto pelos miolos.

Nair, a seu pesar, deixou escapar um sorriso malicioso.

A outra acudiu, arregalando os olhos escuros, muito enrugados nas pálpebras:

— Ele é fraco, minha senhora, e trabalhando desse jeito pode arriar. Nossa Senhora da Agonia me valha! Já lhe prometi duas novenas se o puser curado até à festa dos anos dele.

E, cada vez mais animada com uma eloquência que adquiria quando se referia ao talento do marido, descreveu os afazeres dele, desde pela manhã até à noite, e arrancou outro demorado suspiro:

— Ai! que até sinto o estômago apertado só à lembrança de ele poder morrer sem acabar os versos!

Que seria de Teresópolis se não estivesse amparada pelo sacristão? - dizia. O Neca não o suportava, ela sabia-o, mas devia recordar-se que, se o Jacinto não se botasse a combinar hinos e cânticos, aquela terra não prestaria para nada.

De repente, com um sorriso a faiscar-lhe no rosto chupado:

— Com que então a D. Stella está para tomar estado? - e como Nair a fitasse surpreendida: — Sim, ouvi uns zum-zuns por aí... Parece que é com aquele moço do Rio, o janota que mora aí para cima. Está tudo cheio, que é para breve, que ele leva o dia para baixo e para cima numa dobadoira apressada...

Nair, que corara, respondeu um pouco trêmula:

— Se assim for, é natural. Stella é moça, está na idade de casar.

Mas a curiosidade de D. Ana não parava quieta. Indagou mais; se era rapaz de fortuna, quantos anos tinha, se era formado...

— Porque a D. Gertrudes Taveira garantiu a Francisca do sapateiro, que é comadre dela, que ele é doutor - e sorrindo beatificamente: — Qual! aquela D. Gertrudes é da pele do Inimigo! Credo! Até parece mentira! Tem cada uma! - riu-se com o seu modo calmo. — O Jacinto tem-lhe feito versos, que não é graça. Diz ele que ela dava para personagem de romance da roça. Às vezes, ele e o Bebiano contam casos que são de a gente se torcer a rir. Ai! o meu Jacinto tem mesmo muita graça! O Bebiano, coitado, esse... não fura paredes, mas o Jacinto assegura que é boa pessoa – encolheu os ombros com piedade. — Ele é que diz, e eu repito-o... já se vê...

Cruzou o xale sobre o peito, e numa entoação enternecida:

— Ah! D. Nair, como a gente é feliz quando gosta do seu marido..., como eu e a senhora... O meu torna-me muito feliz, muito! Eu agora acabei uma ladainha a Santo Expedito, para rogar-lhe que me conceda umas tantas graças; e já fui levar ao altar duas velas para apressar o milagre – olhou para o chão, um pouco pensativa –, que ele sempre me ouve... O ano passado prometi-lhe uma cabeça de cera para que curasse a cabeça do meu Jacinto, o qual se queixava de não poder mais rimar – sorria com as sobrancelhas arqueadas. — Ele tem muito orgulho, muita dignidade, arreceia-se de perder a fama que ganhou, por isso faz mil diligências para conservar a inspiração. Ter fama é maçada, afinal de contas, porque é preciso muito trabalho para a não deixar empalidecer... A pessoa não tem direito de dar parte de fraca.

Nair, que a fitava com ar prazenteiro, não se atreveu a tolher aquela corrente admirativa que esguichava continuamente, sem nunca perder a força e o impulso. D. Ana suspirou de novo, olhando para o chão. Mas, logo, como quem desperta, perguntou mais alegre:

— Quando é o casamento de D. Stella? Sim, porque há de ser para breve, segundo ouvi...

A mulher de Antonico tornou a corar intensamente sem ter uma resposta pronta para satisfazer a sua interlocutora.

O relógio da parede na sala ao lado tocou as duas horas da tarde.

D. Ana insistiu, admirada do silêncio da moça:

— Então é segredo, ou por ora não querem falar nisso?

Nair respondeu com um movimento de impaciência:

— Como ignoro se é sério, ou entusiasmo passageiro, hesito em dar a minha opinião. A senhora sabe, por natureza não sou nada expansiva, e em certos casos sou até reservada demais.

A mulher do sacristão acudiu, piscando os olhinhos míopes:

— Ele é bem-apessoado! A irmã também não é feia, e anda sempre num trinque que Deus nos acuda! Conheço muito a copeirinha deles, que me conta certas passagens de lá: diz ela que a D. Clotilde vive a disputar-se com o marido, não se importa com os filhos, pensando somente em pintar-se e embonecar-se... Mas é muito amiga do irmão, e levam aos cochichos todo santo dia. Às vezes trancam-se na saleta, e lá ficam horas esquecidas a dar à língua sem parar, deixando a casa ao deus-dará.

Nair sentia uma opressão no âmago da alma. Exprimir-se-ia D. Ana assim por ter ouvido alguma insinuação a seu respeito, ou por simples espírito de bisbilhotice? A outra continuava a mencionar a esperteza de Clotilde, que convidava as rapariguitas modestas para pilhar cenas íntimas do interior das casas e ridicularizá-las. Ela mesma já lá estivera a seu pedido e até recitara poesias do sacristão...

— É uma senhora muito levada, gosta de botar verdes para colher maduros e vem com cada pergunta que até atrapalha a gente... O meu Jacinto diz que para ir lá devo munir-me de diferentes armas a fim de aparar os golpes – sorriu embevecida. — Ele é que tem cabeça para compreender estas coisas... eu contento-me em ouvi-lo...

Nair fitava-a contrafeita, querendo verificar se, através daquelas palavras, não haveria algum sentido dúbio; mas a velha continuava na sua voz enfadonha, parando de falar, apenas, quando a copeira trouxe o café.

As vidraças da sala estavam suspensas, e a cada instante passavam vultos que se detinham uns minutos com olhadelas vivas para dentro.

D. Ana observou, abanando a cabeça miúda:

— D. Clotilde disse-me que o irmão é muito querido das moças, que esteve para casar há anos, mas a noiva era tão enjoada e feia que ele se aborreceu e desmanchou o casamento. Parece difícil para amores, enfastia-se logo.

Nair, que tinha empalidecido, cravou-lhe a vista ansiosa...

— Tem um mundo de retratos de namoradas antigas que têm querido casar com ele! - sorriu. — Pudera, não?, bonito, rico... Olhe que é lindo, D. Iaiá, tem olhos que parecem jabuticabas maduras muito úmidas. Perguntei a D. Clotilde sobre D. Stella, e ela respondeu que com certeza havia namoro, porque o irmão calçava a Várzea com os pés... Ela também disse gostar imenso da senhora, D. Iaiá, mas acha-a muito esquisita, muito metida consigo... Eu declarei que vinha aqui amiúde, e ela então exclamou admirada: "Imaginei que Iaiá, com essa mania de isolamento, não recebia ninguém". Expliquei que não sou visita de se temer, mas uma pobre mulher sem pretensões a luxos.

Nair ficou silenciosa, puxou um suspiro untuoso e levantou-se a custo:

— Eu costumo dizer que uma pobre de Cristo como eu não espanta ninguém.

A mulher de Antonico não respondeu, nem procurou retê-la, e então D. Ana soltou um lento ai, dizendo que ia preparar a merenda do "seu Jacinto".

Deu vagarosamente um nó no xale:

— Costumo dizer: antes quero ficar horas esquecidas à espera dele do que ele esperar um minuto por mim. Desde que me casei tem sido isto. Uma noite – ainda me lembro como se fosse hoje e tenho vontade de rir – riu-se muito, com a cabeça vergada para o peito – fiquei a cochilar perto do lampião enquanto ele não chegava. O Jacinto entrou, bebeu o chá e, quando acordei, achei a xícara suja, o bule vazio e as torradas comidas. Pus-me a procurá-lo muito espantada, e fui topá-lo estatelado na cama, a ressonar profundamente embrulhado nos cobertores.

Mencionou ainda outros episódios da sua vida íntima, sempre a adivinhar os pensamentos do sacristão, mas, como reparou mais uma vez que a dona da casa mal a ouvia, despediu-se com dois abraços lassos e saiu suspirando sempre.

Nair ficou muito contrariada por sentir nos ditos de D. Ana, referentes a Nhonhô, a influência direta da astuciosa Clotilde. Fora ela, decerto, que a guiara naquelas observações, sem que a pobre tola disso se apercebesse. Com as faces contraídas pela raiva, foi-se encostar ao peitoril da janela para ver as pequenas regressarem da escola. Duas pediram-lhe a bênção, e atrás uma mulher robusta, de quadris fecundos, bradou-lhe alegremente:

— Eh! comadrinha, muito boas tardes! – e seguiu sem esperar a resposta.

A moça, depois de corresponder ao cumprimento, ficou a olhar para a estrada, muito séria, mas logo recuou com o sangue todo na cara, ao encarar de súbito Nhonhô Rezende, que vinha costeando a chácara. Ele levou pressuroso a mão ao chapéu, e parou defronte dela. Nair mordeu os lábios num acesso de irritação surda e, sem lhe retribuir a saudação, foi para dentro com a maior dignidade. Estava insultada. Já várias vezes o vira andar por ali, e assim que os seus olhos, por coincidência, se encontravam, ele entreabria os lábios num sorriso terno. Encolerizada com tanta audácia, evitava de aproximar--se das janelas, com terror de o ver, de sentir-lhe os passos... Muito tímida, não tinha coragem para ofendê-lo, e a sorte inclemente fazia-lhe pirraças, proporcionando-lhe encontros que com tanto cuidado evitava.

Às vezes, quando nem se lembrava dele, nem em tal pensava, passeando distraída com a filha, ou indo fazer qualquer compra, via-o surgir todo taful, retorcendo os bigodes, mostrando os dentes brancos! Dir-se-ia que a brisa o avisava, ou que, oculto nos bosques fronteiros, ficava espiando a sua vida para devassá-la! O maldito aparecia como por encanto, e ela, sem poder desabafar o seu desespero sombrio, andava taciturna, vendo-se ameaçada na sua felicidade.

Miserável! – pensava com ódio – é a mim que persegue, e finge namorar Stella!

De dia para dia, se tornava mais reservada e altiva; saindo pouco, receosa de encontrá-lo, e privando-se mesmo de ficar na varanda, temendo que ele supusesse que o estava esperando! Mas um dia revoltou-se contra o seu acanhamento tolo de colegial e resolveu continuar a sua vida como se ele não existisse. Haveria de desfeiteá-lo e tratá-lo como a um cão leproso! Ele se cansaria e desanimaria decerto. Queria a todo o custo excitar-lhe o ódio. Que a detestasse, mas a deixasse sossegada na paz sacrossanta de seu lar!

Com aquela saída brusca, Nestor empalideceu, mas, acendendo um charuto, começou a fumar tranquilamente.

Quem sabe se fugiu para me atiçar? - pensou. — Com certeza é isso, mas afianço-lhe que me não darei por vencido, oh! não! - e um sorriso cínico lhe adejou pelos lábios, relanceando ao mesmo tempo olhares rápidos para todas as janelas. Mas nada se via nem ouvia; o silêncio era completo. Como, porém, a sua curiosidade se sentisse espicaçada, caminhou um pouco mais para se aproximar do jardim.

— Nem uma, nem outra! - murmurou desapontado. — Temos o palácio da Bela Adormecida no bosque! Com certeza estão-me espreitando; as mulheres têm a habilidade especial de ver tudo sem serem vistas!

O sol desmaiara, e no céu cor de turquesa pequenas nuvens brancas como flocos de algodão tingiam-se de tons rosados, muito desvanecidos. Nestor, cujo espírito prático era pouco afeito às contemplações da natureza, não distinguia encantos na poesia tranquila da tarde, que ia morrendo aos poucos; e alongava pelo prédio e pelo jardim um olhar perscrutador. Mesmo na sua frente, em grupos grandes, havia uma fila de roseiras carregadas de flores, as quais se misturavam numa riqueza e generosidade de tons, desde o rosa mimoso como a pele delicada de uma criança ao mais sombrio vermelho-escuro, de carnação quente, semelhante a vinhos embriagadores! E o verde das folhas, como era belo e por quantos cambiantes passava! Ora claro, aguado, transparente de inocência e de candura, ora escuro, quase preto, com reflexos de aço! Ao longe, distinguiam-se pedaços de pomar, ruas areadas, grandes latadas de glicínias... Já frenético e impaciente com a solidão que o cercava, jogou fora o charuto num gesto de contrariedade, quando um som de vozes lhe fez voltar precipitadamente a cabeça para o lado de casa. Era Mariana, que chegara à varanda – uma varanda larga, bem varrida, toda florida por grandes vasos de hortênsias – e falava para dentro, carregando no avental de xadrezinhos um punhado de roupa branca lavada. Logo atrás, entre alegres risadas, Nenê, abraçando com ternura uma enorme boneca vestida de escarlate, saiu a correr pela escada abaixo. Nestor, satisfeito com o feliz encontro, sorriu para a crioula, que, ao vê-lo, desceu os três degraus de pedra, e para ele dirigiu os passos vagarosos.

— Ué! Nhonhô Rezende! – exclamou.

— Em carne e osso. E você é a Mariana, pois não? Como está forte ainda e sacudida!

— Qual o quê, Nhonhô, estou muito velha, o reumatismo não me larga! Também que quer o senhor, os anos passam, e embora em caminho liso deixam sempre sinais.

Ele riu-se da observação; ela também, com um riso bom que lhe alargava ainda mais as faces balofas. Nenê deitou a boneca no canteiro, em cima dos amores-perfeitos, e correu com os bracinhos erguidos a perseguir uma borboleta amarela. Estava linda, assim de bibe branco, os fartos cabelos a baterem-lhe nas costas.

Mariana perguntou sem refletir:

— Então o senhor safou-se, hein?

— Como assim?

— Sim; quero dizer que ninguém mais lhe botou a vista em cima...

— Ah! estive fora, regressei há três meses.

Ela não respondeu e mirou-lhe os sapatos de camurça branca, muito novos; e as calças claras, de flanela, com finas riscas azuis. E Nestor, satisfeito daquele exame que consagrava a sua elegância de carioca, arrancou da cerca, num gesto dengoso, duas pequenas madressilvas que enfiou na lapela do casaco.

A crioula seguia-lhe os movimentos segurando a trouxa de encontro ao peito. E com uma faísca a brilhar-lhe no rosto embaciado:

— Com que então o senhor voltou rico?

— Nem tanto assim!

— Hum! hum! – disse ela, e indicando a alameda onde Nenê reaparecera correndo: — Aquela menina é filha de Iaiá.

— Bem sei, é bem linda!

— É a cara da mãe – retorquiu Mariana, mas arrependeu-se logo das palavras que pronunciara e, fitando-o bem de frente, para mudar de assunto: — Pois o senhor ganhou; veio mais bonito!

— Acha então que a viagem me fez bem?

— Se fez!

Ele torceu o bigode com um gesto acariciador, espetando o dedo mínimo para fazer notar o anel de oiro grosso, onde um belo rubi encravado lançava reflexos fortes. Mariana continuava a fixar o bigode e o anel e pensava:

— Não é à toa que Nhá Stella está apaixonada; ele é todo lampeiro, todo janota!

— Então acha-me a seu gosto? – perguntou Nestor sorrindo.

— Está bom, está bom, lá veio ele já! Isso não é comigo, as moças catitas que lhe respondam.

Nestor exclamou desolado:

— Ah! as moças bonitas não querem saber de mim!

E, para retê-la mais um pouco, principiou a elogiar a beleza da chácara. Quantas flores havia! e, a julgar pelo que avistava, o resto devia ser uma maravilha! E a respeito de frutas, que lhe contava?

Mariana escancarou os olhos e fez estalar a língua. Frutas? era uma fartura! Até os patrões abandonavam cestos cheios para os criados, pois tudo era à larga, não se comparava com o Rio, onde elas só se podiam chupar contadinhas com usura. Ali era uma largueza!

— E legumes? Nem o senhor faz ideia! Temos de tudo, pois o patrão mesmo é quem se ocupa da horta.

— Ah! é o hortelão?

— Hortelão, não senhor, mas fiscaliza e dirige os empregados. E também lá embaixo temos o rio debruado de chorões. O senhor já ouviu falar no rio Paquequer?

Ele declarou que sim, no *Guarani* de Alencar.

— Ah! – retorquiu ela com um muxoxo desdenhoso. — Sei lá disso! o único Guarani que conheço é o cachorro da lavadeira.

Nestor deu uma gargalhada, revirando mais uma vez o rosto para as janelas fechadas. A crioula, reparando-lhe no gesto, lembrou-se de falar em Stella, arrancar-lhe talvez uma parte do seu segredo, mas, recordando-se de súbito que

Nair decerto não gostaria de a saber ali, gritou pela menina e, despedindo-se dele um pouco bruscamente, desapareceu depressa sob as folhagens do pomar.

Nestor ainda lançou para a casa, numa curiosidade que o aguçava, rápidos olhares incendiados, mas, exausto de esperar em vão, seguiu pela estrada fora trauteando uma cançoneta francesa, sem ter ouvido a vidraça se abrir e aparecer a cabeça amorosa de Stella.

X

Instantes depois, sentada à sua pequena escrivaninha de canela, e curvada sobre finíssimas folhas de papel abertas na sua frente, Stella escrevia com ardor:

"Teresópolis, 5 de março de 1906.

Ah Dinorah! Sim, é certo, amo-o com frenesi, amo-o com paixão! Deixa-me desabafar no teu coração amigo o sentimento que incendeia o meu! Amo-o nervosamente, doidamente! Mas sou uma louca! estou começando esta quase sem explicações! Estou sentindo o teu doce olhar azul poisado com surpresa nestas folhas soltas e exaltadas. Se soubesses, e pudesses compenetrar-te de todo o meu sentir! Mas não, tu que nunca amaste, nem sabes o que isto é! tu, a quem uma declaração de amor faz rir a manhã inteira, e a quem um coração, abrasado pelo fogo da paixão, só inspira troças e motejos! Sim, querida, é o meu ideal; encontrei-o! É ele! Sinto-o na estranha doçura da sua voz, vejo-o no seu sorriso, que arrasta e atrai como um abismo escancarado! Dinorah, compreende-me, suplico-te! Não recebas as minhas confidências com o teu habitual sorriso de dúvida, mas acolhe-as e agasalha-as em teu peito! Por mais descrições que dele faça, serão sempre insípidas, comparadas ao original. Quanto ao físico, é levemente moreno, corado, e o sangue vigoroso aparece a colorir aquelas faces de damasco maduro. Os olhos! ah! não me fales, são meigos, grandes, lânguidos como uma malaguenha, puros como um cântico sagrado! Quando os fita em mim, sinto vertigens, a cabeça dói-me, tenho vontade de gritar... Já puderes conceber semelhante loucura? Tenho esperanças de ser correspondida, pois vejo-o passar constantemente a pé e a cavalo por aqui, fitando com atenção as minhas janelas. Digo-te isso, porque sei que uma frase minha é um segredo para ti, mas afirmo-te que, se ele me não amasse, eu me mataria! Vês como o amor alucina? Penso que na vida há um só verdadeiro, e que amar duas vezes é um vexame, uma falta de pudor, perde-se o respeito próprio. Se eu me apaixonasse por um homem e mais tarde me casasse com outro, diante de mim mesma me sentiria envergonhada, achando que estava eternamente a enganar meu marido e essa traição se me afiguraria uma espécie de adultério moral. Falo-te assim porque me compreendes, és uma mulher superior e, embora o teu coração não falasse ainda, quando o fizer será sem restrições, apaixonadamente, como o meu.

Travei relações com a irmã de Nestor, uma criatura feita de meiguice e de sensatez. Chama-se Clotilde. A amizade que lhe dedico será o reflexo do amor que a ele tributo?

Mas não me recordava que ambos são teus conhecidos. Quando frequentavam a casa de mamãe, tínhamos 10 anos, Clotilde completara 22, porém, apenas conservava dela a mais vaga das lembranças. Vejo-a como através de um nevoeiro, tocando piano e cantando modinhas ao violão. Iaiá mostra-se reservada demais para com ela, o que muito me entristece, porém Iaiá é fria e desconfiada com todo o mundo, não há meio de modificar-lhe o caráter. No entanto, eu adoro Clotilde, não como te adoro a ti, mas por ser irmã dele. Quanto eu desejaria que amasses alguém para poderes experimentar o que estou sentindo! Como é delicioso amar e bom ser amada! Fica-se melhor, crê-se no paraíso, nos anjos, na Redenção do Senhor, em tudo o que é imaterial e sublime! Estou tão feliz que na minha alma os pensamentos maus não encontram guarida, como num bom hotel os hóspedes de reputação maculada. Para ele, metade do meu coração; a outra metade para ti.

Stella."

Depois de sobrescritar a carta, mandou-a para o correio. Sentia um ímpeto doido de ir à casa de Clotilde! Se pudesse conversar com Nestor, livre dos preconceitos da sociedade, abrir o coração como quem escancara uma gaiola e dá liberdade ao pobre pássaro que somente distingue a transparência do céu através das terríveis grades carcereiras? A sua ardente natureza estava sequiosa para derramar em algum coração amigo os pensamentos de amor que a embriagavam.

E, deitada na cama, construía planos imaginários que a fria realidade derrubava por terra. Um arrastar de chinelas soou rente à porta, e a voz de Mariana fez-se ouvir através da fechadura.

— Nhá Stella, posso entrar?

— Pode.

A crioula chegou sorrindo.

— Quem botou você tão risonha? - perguntou a moça com amabilidade.

— Ué! xentes! e a senhora não está também toda no ar?

— Estou satisfeita, sim...

— Bem sei, o moço já lhe ronda a casa...

— Que moço?

— Nhonhô Rezende, quem há de ser?

— Ora! ele pensa mesmo em mim!

— Não; é por mim que ele aí passa todos os dias! - tornou Mariana soltando uma risada de debique.

A boa mulher estava com o gênio modificado. Dantes, só de ouvir falar de amores, o seu ser se revoltava, taxando de injusto o destino, que lhe recusava o que a outrem tão facilmente concedia; hoje o seu mau humor havia-se dulcificado, e, embora não procurasse estas conversas, não as evitava todavia.

Stella encarava-a em sobressaltos! Depois, sentando-se na cama, rápida e viva:

— Acha, com franqueza, que ele gosta mesmo de mim?

E Mariana, com uma sacudidela brusca de ombros:

— Para que passa então ele aqui, Nhá Stella? que lembrança!

— Você crê que é mesmo por minha causa? não será por simples passeio?

— Quem acredita nisso? o moço não arreda pé daqui noite

e dia. Ainda eu não tinha conversado com a senhora e já lhe percebia a esperteza. Só hoje já é a segunda vez.

— Segunda? Uma vi eu...

— Pois eu vi duas.

— Sente-se, Mariana, e conte o resto.

— Hoje faz-me sentar, mas ontem vim aqui e nem caso...

— Com certeza eu estava adoentada...

— Boa desculpa!

Stella, agarrando-lhe nas saias, implorou-a para continuar a narrativa. A velha repetiu-lha fielmente. Pois quê, ela tinha-lhe falado, estado perto dele? era isso possível, Santo Deus? - pensou Stella exultando de alegria.

— Mas você conversou com ele como está falando comigo?

A crioula, enfrenisada, estalou um muxoxo impaciente.

— Ué! xentes! Nhá Stella imagina que eu nunca falei com gente boa? Pensa que ele é algum imperador com quem não se pode conversar?

Mas a moça, radiante, mais uma vez a obrigou a repetir tudo de novo. Depois bateu palmas, arrojando ao chão um livro que estava na banquinha da cabeceira. Mariana olhava-a atônita.

— Xentes! Nhá Stella ficou maluca?!

Ficara; e, para a lisonjear, prometeu presenteá-la no dia do seu casamento com um vestido bem bonito, talvez mesmo de seda.

— Qual o quê, menina, quando chegar essa ocasião nem a senhora se lembra mais de mim!

E a preta, resmungando, abalou.

Stella deitou-se de novo e começou a recapitular todo o diálogo deles, junto às madressilvas cheirosas. Não restava dúvida, Nestor amava-a! Fora uma paixão violenta que lhe agitara a alma como um inesperado vendaval, destruindo-lhe, para sempre, o seu famoso sossego de espírito.

O mesmo lhe sucedera a ela! Uma ventura infinita inebriou-a. Que pesar não ter Dinorah a seu lado para compartir da sua felicidade! Cerrou os olhos com um bem-estar desconhecido. Lá dentro, Nenê sapateava, e a crioula perseguia-a com ralhos, que a menina desprezava, continuando as travessuras. Em toda a casa sentia-se o borborinho que precede a hora das refeições; um tinir de loiça e de talheres reboava nos corredores. Stella deixou a imaginação devanear; frêmitos de amor faziam-na estremecer, sorrisos doces adejavam-lhe pelos lábios irrequietos. As janelas entreabertas traziam-lhe o piar dos pássaros, e a brisa embebida em aromas capitosos. Ela sorria, silenciosamente, aos próprios pensamentos... Uma visão empolgava-a causando-lhe emoções deliciosas. Era uma sala, forrada de veludo, com estatuetas de marfim e ânforas de alabastro; nas paredes, os espelhos em profusão reproduziam a sua imagem numa policromia de luzes e de tons; no teto, com embutidos de entalhe, formosos anjos desdobravam as asas diáfanas, das quais irradiava uma serenidade celestial, e ela, esperando que Nhonhô regressasse do trabalho diário, reclinada sobre fofos coxins, enrolava devagar as fartas madeixas, esparsas nos ombros, em ondas negras, tendo aos pés, agradecido, tranquilo, um soberbo Terra-Nova que a contemplava amorosamente.

XI

Clotilde pregava um colarinho de rendas numa blusa de tule, quando o irmão, com aspecto indolente, veio sentar-se-lhe ao lado. Abafava-se; o sol caía a pino sobre a estrada. Ela imaginava o calor do Rio; como estaria lá, hein?

— Um forno! – respondeu ele desabotoando o jaquetão com um demorado bocejo. — Aqui mesmo, a gente não sabe como aguentá-lo! – e repotreou-se cruzando as pernas.

Houve um pequeno silêncio, durante o qual a moça afetava prender toda a atenção no que estava arranjando. Fez-lhe perguntas sobre modas. Gostava ele dos penteados recamados de pentes e de laços?

Nestor encolheu os ombros.

— Prefiro os cachos e os topetes postiços; são mais parisienses e graciosos.

Clotilde não respondeu, mas depois de alguns instantes, sem o olhar:

— Estou matutando como você teve habilidade de apaixonar a Stella dessa maneira.

— Ah! minha cara, possuo o privilégio de ninguém me resistir. Sou como Masséna, a quem Napoleão cognominava de filho predileto da Vitória.

— Bem... E da sua parte o que há? é prudente indagar...

Nestor riscou um fósforo com lentidão:

— Ela não é peixe podre que se rejeite... Por muito marmóreo que eu seja, não ficarei insensível ao fulgurante esplendor daqueles olhos estrelados de sonhos!

— Olá, está ficando poeta?

— Quando encontro musa...

Clotilde foi postar-se defronte do toucador, com a blusa poisada no peito para julgar do efeito que produziria. Recuou dois passos e, contente com o exame, guardou-a na gaveta do armário. O irmão, absorto em pensamentos que o faziam sorrir, soprava para o ar a fumaça do cigarro.

Ela, abanando-se com um leque de sândalo que apanhara a um canto da mesa, bradou jovialmente, galhofeiramente, em pé, diante dele:

— Nada de rodeios, Nhonhô, venha a verdade reveladora e abençoada, essa verdade que ilumina os tribunais e escancara as grades dos cárceres!

— Oh! fraseado eloquente! Visto que você faz tanto empenho, ei-la: estou meio cá, meio lá.

— Parece-me que lhe não seria penoso passeá-la a seu lado nas ruas da cidade!...

— Decerto que não; é mesmo deslumbrante o demônio da menina! Nunca vi dentes tão perfeitos, nem lábios tão apetitosos! Que vontade tenho de trincá-los! É uma soberba figura de judia que evoca em mim a imagem de Salomé, de Ester, de Judite...

— Oh! oh! você está fecundo...

— E já observou, Sinhá, como é harmoniosa e pura a linha das sobrancelhas? Só mesmo a perícia divina poderia desenhá-las. Quando fito Stella, é que creio na existência do Criador.

Clotilde sentou-se perto da cômoda.

— Oh! homem, você está aí, está amarradinho! – replicou abrindo um gavetão e colocando muito cuidadosamente algumas peças de roupa branca sobre os joelhos.

— Quanto a isso, mais devagar. O meu entusiasmo limitar-se-á à contemplação mística... Sou um romanesco, não mancharei nunca os meus sonhos, tocando-os com lábios profanos... Além disso, minha cara, agora que tenho a vida regrada, metodizada, com alguns vinténs postos de parte, não cairei na estupidez de prender-me.

— Mas Stella está tão apaixonada!...

Ele teve um gesto de piedade, e jogando pela greta da janela a ponta do cigarro que acabara:

— Creio bem; todas as moças o ficam quando encontram um rapaz que não é feio, se veste com elegância, passou alguns anos no estrangeiro... Você não calcula, Sinhá, como esta última circunstância, sobretudo, influi no cândido e inexperiente sentimentalismo feminino. Um brasileiro que viveu fora de sua pátria é mais brasileiro do que os que nunca de lá saíram...

— E eu tão desconfiada que o travesso Cupido o tivesse ferido com as suas flechas envenenadas... Você é tão dengoso com ela...

Nestor corou levemente:

— Não o posso deixar de ser, pois não existe mulher que perdoe ao homem de não se mostrar galanteador. O galanteio é a homenagem obrigatória à formosura.

— Atrás dela infiltra-se, matreira e insinuante, a ideia do casamento – tornou ela fingindo que examinava as unhas, mas observando-o de esguelha.

Nestor repeliu a possibilidade de semelhante disparate. Casamento? Quem ousava, numa quadra de penúria tão atroz, amarrar-se a moça pobre para padecer trabalhos e dificuldades? Agora que arranjara um sócio, haveria de esbanjar o modesto pecúlio, amassado com o suor de seu rosto, para se escravizar ao insensato capricho de uma bonita cabeça de 18 anos? Não alcançava ela o contrassenso? E, começando a passear, com as mãos afundadas nas algibeiras:

— Deus me livre... você tem cada ingenuidade!

Clotilde, no íntimo, estava radiante e, convencida que o irmão não amava a amiga, exaltou-lhe as qualidades e a beleza adorável:

— Não tem vintém! – disse ele desdenhoso.

— Isso é de menos, pois as pobres mesmo, quando são bonitas, têm um tal magnetismo que revolucionam as mais firmes decisões... A sorte arma ciladas ardilosas...

— Desafio que o faça a um macaco velho como eu. Não me vendo por menos de mil contos, e quando me afogar será logo no ponto mais fundo do oceano. — Amor! – deu uma risadinha – Sinhá, essa pieguice apenas tem certa influência aos 20 anos, quando a experiência ainda não nos abriu os olhos, mas, passada essa idade de ilusões, é quase impossível. Ah! se eu apanhasse a outra, seria esplêndido, porque, além do belo lance teatral, me distrairia durante os enfadonhos meses que vocês se lembraram de se enterrar neste sertão...

Clotilde pulou espantada:

— A outra? que outra?

— A irmã, bolas, quem há de ser?

— Iaiá? você enlouqueceu, Nhonhô?

Ele encarou-a com maliciosa surpresa. Não via motivos para tão grande indignação.

— Só me apaixono por causas difíceis – tornou –, e esta atiça-me por se tratar de uma moça bonita, que parece feliz com o maridinho, tem talvez vontade de se distrair...

Clotilde exclamou, cheia de perverso contentamento:

— Como os homens são ruins! pois justamente por ela ser feliz é que você não deveria perturbar-lhe a felicidade.

Ele jurou que não pretendia semear a discórdia naquele lar privilegiado, tampouco praticar o mal, pelo mero prazer de o praticar. Era apenas uma experiência que o tentava, a fim de não ter muitas saudades da Argentina. E a essa lembrança o olhar reluzia-lhe.

— Ah! vida agradável de Buenos Aires! – volveu derreando-se na cadeira. — As mulheres têm toda a liberdade; saem sós, vão ao teatro sós, organizam festas sem a presença dos maridos...; aqui vocês vivem fiscalizadas por duas ou três barcas de vigia, e às tardes encafuam-se na cozinha, a decorar receitas de doces ou de quitutes. Vocês estão muito longe das argentinas, esta é que é a insofismável verdade. De resto, em Buenos Aires é como em Paris, Londres, Viena..., em todos os países progressistas, enfim. Não há a prisão ridícula, o terror de tudo, como aqui. É o vizinho que pode pensar, o marido da amiga que talvez imaginasse, o compadre que aventou uma indireta, e tudo por aí fora. O Rio é sumamente desfrutável e atrasado, minha cara! – e voluptuoso: — Sonho do meu passado, que vens reviver, provocante e tentador! Doce guitarrista de outrora, que sabias arrancar do instrumento aqueles acordes divinos que me incendiavam a alma!

— Reparem no místico que não macula ideais! E você não perderá o seu tempo?

Nestor refletiu alguns instantes com o dedo mínimo sobre os dentes:

— É difícil uma mulher resistir à tentação!

Ela desatou a rir.

— Santa vaidade! pois assevero-lhe que o perde. Iaiá é honesta, tem convicções arraigadas, e não será um doidivanas da sua força que lhas fará abandonar.

— Será tão honesta assim?

— Mesmo em solteira, você deve recordar-se.

— A gente muda muito... Mas que encanto de mulher! sempre com as pálpebras descidas, sem um sorriso... – e batendo nas pernas com força: — É uma Minerva, Sinhá, uma perfeita Minerva!

— Estou convencida do que afirmo. Iaiá é séria e nunca olhará para você.

— Bem; se assim for, desisto e viro-me para Stella enquanto aqui estiver, já se vê – apoiou na frase, que acompanhou de um sorriso expressivo –, pois não trouxe quase livros, e não vejo distrações nesta terra bestializada.

— É o que você deve fazer, porque dará desse modo uma

nota bem mais alegre a esta estúpida vida campestre que não posso tolerar.

Cada dia se convencia melhor que a roça pertencia àqueles que não descortinavam na vida senão prados e planícies sem variantes nem movimento.

Nhonhô fitou-a irônico. Ah! mas os gostos não eram iguais, felizmente! Não vivia ali, embrenhada naquelas matas cheirosas, a adorável Nair, esbelta e pura como as filhas do sertão? A irmã ignorava então a verdadeira poesia?

Clotilde retrucou desabridamente:

— É porque o meu ideal é mais vasto e elevado que o dela. Iaiá satisfaz-se com o trinar dos grilos e o canto fanhoso dos galos; eu apenas tolero o gorjeio estudado dos tenores do Lírico.

Nestor achou graça àquela aversão de carioca elegante, ávida de divertimento e de gozos, pela pacatez prosaica da vida burguesa! Mas logo prosseguindo na sua ideia fixa, com um suspiro terno:

— Quem me dera Iaiá! Quem ma dera!

Clotilde assumiu ares severos declarando que esse assunto libertino a contrariava, não somente por se tratar de quem lho não merecia, mas também por considerá-lo uma falta de respeito para com ela.

Franziu o nariz com a vista séria, as sobrancelhas severas, como sob o peso de uma forte indignação.

— Ta-ta-tá, deixe-se de moralidades, moça! Você não a suporta, e finge agora tomar-lhe a defesa!

Não, Clotilde não implicava com a pobre criatura, apenas não se entendiam e nada mais.

— Que diabo! você não me auxilia em nada! Se há de atraí--la, evocando os manes da antiga amizade, só pensa na outra, só quer saber da outra... É uma adulação que enoja!

Ela atalhou, desviando o rosto para que ele não lhe lesse o pensamento:

— Detesto esses gracejos, Nhonhô!

O irmão riu-se e, alongando o braço, afagou-lhe o queixo que transudava de cremes.

— Decerto! – insistiu Clotilde afastando-o com brandura, mas, inopinadamente, fitou-lhe o olhar que cintilava, afogado em zombaria, e, não podendo conservar o tom digno que simulara, caiu para trás rompendo às gargalhadas.

— Ai, ai, minha negra, você voltou ao que é: nada de hipocrisias!

— Não, Nhonhô, mas...

— Basta de imposturas que só conseguem impressionar os estranhos! Já somos muito conhecidos! Entre nós não pegam!

Clotilde abanou a cabeça e, risonha ainda, pôs-se a dobrar a roupa para arrecadá-la novamente. Nestor acercou-se dela:

— Julga mesmo que Iaiá é séria? Aquela atitude austera não dissimulará muita faceirice! Há mil variedades de *coquetterie*. Serei depravado como você e o seu cândido Alfredo declaram, mas o fato é que acerto sempre nos meus diagnósticos. Eis a grande e iniludível verdade! – estirou as pernas com lassidão. — Estou idealizando escrever um delicioso romance que abismará a nossa cética e desdenhosa sociedade – recostou a cabeça enlanguescida –, preparem-se para que o queixo lhes caia com a beleza do estilo e a exuberância das descrições.

Clotilde tinha no rosto uma sisudez cômica.

— Numa mata virgem, inebriada de perfumes selvagens e voluptuosos, vive uma formosa sertaneja, morena, bizarra, que se alimenta apenas com jambos e pétalas de flores silvestres. E essa delícia, essa pitanga madura e apetitosa, chama-se Nair, nome que representa para mim todo um mundo de recordações amargas e doces; nome que é um poema dos trópicos, tem o cheiro acre da floresta e a suavidade incomparável do sapoti... Será uma narrativa meio sentimental, meio religiosa; uma espécie de balada no gênero das de Heine... – e endireitando-se com preguiça: — Começa por um encontro entre a bela, encostada à balaustrada da igreja, perto da nave, e o herói, um moço moderno, vestido no Rabelo. Repare quanto é expressivo o contraste: a sertaneja, flor agreste, rica de seiva, e o rapaz, planta artificial e corrompida da civilização do século XX.

— Ah! é transcorrido no século XX?

— Sim; era uma vez uma linda sertaneja, que corria pelas matas, com as pernas nuas e vigorosas, qual formosa antílope bravia e perseguida...

XII

A instâncias de Clotilde, que não se esquecia de mandar-lhe quase diariamente recadinhos amistosos, pedindo-lhe para a ir ver e jantar em sua companhia, Stella fugia para lá, a todo o instante, e ficavam as duas, a tarde inteira, muito conchegadas, cochichando numa palestra cheia de intimidade.

Stella, com a sua bela sinceridade, abria-se em expansões verdadeiras, mas a irmã de Nestor, muito mundana, vivendo somente para impressionar, media as palavras e torneava-as conforme as exigências do momento. Para ela, a moça representava a sua melhor distração, por achá-la ingênua e ridícula, com ditos infantis que a faziam rir à socapa. E o que contribuía poderosamente para tal julgamento era a formosura dela, que lhe causava torturas e humilhações, as quais sabia disfarçar sob o mais pressuroso interesse de amizade. Stella nada percebia, pois, com a simplicidade de que era dotada, habituara-se a dizer o que sentia, sem analisar o sorriso maligno, dissimulado sorrateiramente através de um leque entreaberto. Apesar dos incessantes conselhos de Nair, e do afã que esta empregava em corrigi-la de uma qualidade que parecia um defeito, a moça não podia resignar-se a ocultar continuamente a limpidez do seu pensamento.

A sua natural independência de caráter revoltava-se também com semelhante constrangimento, embora, nos últimos dias, uma desconfiança se lhe infiltrasse no espírito a respeito de Clotilde. Essa suspeita era-lhe sugerida pela irmã, que se referia à outra com reticências expressivas, alegando que, apesar de não ter queixas graves contra ela, não podia crer naquela candura manifestada de modo quase celestial. Uma vez a irmã de Nestor, notando-lhe a fisionomia pensativa, quis saber quais eram os motivos que tanto a preocupavam.

— Ando aborrecida – respondeu ela, tristonha.

— Abra-se comigo, meu benzinho, conhece bastante a ternura que lhe tenho.

— Sim, conheço – e encarando-a com ar decidido –, é porque não sei se você é leal para mim.

Ela recuou espantada.

— Duvida da minha lealdade, minha negra?

— Não, não, Deus me livre; se assim fosse, sofreria muito, pois acostumei-me a estimá-la.

— Garanto-lhe que nunca se arrependerá!

— Deus o permita! – suspirou Stella.

E resolveu não se incomodar mais com isso. Afinal, Nair exagerava talvez o seu poder de observação, o qual poderia ser falível, além de perceber que era instigado pela antipatia que ela tinha por Clotilde. Stella, por seu lado, sentia-se irresistivelmente atraída por essa afeição nova, e pelos louvores de que era objeto, visto descortinar, através deles, o reflexo do pensamento de Nhonhô. Esse incenso elevando-se na sua frente, em turíbulos invisíveis, produzia-lhe uma inefável ventura! Não podia mais passar sem a ver e, quando qualquer circunstância imprevista lhe tolhia o ímpeto de correr para ela, um desespero estranho a invadia, e vagueava pelos corredores como fantasma errante, pegando em livros que arremessava com enfado, ou entoando ao piano cantos lúgubres como o *De profundis* em Sexta-Feira da Paixão. Nair assistia com tristeza a essas revoltas, que a sua razão lúcida não admitiu, e para curá-la pedia-lhe que estudasse ou empreendesse pequenos trabalhos caseiros, que ajudam a suportar tão deliciosamente o tempo. Era debalde; Stella continuava sombria e agitada. A outra então vacilava acerca da decisão que tinha a tomar. Deveria elucidá-la sobre o seu romance antigo, ou continuar silenciosa como se ele nunca tivesse existido? Não seria uma falta de pudor da sua parte descobrir esse segredo depois de ter permitido, por falta de energia, que Nestor lhe frequentasse de novo a casa? E se no espírito de Stella se incutisse uma suspeita injuriosa contra a sua honestidade, atribuindo aquela delicada confidência a alguma vingança indigna e premeditada? Nair lutava entre a voz intrépida da lealdade e os avisos sensatos da prudência. E, se Nestor amasse de fato a irmã, não escangalharia ela, com uma franqueza que não fora solicitada, todo um futuro radioso? Por que não a amaria ele, afinal? Não era Stella tão adoravelmente linda? Como resistir à fascinação daqueles imensos olhos de oriental, daquela boca rubra e fresquíssima, daquelas formas esculturais de Frineia?

Um dia, Clotilde, recostando-se no sofá, perguntou a Stella com um sorriso admirativo:

— Você há de ter feito palpitar muitos corações, bonita dessa maneira?

— Nenhum.

— Vejam a inocência! Só eu sei de alguém que está pelo beicinho.

— Quem é?

— Ah! não digo; pediu-me um sigilo enorme...

— Diga...

Clotilde abriu os lábios para começar, mas estacou.

— Não devo; seria uma traição...

— Suplico-lho...

Ela, mais decidida, riscou um *N* enorme. Stella ficou rubra.

— Brejeira, já percebeu!

— Vejo que é um *N*, mas ignoro a quem se refere...

— Fingida!

— Não, sinceramente...

— E é você que vive a propagar a franqueza? Sim senhora, gosto disso... – disse Clotilde risonha por vê-la corar e empalidecer com intensidade e rapidez.

— Conte-me tudo – rogou Stella apertando-lhe o braço, num impulso nervoso.

— Há de então jurar-me que nem a Iaiá o repete?

— Juro-o.

— Veja bem; se não pode cumprir a promessa, não a faça.

— Juro, já lho prometi.

— Não quero que ela o saiba, pois acho feio uma senhora casada, como eu, envolver-se em negócios de mocinhas. Até sua irmã formaria triste opinião de mim!

— Pode ficar tranquila, porque em nenhuma hipótese o repetirei.

Então, Clotilde, com as mãos dela entrelaçadas nas suas, desabafou. O irmão nunca lho confessara, mas o seu aspecto preocupado e melancólico, os passeios que fazia para aquele lado, sozinho, de noite e de manhã, o nome dela pronunciado com voz trêmula, a admiração que a sua beleza lhe suscitava, a ternura emocionante como se referia à sua brilhante imaginação, todas essas demonstrações eloquentes, enfim, testemunhavam uma paixão profunda e verdadeira.

— Tanto mais - acrescentou com fogo -, Nhonhô nunca amou ninguém. É um esquisitão; nem para o *flirt* inocente tem habilidade, pois considera o amor um sentimento muito elevado para barateá-lo como a maioria dos homens faz.

— Ah! como eu seria ditosa se isso se realizasse! - continuou acariciando-a, e encostando a cabeça à dela - você é a cunhadinha com que sonho! Tem tudo: beleza, educação, inteligência... bondade... É uma moça completa, e além disso somos muito amigas.

— Eu sim, agora você...

— Não; você vê apenas em mim a irmã de Nhonhô - mas reprimindo-se, com pancadinhas assustadas na boca -, isto é, creio que me estou adiantando demais, pois ignoro se ele é correspondido.

Stella ficou toda no ar e, não podendo mais sufocar as ternuras ardentes que lhe irrompiam dos lábios, olhou para todos os lados, a fim de convencer-se de que não seria ouvida por outra pessoa, e agarrando nas mãos de Clotilde exclamou arquejante:

— Ah! minha querida, eu adoro-o! adoro-o! Que bem me fez a sua conversa! Obrigada, muito obrigada por a ter provocado.

Depois de jantar, enquanto a dona da casa beberricava gotinhas de licor de anis que fora buscar ao guarda-loiça, Stella não podia ter tranquilidade, e volteava como uma borboleta desvairada. Queria recolher-se, meditar nas revelações que recebera, mas a ansiedade de ver Nestor pregava-a ali, e os seus olhos ardentes pulavam da porta da escada para a janela, da janela para a porta. A noite estava calma, um luar distante estriava no céu fitas luminosas que serpeavam pelos arvoredos e pela estrada, lívidas e vacilantes! Na rua, algumas pessoas passeavam sonolentas, e mesmo em frente, num quarto térreo mal alumiado por uma pequena lâmpada de querosene, movia-se o vulto imponente do Bebiano, com o boné caído na testa, as mãos atrás das costas, pensativo e cabisbaixo. Stella entreteve-se a observá-lo, mas o relógio da sala bateu oito horas e passos apressados subiram a escada. Sobressaltada, sentou-se com o ouvido atento. Alguém murmurou palavras abafadas, e a porta escancarou-se.

Nestor entrou, e depois de beijar a irmã, ao de leve na face, saudou Stella muito ternamente.

— Repare como você anda sempre atrasado! – disse Clotilde em tom gaiato – estivemos toda a tarde juntas; jantamos sozinhas, trocamos ideias e confissões...

Stella, confundida, atirou-lhe um olhar suplicante. Clotilde continuou como se não reparasse nele:

— Foi um dia completo! Onde jantou você, Nhonhô?

— No hotel, a pedido de um amigo, que não atendeu a

desculpas e me carregou à força... Tive de resignar-me a esse medonho sacrifício...

E, contristado, principiou a lamentar-se; andava doente, neurastênico...

Stella atreveu-se a balbuciar:

— É natural; quem chega de Buenos Aires – que, segundo afirmam, é uma segunda Paris – não pode habituar-se à insipidez desta existência de roça...

Isso não; ele preferia-a ao vaivém tumultuoso dos grandes centros, porque lhe descansava o espírito, poetizando-o... Não era essa, decerto, a causa da sua neurastenia. Fitou-a de modo intencional:

— Desconfio que estou com uma moléstia grave...

Uma imensa vermelhidão se alastrou pelo rosto dela; Clotilde, esquecendo-se sempre que se ufanava de repudiar em público as alcunhas, interveio muito maliciosa:

— Neurastenia é moléstia curável, Nhonhô! não tenha receio! Saiba, Stella, o meu caro irmão está deslumbrado pela sua formosura, e já me declarou que se fosse pintor haveria de representá-la em trajos de castelã, entre escudeiros de lança em riste, pajens loiros e anelados e aios com falcões nos punhos...

— Porque o tipo de D. Stella só pede decorações aristocráticas e grandiosas – respondeu ele, baixando demoradamente a vista para as pontas luzentes dos sapatos.

No veludo do céu, um astro cintilou e correu.

— Peça alguma coisa a Deus – gritou Clotilde, batendo-lhe jovialmente no braço.

— Não quero abusar da Sua Santa Bondade acumulando-o com queixas... – respondeu Nhonhô num profundo abatimento.

Os seus olhos amorosos continham uma súplica tão eloquente que Stella, aturdida, com o coração aos pulos, dobrou a fronte sem ousar encará-lo. Clotilde lembrou-se dos filhos e, a pretexto de vê-los, deixou os dois sós.

Assim que ela saiu, Nestor perguntou a Stella, muito baixo:

— A senhora não é de opinião que os pedidos reiterados a Deus e aos homens nunca são acatados?

— Não sei, conforme...

Ele suspirou:

— Tem razão; tudo na vida tem conformes... Ah! D. Stella! ontem à noite deliciei-me com poesias maravilhosas!

— Francesas?

— Sim; só leio autores franceses. Não suporto os nacionais. O nosso idioma é muito duro, nunca poderá traduzir sensações sublimes. A senhora sorri? Critica-me? mas que quer, não posso vencer a repugnância que tenho pelos nossos intelectuais.

— Contudo há os admiráveis - disse ela -, admiráveis!

— Pode ser - fez Nhonhô com sobranceiro desdém -, mas haverá algum que tenha reproduzido com tanta emoção um soneto como o de Arvers? *"Mon âme a son secret, ma vie a son mystère"*? Este soneto comoveu-me até às lágrimas. Lágrimas abençoadas, lágrimas santas! Não as tem vertido em casos análogos e revolta-se quando tal lhe sucede? Ah! a língua portuguesa é impotente para descrever o que a alma sofre! Essa poesia é a mais formosa demonstração de gênio que tenho admirado! Pensarei talvez assim, por ela exprimir sensações iguais às que sinto...

Stella estremeceu e começou a retorcer as rendinhas da blusa de musselina. Ele tornou a perguntar com sorriso fascinador:

— Não concorda comigo?

Ela esfuziou um risinho.

Nestor examinou detidamente o dedo mínimo, onde a unha brilhava polida como a de uma mulher elegante!

— Por que não me responde? Como é cruel!

— Não sei responder... Não me ocorrem ideias.

— Tem tão poucas assim?

— Não compreendo as suas perguntas.

— Acha-as obscuras a esse ponto?

— Acho...

— Escute-me com atenção. Se eu lhe dissesse, sim, se eu lhe pedisse...

Mas Clotilde entrou com os agasalhos e, fingindo não perceber a confusão da amiga, sentou-se com a capa dobrada nos joelhos.

— Não quero pô-la fora da porta, minha filha, nem você tem o direito de supor tal absurdo, mas são nove horas, e, como sei que Iaiá desaprova as suas saídas até tarde, parece-me conveniente irmos andando... Porém, se você está em desacordo...

— Vamos, sim, vamos – disse Stella levantando-se atarantada. — Eu mesma não gosto de entrar em casa depois desta hora...

Nestor, sem procurar segurá-la, lançou à irmã um olhar oblíquo.

XIII

— É isso, D. Iaiá – afirmou o Neca gesticulando, excitado, com o cigarro apagado nos dedos –, creia no que lhe digo; já tenho muita experiência da vida. Ninguém caia em acompanhar cegamente os amigos, porque o resultado é sempre desastrado. Se não fosse a minha dedicação ao Dr. Melindo, eu estaria numa "ponta" nunca vista, assim, afundei-me para todo o sempre. É o caso de responder: Amém. Tenho uma coleção de anedotas sobre ele e sobre mim, que lhe contarei um dia.

Nair riu-se daquela eterna mania.

Stella, que estivera calada, com as mãos cruzadas em cima dos joelhos, pediu-lhe para repetir alguma espirituosa. Estavam na varanda do lado, uma espécie de alpendre ornamentado com hortênsias azuis e cor-de-rosa. O farmacêutico pusera-se em pé e, acariciando os pelos compridos da pera, respondeu amargamente com o olhar cravado nos vasos de faiança:

— Foi um erro seguir esse homem como se fosse a sua sombra – fitou as moças com o rosto a chamejar –, sabem? nem uma palavra de reconhecimento o bruto pronunciou! Esqueceu-se de tudo! Notem que era eu que o avisava das nuvens que se vinham amontoando, dos pés de vento que se queriam levantar... Nunca aludo a tal, mas essa é a verdade. Desgostei-me da política para sempre. É um lodo essa política!

Mariana atravessou a varanda e, reparando no ar apreensivo de Stella, abanou a cabeça, dando estalidos desaprovadores com a língua.

O Neca rompeu de modo sarcástico:

— Lá vem quem lhes pode confirmar tudo isso.

Era o juiz de paz, que subia devagar os degraus de pedra, com o boné de pala já na mão.

— Sou todo ouvidos – obtemperou ele risonho – e estou às ordens. É negócio de tempero? ensino o que quiserem, à exceção da *mayonnaise*. Não; essa tenham paciência.

— Qual receitas, qual *mayonnaise*! – retrucou rudemente o Neca. — O senhor juiz de paz tenha a bondade de declarar se é ou não exato que me perdi por amor desse refinado tratante do Dr. Melindo?

O outro coçou o queixo com embaraço:

— Não sei o que responda, pois sou suspeito... O Dr. Melindo faz-me o favor de me distinguir com a sua amizade...

O farmacêutico bradou, fazendo uma sarcástica reverência:

— Não me recordava que as nossas ideias políticas eram diametralmente opostas!... Queira-me a autoridade perdoar essa ousadia.

O Bebiano encolheu os ombros e sentou-se ao lado de Stella.

Mariana, casmurra naquela tarde, veio perguntar qualquer coisa baixo a Nair.

— Vossemecê, Sá Mariana - disse o farmacêutico assoando-se com estrépito -, quando ontem à noite a encontrei no adro da igreja, não estava com medo dos fantasmas? Olhe que eles andam rabeando por aí fora...

A crioula respondeu emburrada:

— Eles contam muitos casos por aí, mas até agora não vi nada...

O Bebiano interrompeu-a citando um fato que lhe haviam narrado: eram três feiticeiras que subiam pelas chaminés da casa do juiz de direito acima, a cavalo em paus de vassoira, e tocando gaita.

— Com certeza para fazer coro com o sacristão - resmungou o Neca cheio de mau humor.

Mas o Bebiano estava alegre e prolixo. Estendeu-se mais longamente sobre fantasmas e episódios da guerra do Paraguai que lhe contara em segredo o padrinho. Todos os fantasmas eram, afinal, de carne e osso, ardendo no fogo impuro das paixões. Já o Senhor pároco de Sebastiana lho afirmara um dia...

— Aquele é obtuso como uma porta trancada.

O juiz de paz perguntou depois de um momento:

— Quer o amigo convencer-nos que existem fantasmas? o Jacinto, que conhece onde tem o nariz, bem me esclareceu a esse respeito. Até D. Ana, que é temente a Deus, também não acredita.

— Essa é uma besta, com permissão de D. Nair.

— Coitada! - fez Stella compadecida.

— Coitado de mim, que não ganhei um real este mês todo. Não sei como há tão poucas moléstias nesta terra.

— Abrenúncio! - resmungou Mariana, já da porta.

O Bebiano acudiu meio assustado:

— O amigo está a agoirar-nos. Credo!

Houve risinhos confusos, mas o Neca, enrolando a palha do cigarro e meneando a cabeça:

— Se pragas pegassem, muita gente boa estaria a apodrecer no fundo da cova escura. Mas qual, praga de urubu não mata cavalo.

A estrada estava serena, e o sol muito pálido bafejava ao de leve os arvoredos, branquejando apenas aquele lado da varanda. Dois trabalhadores passaram de enxada ao ombro cantarolando, e atrás um negro com um pichel de aguardente fustigava o burro, que carregava dois alforjes de mandioca.

— Não há ninguém mais feliz do que os burros! – afirmou o Neca sentenciosamente. — Até mesmo o de Buridan e Rocinante não deixaram de participar o seu quinhão de felicidade na terra.

— Garanto-lhe que eles sofrem – afiançou o juiz de paz –, o meu tem um olhar tão triste que até parece lastimar-me quando me sucede algum aborrecimento.

— Tenho para mim que o burro é um grande filósofo! – tornou Stella balançando-se na cadeira.

O Neca levantou-se e cuspiu para fora. Bem; se elevavam esse sendeiro à respeitável categoria de pensador, ele não abriria mais o bico. Como a chamassem de dentro, Stella foi atender.

O farmacêutico, depois de coçar a verruga, expandiu-se com mais acrimônia. A vida ultimamente sobrecarregava-o de mágoas sem fim. Ouvira assegurar que o Dr. Melindo seria reeleito presidente da Câmara, preterindo-o a ele, que fora gente no seu tempo. A vida era dura para os miseráveis!

Postou-se defronte de Nair com os braços cruzados.

— Note a senhora; esse sujeito que me deve tudo – pois fui eu que o ajudei a ascender – é hoje o meu mais implacável inimigo. E por quê? porque o tenho nas mãos, poderia dispor dele conforme me conviesse. É daí que lhe vem o ódio.

— Deveria ser o contrário – aventou ela.

O Neca agitou-se, e mais hostil, mais mordaz, sacudindo raivosamente a cabeça despenteada:

— Bem se percebe que a senhora ignora as paixões terrenas, e a infâmia que por aí tripudia! Estou no ostracismo, porque sou um pobre pária sem eira nem beira – remexeu furiosamente nos bolsos virando-lhes o forro esburacado para fora. — Está tudo vazio! – apalpou-os ainda, torcendo a fazenda nos dedos enraivecidos. — Eis a causa da minha desgraça! – fitou o Bebiano com a fronte ameaçadora, e abrindo desmedidamente os braços:

— É porque sou pobre, paupérrimo, tendo cotão em vez de moedas. Fosse eu rico, que as honras viriam em tropel agachar-se a meus pés! Oiçam: o maior crime que um pai de família comete é não roubar quando pode fazê-lo, é ser honrado como eu, que vivo obscuro e tranquilo sem mexericar a vida alheia.

O juiz de paz dissimulou um sorriso que lhe despontou à flor dos lábios; Nair baixou os olhos para a fímbria do vestido.

— Isto é um país abjeto! Ninguém ouve o que um pobre homem explode num momento de desespero! Só os ricos têm direito à consideração geral! Ainda ontem, em casa, deu-se um incidente que veio reforçar essa asserção. A minha pequena, a Candinha, perguntava à irmã que presente ofereceria à filha do deputado Moreira, que é amiga de ambas. "Um tapete de *crochet*, igual ao que fiz para a Sarinha", respondeu a outra com simplicidade. Candinha ficou rubra: "Não faça tal, Marianinha, esta é uma moça rica, não se pode dar o mesmo que à outra, que é pobre". Aí está! o prestígio do dinheiro é tal que mesmo as crianças o sentem.

Como passos fortes atravessassem a rua, fazendo ranger as botinas, ele prosseguiu, olhando de longe:

— Lá vai aquele sacripante bem-vestido, com sapatinhos de verniz e calças brancas! Aquele é tipo perigoso! É um desses homens sem consciência nem responsabilidade, capaz de todos os horrores e de todas as falcatruas.

Nair, adivinhando que ele se referia a Nhonhô Rezende, não se mexeu nem falou, mas o coração arrefeceu-lhe dentro do peito. O Neca, depois de escorregar um olhar perspicaz para o lado dela, tornou brandindo o cigarro:

— Dessas peças é que nos aparecem por aqui! gente boa encontra-se em Petrópolis, só porque o imperador passava lá os verões. Eles julgam que o lugar ficou purificado com as pegadas imperiais, e afinal de contas... Cala-te boca, estás muito amarga, pareces a boca da baronesa da Língua Doce.

Nair, receando que ele voltasse a falar de Nestor, fez-lhe várias perguntas sobre política. Quando subia o Dr. Melindo? Seria ele mesmo o presidente da Câmara, ou haveria probabilidade de o Neca ainda ser chefe na terra?

O farmacêutico plantou-se impetuosamente defronte dela, com o rosto incendiado de rubor:

— Eu? - perguntou com um risinho de escárnio. — Eu? - mirou-a por cima dos óculos de alto a baixo. — Pobre, e divisando dois palmos adiante do nariz! Esses magnatas querem lá gente que enxergue!

Sentou-se na cadeira, que arrastou para perto dela, e coçando a cabeça por cima do boné de veludo:

— O Melindo não me apanha mais! Um diabo que me deve tudo, e faz pouco de mim só porque sou pobre! Quando ele maltratou o Aristides, o que me não fará a mim?! Imagine a senhora, o indivíduo tem tais bofes que dizia sempre ao Aristides para procurá-lo na corte, a fim de lhe arranjar um emprego, e quando o pobre homem lá ia, poisava-lhe um grande olhar de interrogação, como se não soubesse do que se tratava.

"Esses reles politiqueiros pensam que quem é pobre não tem vergonha, nem brio, e nem jus à consideração alheia. Pode ser a criatura de melhores sentimentos, que para eles nada vale; fazem-nos sofrer vexames e humilhações. Creia, D. Nair, a pobreza é uma enfermidade igual à tísica ou à peste; foge-se dela como se foge da varíola na roça, onde se deixa o doente morrer ao abandono. Quem nasce pobre nasce tarado. A senhora não conhece o mundo, apesar de inteligente que é, porque nunca precisou de ninguém, de modo que crê na dedicação e no desinteresse. Está sempre procurada, rodeada, mas se empobrecesse?..."

— Noto que o senhor ainda é mais pessimista do que eu! – disse ela risonha.

— Vou lhe contar um caso que vem mesmo a calhar – tornou ele. — Sendo eu presidente da Câmara, e vereador o Marcondes, do Imbuí...

Mas Mariana entrou bruscamente avisando-os que D. Gertrudes Taveira viera pelos fundos da chácara sem que os criados a pressentissem, e estava na sala, à espera de Nair. Foi um rebuliço de cadeiras arrastadas; o Neca soltou um brado raivoso e, apertando a mão da dona da casa, despenhou-se velozmente pela escada abaixo. O Bebiano ergueu-se também atarantado, mas com a precipitação a boquilha caiu-lhe da boca e ele pôs-se a procurá-la apertando nos lábios as exclamações de contrariedade que lhe acudiam a cada instante. Assim que encontrou o objeto perdido, teve um "oh!" de alegria, ao qual se sucedeu um outro de dor. Com a queda, a boquilha partira-se, e o pobre homem, com ela na mão, tinha a atitude pesarosa de quem depara, sem esperar, com o cadáver de uma pessoa querida. D. Gertrudes, não podendo conter-se lá dentro, sozinha, embarafustou pelo terraço, seguida do Taveira, abafado num *cache-nez* de lã castanha.

O Bebiano, aturdido com a aparição, não se afoitou a sair, e tornou a sentar-se ao lado de Stella, que viera cumprimentar os visitantes.

A velha, depois de espalhar para os lados as pregas fundas da saia, exclamou com um riso impertinente:

— Pensei que estivessem conspirando aqui agrupados! Já ouviram falar dos fantasmas que apareceram na Várzea, a noite atrasada? Dizem que é mau presságio... A mim, nunca nenhum incomodou, mas parece que o costumam fazer à gente moça... Se a senhora soubesse, D. Nair, as aleivosias que vão por aí... Estão afirmando que a mulher do Meira tem vindo todas as noites do outro mundo surpreender o marido com a comadre. A coisa parece que está preta... porque o marido da comadre interrogou o fantasma e veio a saber tudo. Apesar disso, o traste continua a namorar-lhe a mulher e a banquetear-se à grande. Há nesta terra uma tal pouca-vergonha que a gente até fica boquiaberta! O senhor juiz de paz é que acha tudo muito bom, muito nos eixos...

— Para mim, eles sempre o estiveram, D. Gertrudes.

— Mas o senhor está no cocuruto da fama... segundo as más línguas!

— É o que não temos aqui na terra, bendito seja Deus...! - disse Bebiano sorrindo para a dona da casa.

— Santo lugarzinho, este! - respondeu a Taveira com um suspiro zombeteiro. — Sabem de uma? o nosso doutor novo ficou fulo de raiva porque a pequenina da Germiana está à morte. Foi engano de remédios. Contam que as drogas da botica do satanás de lunetas estão avariadas. Não admira; ele não tem freguesia! As drogas ficam anos no armário, à espera do desgraçado que as venha buscar. Eu antes queria mascar veneno do que pastilhas de tolu de lá. Tenho medo delas que me pelo.

Todos se entreolharam. O Taveira puxou uma tosse seca.

— Aquela gentinha tem uma língua perigosa! - prosseguiu a velha. — A filha da raposa é peçonhenta como uma víbora! Todos ali têm peçonha. O senhor juiz de paz tem visto o seu amigo, tocador da missa? oh! que sarna de homem! Atormenta os ouvidos da gente com a tal buzina desafinada, para nos remir de pecados que não temos.

O Bebiano protestou delicadamente. Ela gracejava, decerto porque o Jacinto conhecia a fundo harmonia, e não haveria de cometer erros daquela qualidade!

D. Gertrudes, triunfando, olhou para todos. Mas, tendo uma ideia repentina, perguntou ao marido, com ar atrevido:

— Você trouxe o que eu mandei? Viram o *Município* e admiraram a notícia de estrondo?

Taveira, com gestos vagarosos, tirou do bolso do paletó um jornal que entregou a Stella, a qual, admirada, abriu-o e leu em voz alta:

— À maravilhosa beleza de D. S... de T...

Ao ver o teu olhar meigo e cintilante,
E a palidez altiva de tua face,
Sinto em meu peito aquele amor fugace,
Como só sente a alma de um gigante.

Mas calo esta paixão febricitante,
Porque julgo impossível o enlace
Que, unindo-te a meu peito nos ligasse,
Por forma a não fugires um instante.

Mas partes já, tu vais partir agora,
E fica triste, morto, e sem alento,
Um coração que é teu, e que te adora.

Sou desgraçado, sou, não me lamento,
Eu calo esta paixão que me devora
E guardo para mim o sofrimento.

— Não sabe a quem são feitos esses versos? - indagou a Taveira com intenção maliciosa.

— Não; mesmo porque já os li algures numa folha de aldeia portuguesa - disse Stella. — O poeta, um obscuro aprendiz de farmácia, ficou ignorado, mas estava bem declarado serem feitos por ele à sua amada, uma moça da aristocracia que fora à aldeia passar um mês.

D. Gertrudes descerrou os lábios engelhados:

— Pois engana-se, minha rica senhora! O poeta vive aqui na terra, e entende do riscado, porque meu sobrinho, que se formou em direito o ano passado, classificou essa poesia de admirável.

O Taveira resmungou a medo:

— E também não percebeu a quem eles são dirigidos, D. Stella?

Esta abanou negativamente a cabeça.

— Ora! a quem haviam de ser senão à beleza da terra? Pois foi o filho do carniceiro que os fabricou! O pai está deslumbrado com o talento do rapaz, e anunciou que o vai mandar estudar na corte, pois é pena um vate de tão alta inspiração ficar ignorado num deserto destes. E, por causa dessa determinação, aumentou 50 réis em cada quilo de carne de vaca... e os fregueses que aguentem o repuxo.

Sobre a identidade dos versos do farmacêutico, estabeleceu-se um princípio de discussão amena, que findou com a chegada do café trazido por Mariana, a quem Nenê puxava pelas saias, a fim de levá-la a passear nas montanhas.

— Ela também aprecia a solidão? – perguntou D. Gertrudes com arzinho de mofa.

— Sai à mãe, que é um bicho do mato – acudiu Nair, despeitada.

A Taveira começou a mexer devagar o fundo da xícara, e por alguns momentos ficaram todos calados, saboreando o café, enquanto a tarde caía vagarosamente.

Os montes estavam enevoados, com uma gaze muito tênue a rebuçá-los, e, nas faldas da serra em planícies longínquas, distinguiam-se, como se fossem aquarelas diluídas, extensos maciços de verdura que se alongavam em curvas tortuosas pelos oiteiros acima.

Nas ramagens de um cedro, um sabiá gorjeou sonoramente; mais além, no topo de uma magnólia, um outro respondeu com trinados langorosos. Stella não pôde reprimir uma exclamação de inebriante alegria que lhe pulou do peito:

— Oh! que lindo panorama! Como é agradável viver!

A velha estendeu a xícara para que lha enchessem de novo, e apoiando com intenção:

— Vá tecendo elogios à vida, que mais tarde lhe sai o trunfo às avessas! – e muito consolada com esta advertência, que fazia prever catástrofes tremendas, despejou o café no pires e pôs-se a sorvê-lo gostosamente.

XIV

Dias depois, Stella foi procurar a irmã, que encontrou baloiçando-se na rede, à sombra das jabuticabeiras, com um livro esquecido no regaço.

— Iaiá – começou ela, sem mais rodeios, sentando-se-lhe ao lado –, vim fazer-lhe uma confissão.

— Sou toda ouvidos...

— Está-me custando...

— É grave?

— Não; mas...

— Vamos, coragem — propôs a outra, risonha.

Cravando-lhe no rosto o olhar vivíssimo, Stella contou o seu amor por Nhonhô, num grande desabafo.

Ao princípio a irmã corou; moveu os lábios, mas, vendo naquela explosão apaixonada um sentimento verdadeiro, escutou o resto com a testa franzida, a face muito pálida.

— Que diz você francamente a isso? Qual a sua opinião? – perguntou Stella com ansiedade.

— Minha filha, não sei que responder...

Ela impacientou-se; urgia uma palavra, um conselho...

— Você ignora que em questões de casamento nunca se deve emitir opinião?

— E se eu exigir sabê-la?

Nair, medindo bem as palavras para não deixar escapar alguma mais imprudente, respondeu que não conhecia Nestor, tampouco sabia que espécie de homem era. Achava-o pedante, pouco simpático...

— Pouco simpático?!

— Para mim – emendou ela sublinhando as palavras com expressão enérgica. — Não gosto de homens "pomadistas". Será muito *chic*, muito *dernier cri*, mas você não ignora que detesto gente pretensiosa.

Stella defendeu-o calorosamente, ele era tão amável, tão inteligente...

— Inteligente, sim, é muito!

— Mas você não se deu tanto com ele no tempo de mamãe? Por aí pode formar um juízo imparcial.

Nair afastou para longe aquela pretendida familiaridade. Ele ia às vezes, de fato, a sua casa, mas apenas para acompanhar a irmã. E nesse tempo era muito moço, não conhecia ainda o mundo, não arranjara portanto aquele sorriso perverso.

— Perverso?! Mas você está louca, Iaiá? – bradou Stella atônita.

— Minha cara, é o efeito que me faz, não digo que o seja... Você pediu-me franqueza; ei-la.

Mas a outra não se podia conformar com essa opinião, que classificava de injusta e má!

— E uma coisa – inquiriu Nair interrompendo-a com vivacidade. — Sabe ao certo se ele gosta de você?

— Sei.

— Como? Ele confessou-lho?

— Ainda não, mas...

— Como o sabe então?

— Dá-mo bem a entender, quando estamos juntos. Além disso ronda a toda a hora por aqui... Em suma, é claríssimo.

Uma nuvem de sangue abrasou o rosto de Nair. Rondava por ali! Como revelar-lhe a verdadeira causa dos seus passeios? O olhar puro de Stella intimidava-a, mergulhando com enorme ansiedade nas suas pupilas perplexas.

— Você não responde? – continuou esta depois de um momento de silêncio.

— Não sei. Faça o que entender, mas não contrate casamento sem ter a certeza de que ele a ama espontaneamente, desinteressadamente...

— Se ele me ama, decerto que há de ser com sinceridade, eu nada tenho, não pode pois visar ao mais leve interesse.

— Nestor sabe que você é pobre?

— Pois não se dava tanto com vocês e não observava o modo modesto como viviam?

— Ah! sim!

— Tem mais alguma coisa a dizer? – volveu ela, batendo palmas triunfantes. — Abrace-me, Iaiá, e declare-me que tem a certeza da minha felicidade.

Certeza? ela? No mundo não era tudo tão duvidoso, e as mais das vezes não vivíamos iludidos pelas aparências?

A outra ria satisfeita. Estava bem ali a sua Nair, com a sua timidez infantil, a sua incredulidade, a sua reserva... Não se corrigiria de duvidar de tudo e de todos? Não fora ela própria tão venturosa?

— Mas você pensa que as uniões felizes se topam com tanta facilidade como os casais de pássaros e de borboletas?

Stella protestava, pois tinha defronte dos olhos, sempre aberta e palpitante, aquela página de amor entre ela e Antonico. Então, que lhe respondia? descobria mais argumentos? Que lhos revelasse para ela os refutar imediatamente.

Mas Nair, com uma ideia que lhe ocorrera, perguntou se Clotilde nunca lhe falara a esse respeito.

Stella, perturbada, respondeu um frouxo "não".

— E você acha plausível que ela, estando tão encantada por você, não lhe tenha tocado no seu assunto predileto? Porque basta observar um pouco para a gente se convencer que você está doida por Nestor. Essa certeza entra pelos olhos como o sol por uma janela aberta.

Stella envergonhou-se de estar mentindo, mas jurara a Clotilde, deveria emudecer. Aquela promessa fora espontânea, era portanto sagrada. Nair não desviava dela a atenção penetrante.

É mentira – pensou –, Clotilde exigiu-lhe segredo para comigo...

— Estou notando que você acha impossível Nestor gostar seriamente de mim - tornou Stella, desapontada.

— É até naturalíssimo! seria forçoso ele ser de gelo ou de pedra para ficar indiferente a seu lado.

— Iaiá, deixe-se de engrossamentos!

— Mas não se trata disso. Temo que ele sinta por você uma

grande paixão, sim, mas transitória e caprichosa, e você sabe, minha filha, que para o amor durar, deve ser acompanhado de muitos sentimentos delicados.

Stella desatou a rir e, deitando-lhe os braços ao pescoço, rompeu num tom meio folgazão, meio queixoso:

— Ah! compreendo! você julga-me incapaz de inspirar outro sentimento além de um amor impulsivo, de momento? Ah! Iaiá! que injusta! como é que Antonico sente por você há tantos anos uma ternura duradoira?

Quando Stella se foi embora, Nair conservou-se na mesma indecisão amargurada, mas, depois de formular diferentes conjecturas, saiu-lhe um suspiro do peito oprimido. Já agora não acrescentaria nada; era mais prudente deixar os acontecimentos seguirem o curso natural. Se fosse falar, ainda se sairia mal, o mundo era tão contraditório!

Mariana, que fora estender uma saia no varal perto da cozinha, acercou-se dela sem fazer barulho:

— Iaiá acha que devo levar Nenê a passear no Alto?

— Se ela quiser...

A crioula mexeu o beiço para acrescentar alguma palavra, mas não ousou. A moça, percebendo-lhe a hesitação, fitou-a numa interrogação muda.

— Iaiá já sabe que Nhonhô Rezende anda a virar o juízo de Nhá Stella?

Nair teve um gesto de agastamento.

— Ela disse-lhe alguma coisa a esse respeito? - perguntou.

— Nhá Stella está meio maluca por ele, e Seu Nhonhô não arreda daqui. Já hoje esteve pasmado mais do que tempo em frente à sala de jantar. Eu tenho contado a Nhá Stella que ele me dá uma prosa de vez em quando; só uma noite destas, levou mais de meia hora comigo, na cerca.

A mulher do Antonico não disfarçou a sua contrariedade, e censurou a tolerância que ela demonstrava em escutá-lo. Pois esquecera-se do infame comportamento dele, anos atrás? Como ficara complacente para uma pessoa que durante tanto tempo detestara com tamanho afinco! Era inacreditável!

— Ainda ele formará péssima opinião de você, Mariana! – redarguiu com severidade. — Se ele casar com Stella, darei por bem empregadas todas essas amofinações, mas suponha você que volte para o Rio sem decidir nada, não será um enorme desgosto para nós? Em lugar de você alimentar uma paixão duvidosa, andaria melhor avisada se lha arrancasse da alma.

— Nhá Stella pede notícias dele, e eu não tenho coragem de lhas negar. Iaiá tem medo que ele não goste dela a sério? Eu tenho a certeza que se casa com ela. Desta vez cumpre; a senhora verá.

— Permita-o Deus!

— Nota-se que as intenções dele são firmes, além de que Seu Nhonhô já não é criança... Deve andar pelos 32. Iaiá tem 30, ele tinha mais dois anos parece-me...

— Sim, talvez... Bem; se você acha que é sério, não a crimino da sua intervenção junto de Stella, mas evite conversar demais com ele, pois dá a impressão de que Stella lhe pede para escorá-lo, e isso é feio.

— Ele é que me chama, mas Iaiá sossegue que me farei desentendida de agora em diante. A Nhá Stella não posso deixar de contar quando o vejo, pois ela está tão apaixonada, coitadinha, que essas notícias lhe darão conforto. Tomara que se casem já! Sá Cocota, lá onde se acha, deve pedir a Deus para lhe amparar a filha. Quando penso nisso, tenho vontade de tocar o negócio para a frente. Que está ele esperando que a não pede em casamento?

Nair, sucumbida, emudeceu. Até Mariana, testemunha inflexível das culpas antigas de Nestor, ansiava por vê-lo unido a Stella, fazer parte da sua família, como se no mundo não houvesse outro homem capaz de tornar a irmã venturosa! Aonde chegava a incoerência do coração humano! – pensou com tristeza. Deixá-la proceder como entender, para não complicar mais o que já nasceu confuso e complicado.

Timorata e casta, não ousou confiar à preta, apesar da dedicação que lhe conhecia, e da qual tantas provas tivera, os seus terrores e suspeitas. Tinha pejo de o fazer. Somente nutria horror, mas um horror sem nome, que ele, oco e enfatuado como era, sem generosidades nem delicadezas, supusesse que ela aprovava, ou talvez instigava os bons ofícios da crioula velha. A sua inteligência perniciosa não lhe sugeriria conclusões mais criminosas ainda?

— Iaiá crê que ele possa caçoar com Nhá Stella? – tornou Mariana, apoquentada.

Nair encolheu os ombros. Ignorava.

— Não só não é homem sério, como tem aquela irmã, aquela extraordinária irmã, que ainda é pior, se acaso é possível...

— Iaiá acha melhor botar cobro à loucura de Nhá Stella, dando-lhe a entender que o moço não presta? Iaiá não se incomoda que eu a informe como ele se portou com a senhora? – instou a crioula.

— Não, não – respondeu ela assustada. — Agora é tarde e,

quanto a indicar a Stella o que deve fazer, é inútil, porque Clotilde engabela-a com palavrinhas de mel, que têm mais significação e poder para ela do que todas as verdades que lhe digamos. É sabido que o coração humano prefere a ilusão e a mentira!

Ela é que andava acabrunhada com esses acontecimentos, cujo desenlace a assustava para o sossego da irmã. Logo os malditos haveriam de vir a Teresópolis afligi-la com a sua detestável presença! Stella era exaltada demais, não raciocinando nos porquês das coisas. E, num grande abatimento, recomeçou a folhear o romance que pusera de lado.

A crioula voltou para casa, apreensiva. Na copa, Adelina areava os talheres e, ao dar com ela, preveniu-a com ar acautelado:

— D. Mariana, o tal moço bonito desceu agorinha mesmo para baixo. A mulher do Manoel sapateiro comunicou-me que a cidade inteira está cheia dessa notícia – e tendo-se certificado de que a não poderiam ouvir, aduziu misteriosa –, ela também contou que afirmam por aí que ele não se casa com Nhá Stella, aquilo é para se divertir.

Mariana, enfurecida, soltou uma tremenda praga. Vissem só uma dessas! Não casar com Nhá Stella! Para que se propunha então a desassossegá-la? Ora! ora! Ah! se a moça soubesse, era capaz de lhe não aparecer nunca mais! Ela não lho diria, para a não atormentar. Não se casava com ela! Que pretensão! Para que estava a gastar solas dos sapatos todo o santo dia? Em que era ele superior a Nhá Stella? Ora o desaforo! E rosnando, cheia de raiva, entrou no quarto dos engomados.

A copeira murmurou outra vez que era o povo que o dizia; ela não podia tapar a boca ao mundo, nem transtornar-lhe os maus juízos.

Quando Mariana se aproximava da varanda, para começar a engomar, lobrigou um vulto parado na esquina da cerca. Com muita precaução e curiosidade, arrastou alguns passos curiosos naquela direção, e reconheceu Nhonhô Rezende, que lhe fez um sinal amigável com a bengala. A velha, com o olhar avivado pela cólera, chegou-se devagar e estacou a pequena distância perguntando-lhe se necessitava dos seus serviços.

Nestor, embora lhe estranhasse o modo áspero, respondeu que tivera saudades dela, porque havia muito tempo não a vira, embora fosse aquele o seu itinerário eterno...

— Pois sim; é mesmo por isso que o senhor anda aí pasmado toda a tarde. Se deseja conversar com Nhá Stella, vou preveni-la...

Nhonhô teve um sorriso; não era necessário incomodá-la, apenas desejava admirar as rosas da chácara.

— Oh! homem, inda não se fartou? Pois são sempre as mesmas.

— O que é belo não cansa...

— Hum... hum... o senhor desculpe, mas não posso ficar aqui, pois tenho um mundo de roupa para alisar. É uma pilha que não acaba mais!

— Onde está a pequenita de D. Iaiá?

— Está lá para dentro brincando – retorquiu ela bruscamente dando dois passos indecisos –, se o senhor tem alguma notícia importante para comunicar ao patrão, vou dizer-lho lá dentro... Nhá Stella partiu agorinha mesmo para casa de Sinhá Clotilde. Corra depressa que ainda a alcança.

Nestor, admirado daquele tom azedo, fitou-lhe um grande pedaço do rosto, que achou diferente das outras vezes.

— Está bem, Nhonhô quer brinquedo, mas eu não me posso demorar por estar muito atarefada - disse ela, e, sem se despedir, voltou-lhe as costas, engrolando palavras zangadas.

XV

Depois da conversa que tivera com a irmã, Stella pôs-se a rondar pelo quarto, toda no ar, feliz, muito feliz! A ventura embriagava-a e entontecia-a como um licor muito forte. Sentou-se, batendo o compasso com o pé. Tornou a levantar-se, sacudiu a poeira da escrivaninha e, voltando para perto das avencas, cortou duas folhinhas que oscilavam tristemente. Até que enfim desabafara com a irmã, tão querida, aquele segredo que lhe pesava como um capacete de ferro! Ela, agora, sabia tudo; o seu amor por Nhonhô já lhe parecia, portanto, lícito e abençoado. Desembaraçara-se daquele mistério, graças a Deus! Como poderia ocultar um sentimento honesto, como se fosse um objeto roubado? Não tinha propósito; fizera bem de lho confessar. Sem se poder calmar, foi procurar Mariana, porque a dominava um desejo frenético de ouvir proferir o nome de Nestor, e aquela mulher, todos os dias, lhe citava fatos que a enchiam de uma alegria louca.

Nhonhô passara a cavalo com a vista pregada nas janelas, as rédeas quase soltas, esquecendo-se de governar o animal, tão abstrato estava; passara à noite, ao luar, muito pensativo, fazendo pequenas paragens defronte da sua casa... E Stella forçava-a a repetir duas, três, cinco vezes, as mesmas monótonas descrições. Se sorria, se ia sério, se vestia roupa clara ou escura, não se enfastiando de escutar a mesma história, contada por aquela crioula que a adormecera tantas vezes nos braços. Entrou no quarto, onde ela alisava um vestido branco da sobrinha.

— Nhá Stella? Ai, xentes, que temos? - perguntou Mariana, amável. — Traz uma carinha tão alegre!

— Que quer você? estou satisfeita! o meu casamento está-se a decidir!

— Sempre é certo? - perguntou a crioula espreitando-a por cima dos óculos de vidro grosso.

— Certíssimo, o que há de mais certo.

— Para quando é o negócio?

Ainda não sabia, mas esperava-o muito breve.

— Hum... hum... está bem... - fez ela continuando a trabalhar de cabeça baixa.

Na tábua estreita, um monte de roupa branquejava a um canto. A crioula conservou-se silenciosa, mas, depois de alguns minutos, indagou com reflexos de curiosidade nos olhos baços:

— A senhora contou esse negócio a Iaiá?

— Contei.

— E o que lhe respondeu ela?

— Nada; uma vez que eu gosto dele, e ele de mim, não há nada a acrescentar - disse Stella muito séria, indo sentar-se numa cadeirinha baixa.

Mariana sorriu, e pôs-se a pensar nas voltas caprichosas do mundo. Realizar-se-ia de fato essa união? Como a vida tinha situações imprevistas! Nestor, anos antes, querendo casar com Nair, e voltando rico, bonito, viajado, para pedir Stella em casamento! A vida era deveras interessante! A moça de nada suspeitava, era evidente, e ela nada deixaria transparecer.

— Cala-te boca, são brancos, lá se entendam! Que se casem depressa, para abrandar o ardor destas linguinhas ociosas é o que peço a Deus e à alma de Sá Cocota.

— Você emudeceu? - perguntou a moça, despeitada - dir-se-á que a notícia não lhe causou grande alegria.

Mariana tirou os óculos e poisou-os na tábua.

— Ora, Nhá Stella, só quando eu vir...

— Ah! então duvida? e esta!...

A velha soprou o ferro fazendo pular as faíscas para fora, e respondeu, sossegadamente, que não duvidava, mas, até o *nó cego* se torcer, ainda ele se poderia desamarrar.

— Jesus, que agoiro! - exclamou a moça saindo amuada para o corredor.

Mas a sua contrariedade se dissipou ao dar de rosto com a irmã, que lhe trazia uma carta. Ela agarrou-a vivamente: era de Dinorah. Abriu-a mesmo ali, por não poder sofrear a impaciência. A prima escrevia:

"Rio, 15 de março de 1906.

Minha querida. Não sei descrever-te a satisfação imensa que me empolgou, com a leitura da tua última vibrante carta! Deve ser sublime um amor sentido por um coração perfeito e primoroso como o teu! Como desejo conhecer o Senhor Nestor Rezende para lhe dizer tudo quanto penso da minha Stella! Se ele te não amasse já, ficar-te-ia adorando! Vejo que só na roça se deparam sentimentos magnânimos!

Aqui, o que é ruim e falso brilha com o mesmo fulgor ao clarão fictício dos sorrisos cortesãos e das miríades de luzes. Invejo-te e rogo-te que venhas casar no Rio, pois quero ser eu a vestir-te, amimar-te, beijar-te mais do que ninguém, nesse glorioso dia.

Tenho novidades sensacionais a dar-te: Álvaro está apaixonadíssimo por uma gentil morena, de olhos esverdeados e gázeos como os lagos gelados da Escócia. Antipatizo com ela, o que é perfeitamente compreensível, dado o antagonismo dos nossos temperamentos. Perguntas-me pelo meu coração? Minha filha, continuo fria e impassível, embora rodeada por mil chamas como a salamandra.

De dia para dia, mais duvido de tudo e de todos, só creio em ti, e sinto a tua falta, como se da tua presença me chegasse a esperança e a vida. Ando triste... por quê? Sou rica; tenho metade do teu coração, minha mãe me adora, meu irmão é louco por mim, nada me falta, no entanto, considero-me infeliz. Qual é a causa estranha desta melancolia eterna que traz o desespero à minha alma? Fui pedida em casamento pelo Dr. Ernesto de Passos, ao qual respondi negativamente. O meu pretendente tem um sorriso enigmático, e uma voz metálica que me fere os ouvidos como um gume de aço. Detesto-o, pois sinto que vem atraído pelo meu dote. Já é incômodo ser-se rica! Todos gracejam do meu ceticismo, e afirmam que estou à espera do príncipe do país dos sonhos, talvez um Lohengrin ou nababo. Nem mesma sei...

Descreve-me o que se refere a ti, a ele, a tudo, enfim, que te diz respeito. Como vai Iaiá? Nenê está boa e forte-zinha?"

A carta prosseguia nestes termos afetuosos, cobrindo quatro largas folhas de papel com uma caligrafia elegante e fina. Stella leu-a e releu-a embevecida. Que amizade verdadeira e fraternal irradiava de toda ela! Enterneceu-se, e dos seus olhos rebentaram lágrimas de saudade. Teve ímpetos de voltar para o seu conforto do Rio, para a cálida ternura da sua Dinorah. Em Teresópolis, sentia-se triste, isolada. Nair ficava no quarto cosendo, ou refugiava-se nos fundos da chácara, junto ao rio, para pintar. Raramente estavam juntas, a não ser à noite e às refeições. Conversavam pouco, não se trocavam confidências. O espírito da irmã era puríssimo, mas fechado, afastando as pessoas da sua intimidade. Stella andava melancólica, e procurava Clotilde para expandir-se, porque a sua alma ardente necessitava de uma igual à sua, feita de sol, e não entretecida de luar. Começou a vestir-se para ir junto dela, e gritou por Mariana, que lhe trouxesse água fria.

— Um jarro ou dois? – perguntou a preta, do fundo claro do corredor.

— Dois; nada de misérias, mas já, pois estou com pressa.

E, soltando o cabelo, cobriu-o com um pouco de brilhantina, para domar as mechas rebeldes que lhe fugiam a todo o instante dos dedos impacientes.

Mariana entreabriu a porta com o pé, indo descansar os jarros de ágata perto do toucador.

— Cá estou de novo com o meu reumatismo! – gemeu apertando a coxa inflamada. — Recomeçou o martírio!

Stella não respondeu, e a velha, vendo-a repuxar o cabelo, e empoar-se repetidas vezes, arrastou-se para fora, resmungando, com o sobrolho carregado:

— Quando precisa de mim, não me deixa com amolações, agora que está com os miolos virados não indaga do meu reumatismo, nem se importa que rebente para aí! A negra só serve para trazer novidades, mas, quando não há nenhuma a dar, trata-se como a um cão. É isso mesmo! Iaiá nunca foi assim, não é capaz!

Depois de ter enfiado um vestido de seda cor de morango, Stella saiu rapidamente e abriu a sombrinha escarlate que inclinou sobre os olhos por causa do sol. Mas, apenas tinha feito alguns passos, esbarrou com o Bebiano, que, depois das cortesias convencionais, informou-se amavelmente se tinham apreciado o pudim de arroz com que as presenteara na véspera. E espalmando a mão cabeluda no peito da camisa:

— Custei a suster a pequenada que se queria atirar a ele – piscou os olhos com ar agarotado. — Por sinal, quando eu estava a assá-lo, a baronesa da Língua Doce, que corria a via-sacra como de costume, deitou os *lúzios* para dentro das tabuinhas... Aquela senhora dava para secreta; tem um faro!...

Stella moveu-se, dispondo-se a continuar o passeio; mas ele propôs-se a acompanhá-la, visto irem para o mesmo lado...

E passando-lhe à esquerda seguiu majestosamente com as mãos atrás das costas. De vez em quando fazia curtas paradas, para admirar qualquer paisagem mais pitoresca. E eram exclamações sem fim!...

— A senhora veja aquilo ali! Que cantinho delicioso para merendar! Em cima daquela pedra, botaríamos as iguarias e nos deitaríamos do outro lado para apreciá-las...

— Confeccionadas então pelo senhor!... Só a essa lembrança a gente sente água na boca... - respondeu ela, lisonjeira.

O Bebiano estacou, com a fisionomia a rutilar de entusiasmo:

— Se eu nasci para isso, minha rica senhora! Felizmente tenho quem me aprecie! Um dos meus maiores admiradores é o Jacinto, sacristão! E a senhora sabe que aquele é entendido!

Defronte deles, estendia-se um estreito caminho bordado de pinheiros pequenos e, do lado oposto, uma fonte cristalina escapava-se de uma espessa abóbada de folhagens sombrias. Pararam enlevados. O juiz de paz ofereceu-se para aparar-lhe água numa folha de gravatá. Stella aceitou com um sorriso fagueiro a brincar-lhe nos lábios sedentos.

Depois continuaram calmamente. Ela estava num desses momentos em que a alegria lhe proporcionava sensações doces, sem a sobressaltar com pressentimentos tenebrosos. Enquanto o Bebiano, sempre atencioso, desfiava receitas novas, ela pensava que àquela hora Nestor talvez se balançasse na rede do seu quarto, com o pensamento retido nela, e tivesse uma surpresa feliz quando a visse chegar sem se ter anunciado... Como era doce o amor!

Mas um latir forte chamou-a à realidade. Assustada, retardou os passos; o Bebiano, porém, sossegou-a mostrando-lhe um cachorro que dava alarme, a fim de atrair alguém perto de dois garotos encarrapitados numa figueira, a comerem sofregamente as frutas maduras. Por cima deles uma abelha zumbia. E, apesar de o juiz de paz tentar afugentá-lo com o lenço vermelho a flutuar, o animal arremetia com saltos furiosos, espetando os enormes dentes para fora.

— Vocês acautelem-se - advertiu ele -, o bicho não é para graças.

— Cão que ladra não morde - responderam os pequenos, rindo, e atirando para longe as cascas dos figos.

— Vão-se fiando...

Mas Stella, com uma curiosidade amável, quis saber a razão por que ele usava lenço de cor, em vez de branco.

O juiz de paz cerrou os olhos sorridentes, com prudência, receando ser ouvido:

— É que eu tomo a minha pitada, mas é segredo, porque, se por aí descobrissem esta fraqueza, seriam capazes de ma censurarem, embora eu tenha muitos imitadores. - E num tom de grave revelação, arredondando a mão em forma de concha: — O Jacinto também a toma às escondidas, nem D. Ana o sonha!

Stella ia responder qualquer gracejo, mas, reparando que estava defronte da casa de Clotilde, despediu-se dele, e enveredou pela porta dentro.

Mas que decepção! Esperava encontrar Nestor com a irmã, e achou-a sozinha, a lustrar de verniz rosado as unhas cortadas em bico. Ao vê-la, estreitou-a nos braços, exclamando:

— Ah! meu bem! acertou em vir! A sua simpatia escravizou-me, não posso mais ficar um dia longe de você! Como vem *chic*! Este vestido é um primor.

Elogiou-o muito, indagando logo do preço e da qualidade da seda. Comprara-o no Rio, ou encomendara-o na Europa?

— Mandei-o vir de Paris.

—Logo vi; você tem muito gosto para se arranjar. Também não admira; com um corpinho desses qualquer feitio assenta.

Stella mirou-se satisfeita. Clotilde continuou a tratar das unhas, mas ao mesmo tempo dissertava a respeito das modas extravagantes lançadas pelos costureiros parisienses. Discreteou depois sobre Dinorah, informando-se das suas *toilettes* com um interesse muito vivo. Pouco a pouco, porém, a conversa foi perdendo o calor e o brilho, como a luz de uma lâmpada que vai gastando o azeite. Stella andava por falar de Nestor, mas faltava-lhe a coragem, e Clotilde parecia ter-se esquecido completamente do irmão. De repente, num tom desanimado:

— Estou impressionada, pois Nhonhô anda nervosíssimo, só falando em voltar para a República Argentina.

— Por quê?

— Eu é que posso sabê-lo? tem graça!

Stella impacientou-se e bateu o pé no chão. Pois ele não compreendia quanto ela o amava? Era cego àquele ponto?

— Mas, Clotilde – insistiu aborrecida –, já estou irritada com esta história de partida. Nestor não vê que eu gosto dele?

A outra sorriu sem responder e pensou baixo: que idiota! Mas encolheu os ombros, misteriosa, curvando-se para admirar-lhe o broche de brilhantes que ela trazia no peito. Gabou-lho muito, quis contar as pedras, que eram magníficas. Ah! adorava joias, sentindo por elas verdadeira fascinação! Stella possuía lindíssimas, mas nenhuma se igualava àquele colar de rubis que lhe vira a última vez em que tinham estado juntas.

Stella retorquiu com os olhos pregados no broche:

— Foi Dinorah que mo ofereceu no dia de meus anos. Ela sempre me presenteia com objetos de valor. Mostrou-me diversos colares para escolher, mas decidi-me por aquele. Gosto de rubis, acho-os expressivos, e quando os enrolo no pescoço tenho a sensação bizarra que participam até das minhas quiméricas ilusões.

Fez uma pequena pausa. Clotilde exclamou admirada:

— Então Dinorah é riquíssima!

— Não lho tenho repetido tantas vezes? É milionária! Meu padrinho deixou uma fortuna avaliada em milhares de contos.

E, embalada pela sua entusiástica amizade, exaltou o principesco viver da prima, a riqueza do seu palácio, dos seus vestidos, das suas equipagens...

Clotilde crivava-a de perguntas consecutivas.

— É curioso como ainda não se casou...

— Ela só se impressionará quando se certificar de que a amam desinteressadamente.

— Sendo descrente dessa maneira, não acreditará nunca em tal hipótese!

— Não exageremos! Dinorah é terrivelmente romanesca, e uma paixão com episódios poéticos acabará por vencê-la fatalmente. Até hoje, os pretendentes têm sido ambiciosos demais, e patenteiam depressa o fim que querem alcançar. Surja, porém, algum que lhe toque a alma, e verão o gelo derreter-se, e o sol aparecer brilhante e luminoso.

— Tenho tanto empenho de a conhecer! Em pequena era muito galante, mas isso já há tantos anos!

Stella propôs apresentá-la quando regressassem ao Rio, poderia mesmo travar relações com a madrinha para facilitar o convívio... Não se cansava de aludir aos atrativos da prima, à sua inteligência, à sua instrução, aos seus incomparáveis dotes artísticos...

A tarde refrescara; o sol desaparecera com reflexos que tingiam o poente de variegados tons de turmalina-rubi. A criada chamou Clotilde em voz baixa. Stella ficou só e, para distrair-se, abriu ao acaso um álbum de retratos que via pela primeira vez em cima da mesa. Um raio de alegria iluminou-a deparando com Nestor na segunda página, vestido de claro, com o chapéu mole na mão. Fitou-o por muito tempo, em êxtase, e instintivamente comparou o Nestor de dantes com o de agora. Achou o sorriso antigo mais natural e despretensioso, a gravata mesmo, amarrava-se num laço largo e simples. Mas não tinha aquela expressão profunda e magnetizadora que arrastava os corações – pensava ela enlevada.

A custo, continuou a folhear o álbum, que estava repleto de fotografias desconhecidas, umas bonitas, outras feias, algumas mais apagadas, outras inexpressivas. Percorreu-as todas sem interesse porque a sua atenção ficara acorrentada à de Nhonhô, e o desejo de a obter apossou-se com violência do seu espírito. Procurou de novo a página, tirou o retrato, revirou-o nas mãos, e atemorizada, com olhares furtivos para a porta, escondeu-o rapidamente no seio. Ouvindo passos, fugiu para a janela. Era Clotilde, pronta para o jantar.

Com ar desolado, queixou-se da falta que o marido lhe

fazia. Fora para o Rio e não falava em voltar. Deu um suspiro. Stella disse vagamente, para mostrar interesse:

— No dia em que você não esperar aparece ele aí!

— Os homens, quando estão dominados pelos negócios, esquecem-se das mulheres – volveu ela, e pôs-se a desenrolar devagar as suas palavras, colocando-as ao de leve, com aparência despreocupada, saltitando de um assunto para outro, com o seu sorriso cativante e doce.

Stella, abstrata, mal a ouvia, respondendo-lhe pouco, mas a sua voz febril estava repassada de uma toada falsa que desagradava ao ouvido.

XVI

Quando voltou, foi caminhando devagar, a face pensativa, o olhar melancólico. No topo da estrada um carro de bois vinha rinchando ajoujado de tocos de lenha grossa, e o carreiro, sujo como um esfregão, espetava no dorso robusto dos animais a ponta afiada de uma comprida vara de ipê, espantando com isso um grupo de pombas-juritis que esvoaçaram assustadiças para a fronde escura de dois altos eucaliptos. Mais afastados, rapazitos descalços jogavam a malha, enquanto à porta da farmácia, escarranchado num mocho de pinho, com os óculos encaixados no nariz, o Neca, muito grave e sisudo, lia com atenção o *Jornal do Comércio*. Stella passou sem que ele a visse, mas no momento de atravessar uma voz doce ciciou perto dela:

— Como vem bonita; parece mesmo uma santinha!

A moça parou surpreendida. Era a mulher do sacristão a fazer meia, tranquilamente, aninhada na moita de bambus que lhe atulhavam a entrada da porta, com as agulhas suspensas, e um ar encantado no semblante magro.

— Não quer a senhora descansar um bocadito? - perguntou com um sorriso a umedecer-lhe os olhos claros.

Havia já quinze dias que a não descortinara, dantes era mais assídua, não esquecia as amigas da roça...

Stella hesitou, mas, como D. Ana insistisse, subiu os degraus de pedra e acompanhou-a até à saleta, onde alguns panos de *crochet*, feitos de rosetas, se espalhavam pela mobília de madeira envernizada.

— Sente-se nesta poltrona, minha senhora, é muito macia e dá bom cômodo. Espere; vou buscar um banquinho para os pés - e leve, amável, correu lá dentro voltando com um braçado de flores naturais. — Isto tudo é para a senhora; gosto de ver gente nova no meio delas.

A moça sorveu o aroma do ramo, e separou um pouco de baunilha, que enfiou no cinto.

— Espere - apressou-se em dizer D. Ana -, dê licença que lhe pregue esta rosa ao peito - e recuando, com as mãos no ar: — Não tem que ver, são duas rosas, e não sei qual é a mais linda! Ai, se o meu Jacinto aqui estivesse logo lhe compunha uma bonita poesia! Que ele é mestre!

Stella aprovou com amabilidade:

— Bem sei; até consta que acabou um poema para a festa de São João.

D. Ana suspirou longamente.

— Ai! É ele que faz tudo aqui! é sim... Que seria desta terrinha se não fosse o meu Jacinto?

Notando, porém, a atitude melancólica da moça, perguntou um pouco inquieta:

— Parece que a estou achando tristezinha? O verão passado

era mais alegre... Engano-me? ora, ainda bem, porque tristezas só servem para abreviar os dias. Pois eu ia dizendo que é o Jacinto mesmo que anda a fazer os versos para a festa. Vê esta papelada? São poesias, e das melhores!

Pegou em duas, que percorreu com a vista embevecida.

— Leia, D. Ana - pediu Stella.

— Não pode ser, minha rica senhora, ele sempre me recomenda que não mostre nada a ninguém para a surpresa ser mais completa. Diz que não é bom andar a botar para fora o que não está ainda concluído... Veem-se as emendas e fica a parecer que a pessoa levou muito tempo a puxar pelos miolos... E mesmo pode vir alguém que se apodere da ideia. Quer provar umas broazinhas que fiz ontem? - e segredando-lhe: — É uma receita do Seu Bebiano!

Stella recusou. O seu olhar abstrato vagueava pela mesa do centro, carregada de músicas e de pautas.

A mulher do Jacinto continuou mais animada:

— Vê a senhora o que aqui vai? Que homem, minha querida senhora, que homem! não sei como tanta coisa pode sair de uma cabeça tão miúda! É verdade que o Seu Bebiano declara que os homens baixos têm mais talento do que os altos! A senhora ri-se? - e abrindo os braços cheia de modéstia: — É o Seu Bebiano que o afirma, eu cá não sei...

— E esse é bem alto! - tornou Stella.

D. Ana sorriu superiormente.

— Mas, coitado, não vale muito, segundo o que diz o meu Jacinto. Parece ser muito boa pessoa, porém não tem esperteza nenhuma - fez um gesto de piedade -, da cachimônia não lhe sai nada - depois, atemorizada:

— Isto fica entre nós, já se vê, pois Deus me livre que ele fosse conhecedor de tal opinião! Ah! se a senhora o visse aqui com o meu Jacinto, muito havia de gostar! Eu fico além; o meu canto é aquele, perto do lampião. Agora anda o Jacinto a compor um poema satírico – parece que a palavra é essa – em que entra a D. Gertrudes Taveira. Isso então é uma graça que a senhora fica boba!

Stella fitava-a com benevolência. Toda a fisionomia de D. Ana se transfigurara e resplandecia num acesso de admiração, e os olhos, muito franzidos e pequeninos, riam ainda com a cômica lembrança. Depois, adquirindo uma atitude pesarosa:

— Tenho-lhe pedido para botar os versos nos jornais do Rio, que são, pelos modos, muito lidos, mas ele não quer, e declara que só o fará depois de morrer.

— Por que não agora?

— São cismas! Um grande músico, francês, fez o mesmo há anos, e, a senhora sabe, essa gente vive a copiar-se uns aos outros... Eu, minha rica senhora, é que tenho uma dor de alma por saber tanta coisa linda, apenas conhecida pelo Seu Bebiano. Se se espalhassem essas poesias, muita gente havia de aprender, serviria até de benefício...

Stella abafou um suspiro com o pensamento distante.

D. Ana, recordando-se dos pretendidos amores dela com Nhonhô Rezende, observou solícita:

— A senhora está como quem tem paixão lá por dentro, estou reparando no seu modo triste, assim, como quem diz *desapegado*. Se é isso, peça a Deus que lhe dê alívio, mas implore-o com muita fé, que o pedido saia do coração, e verá o resultado.

— E Ele ouve-me, D. Ana?

A outra volveu a fronte para o céu, e em toda a sua face transpareceu um grande fervor religioso.

— Se a senhora não se agarrar com Ele, com quem o há de fazer, minha santa? Deus é tudo; eu rezo-lhe tanto, tenho a alma tão tranquila que nunca invejei a sorte dos outros.

— Mas a senhora tem alguém que a compreende e isso é o maior bem da terra!

Os olhos de D. Ana umedeceram-se. Ela enxugou-os à manga do casaco.

— A senhora crê mesmo que Deus nos ouve? – continuou Stella ansiosa.

A mulher do Jacinto bradou com eloquência, erguendo os braços magros:

— Se Ele está em toda a parte! Oiça, minha santa, se a senhora tem um pedido a fazer-lhe, vá bem cedo à capelinha, quando não houver quase ninguém, e peça-lhe o que quiser, que Ele a escutará. É tão bom rezar, minha rica senhora, a gente sente uma consolação tão grande cá por dentro! – e baixando a voz numa confidência grave: — Quando eu me casei, tinha muitos ciúmes do meu Jacinto, mas ciúmes sem razão, tudo por me achar desengraçada e não poder ver gente bonita ao meu lado que não ficasse logo por dentro a malucar... Pois comecei a entregar meus males a Deus, e pedir-lhe para me arrancar aquela paixão que tanto me mortificava. E quer a senhora saber? passou tudo; levou bem uns dez anos, mas fiquei aliviada, e agora até gosto de ver uma carinha bonita assim como a sua. É como se olhasse para um quadro ou para uma figura de cera.

Stella teve um gesto desolado:

— Se a beleza influísse na felicidade – murmurou com amargura –, mas há tanta gente bonita que vive por aí aos pontapés...

D. Ana soltou o seu riso tranquilo, e batendo-lhe no ombro com ar protetor:

— Cogite no que lhe digo: desabafe com Nosso Senhor Jesus Cristo que Ele a aconselhará.

E, vendo-a levantar-se, depois de um suspiro desanimado, prosseguiu amavelmente com o embrulho de biscoitos na mão:

— Estes eu mando levar, porque a senhora não há de ir por aí fora carregadinha! Não pode ser...

Stella recusou, e tomada de súbita impaciência estugou o passo para a porta da rua, enrolando as hastes das flores num pedaço de papel de seda. Mas, ao descer os primeiros degraus, cruzou com o sacristão, o qual, soturno e preocupado, apontou em silêncio, com o dedo, em guisa de saudação, para a aba amarelada do chapéu de palha.

XVII

Quando Stella voltou para casa, adormeceu tarde, e um sonho agitado atormentou-a durante toda a noite, sentindo-se arrebatar no espaço e atravessá-lo convulsivamente com duas asas curtas que a faziam parar a todo o momento para adquirir forças novas e nova coragem. Ia atrás de Nestor, que cortava os ares, como se fosse um aeroplano de aço, num voo largo e audacioso. Stella, com os membros exaustos, uma grande fadiga em todo o ser, acompanhava-o sempre, numa ansiedade palpitante, como a perseguir um ideal inatingível. Pelos planetas havia figuras grotescas de pernas finas e ventres enormes que a designavam com malícia, enquanto a Lua, muito inchada e lívida, rolava para ela os olhos vesgos, numa expressão desdenhosa. As estrelas, na sua passagem, soltavam risadinhas de mofa e eram tão pequeninas, tão miudinhas, que os seus vultos microscópicos pareciam gotas luminosas na imensidão dos espaços.

— Todos me escarnecem – dizia Stella descoroçoada, movendo as asas raquíticas, quase depenadas –, mas hei de seguir a pista de Nestor enquanto me restar um pouco de vida.

— Experimenta então, vamos, força na máquina! - gritou-lhe uma voz sibilante, vinda do alto.

E Clotilde, vestida de vermelho, com pés de cabra e chifres reluzentes, torcia-se toda, dando pinotes no ar, acompanhada por D. Ana e o sacristão, ambos montados em compridos paus de vassoira, tocando tambor desesperadamente. Stella parou a olhá-los, petrificada, esquecendo-se de segurar as asas, que se desprenderam dos seus braços e vaguearam à mercê caprichosa dos ventos. Ainda soltou um grito de aflição para suplicar-lhes que a viessem socorrer, mas o seu pobre corpo raquítico apenas pôde dar algumas voltas desatinadas, e como massa inerte tombar sobre a terra aos trambolhões.

— Não poderei nunca mais ver Nestor! - gemeu ela.

Com um movimento rápido, a porta do quarto abriu-se.

— Ué! Nhá Stella! que é isso? acorde! - bradou alguém ali perto.

Ela sentou-se na cama esfregando os olhos entorpecidos.

— Mas onde estou eu? - perguntou a Mariana, que a encarava muito risonha, com um copo de leite espumante na mão.

— Xentes! está aí mesmo, ué!

A moça pasmava para o teto e para as paredes.

— E as asas? E toda aquela gente, onde se meteu? - perguntava aturdida.

A velha respondeu, segurando a maçaneta da porta:

— Foi um pesadelo; vamos, menina, pule para fora, são oito horas e o sol já está alto!

— Mas que sonho horrível! imagine você que Nestor ia voando na minha frente, e eu atrás, sem poder alcançá-lo, num desespero sem fim... É... e, enquanto isso, ele passou de boca aberta para as janelas como a onça para a lua...

De um pulo, Stella empurrou os cobertores para trás.

— Passou? Falou-lhe? Viu-a?

— É; agora já acordou, já sabe o que faz... Levante-se, que ainda o avista; ele foi para os lados do Prata – e muito alegre, banhada num bom humor raro, a crioula, com um estalo, fechou depressa a porta.

Ainda a pobre Stella não estava de todo calma, quando recebeu um cartão de Clotilde pedindo-lhe que a fosse ver.

"Venha às duas horas", dizia. "Teremos uma tarde deliciosa e improvisaremos, os três, um piquenique naquela bonita mata onde se escuta o canto do sabiá."

Stella respondeu afirmativamente, e correu para avisar a irmã, que encontrou de avental bordado, preparando um pudim para festejar o marido que regressava naquela tarde da fazenda.

— Serão horas agradabilíssimas – declarou-lhe –, pois Clotilde, especificando que seremos três, dá a entender que a terceira pessoa é Nestor, visto o Alfredo ainda se achar ausente...

— Está bem – respondeu Nair, batendo alegremente os ovos –, então hoje é o grande dia?

— Talvez...

— É preciso acabar com isso!

— Você já concorda, hein?

— Desde que seja para a sua felicidade!...

— Oh! se é!

— Permita-o Deus!

Um tremor nervoso agitava Stella, ao enfiar o costume de *sport*, com blusa branca, engomada e gravata de cetim cor-de-rosa. Estava febril, parecendo-lhe que naquela tarde haveria de se decidir o seu destino. Clotilde pediu-lhe que fosse às duas horas, mas, não tendo paciência para esperar, partiu um pouco antes.

— Vou já; assim gozarei mais tempo da companhia de Nestor.

E hesitava no que lhe responderia, ora sentindo ímpetos de abafar-lhe as palavras com ternura, ora achando que deveria escutá-lo, séria, ponderada, refletida, sem interromper por um só gesto a torrente impetuosa das suas frases. E nessa contradição de ideias penetrou em casa de Clotilde, sem enxergar D. Gertrudes, que, estupefata, cosia-se ao muro da chácara a seguir-lhe o vulto fugitivo com a vista a cintilar de uma curiosidade insofrida. A porta da rua, segundo o hábito da roça, estava escancarada, e no corredor, ainda úmido da recente lavagem, o sol doirava uma gaiola de vime, onde o canário pipilava satisfeito.

O sossego era completo; não se via ninguém, apenas um gato amarelo, com a cabeça enroscada nas patas, roncava pachorrentamente. Perante aquela burguesa pacatez, Stella, um pouco intimidada, arrependeu-se de ter chegado tão cedo. Temendo ser indiscreta, quis retirar-se para voltar mais tarde, mas um rumor abafado de vozes num quarto próximo, e o seu nome pronunciado com clareza por Clotilde, deram-lhe uma forte pancada no coração.

— Não, francamente, Nhonhô – dizia esta –, repito e repetirei: duvido que Stella lhe seja indiferente. É impossível!

— Pode crê-lo – respondeu ele –, detestável mania essa que se lhe parafusou na cabeça!

— Mania, não; mas observo, não sou imbecil, porque afinal ela é muito bonita...

— Para admirar quadros e estátuas, prefiro ir aos museus, já lhe declarei, Sinhá; e, apesar dessa beleza afamada a que você se refere, falta-lhe o encanto particular de Nair. Essa é que eu quero! Bem sei que é questão de tempo, pois não é por casualidade que a encontro na chácara todos os dias e à mesma hora. Essa, sim. Só me prende a mulher reservada, cujo espírito não se penetra à primeira vista. É ela a criatura que impressiona e domina.

— Realmente! - fez Clotilde, num tom muito maldoso. — Entretanto Stella está apaixonadíssima por você...

— Nunca reparei nisso.

— Pois sim...

— Juro-lhe; todo o meu tempo é pouco para pensar na outra. Ah! se ela quiser! - e num tom enfatuado - que ela o quer, sei eu, dá-mo bem a entender com aqueles olhos eloquentes! Vai ser delicioso para mim este fim de verão! Atinei em regressar de Buenos Aires!

— Como Iaiá é sonsa! - ia dizendo Clotilde às risadinhas - finge não ouvir o que você diz, que a contrariam os seus sorrisos e afinal pinta o sete! Veja só quanto a gente se engana neste mundo!

— Mostra ser discreta.

— Gostaria de saber com que cara assistirá ela à paixão da irmã por você...

— Com a mesma, pois representa com arte o seu papel. Além disso, ela sabe que só a ela amo, a ela, e a mais ninguém.

Stella, em pé, parecia idiotizada, as faces lhe abrasavam de vergonha, fixando com pavor a porta perversa, ao mesmo tempo que a raiva, o ciúme e o desespero se debatiam dentro dela, prontos a explodir em borbotões de indignação e de vingança. Indignação contra ele, o vil, que fingia amá-la, quando era para a irmã casada que os seus pensamentos criminosos convergiam; ódio a essa irmã, que se habituara a respeitar, e que via, na sua inocente compreensão, salpicada de lama, desonrada, para sempre! Oh! que vexame, que vexame! Varada de dor, torcia os braços rangendo os dentes!

As vozes dentro do quarto continuavam, ora elevando-se numa exclamação de surpresa, ora em surdina, como um fio de água que escorre de uma torneira baixa para a terra.

De repente Stella gritou de angústia e arremessou-se para fora. Clotilde, admirada com aquele ruído inesperado, correu à porta. Não viu ninguém; mas uma suspeita brusca a assaltou. Abriu a janela com violência, e ainda avistou a amiga, que, sacudida pelos soluços, desaparecia ao longe.

— Nhonhô! - clamou ela levando as mãos à cabeça - que horrível fatalidade! Stella escutou a nossa conversa!

— A nossa conversa? como?

— Ela vai fugindo, olhe...

Nestor, depois de se debruçar no peitoril, voltou-se encolerizado:

— São leviandades, Sinhá, essas suas confidências perto de uma porta entreaberta! Nem a outra me aparece mais! Que inferno!

Encararam-se assombrados.

— E agora?

— Não sei...

— Está tudo perdido!

— Tudo!

Ele sentou-se enraivecido e começou a bater nos braços da poltrona de palha um compasso desordenado. Clotilde ficou na janela a refletir. Na vargem sobre a grama, algumas pequenas malvestidas davam-se as mãos, cantarolando; e ao longe destacavam-se fortemente os recortes nítidos e majestosos da serra dos Órgãos. Ela mordia a pele dos beiços muito séria; o irmão, colérico, fechava os punhos.

— Imperdoável loucura a nossa! – bradou. — Como nos pudemos descuidar àquele ponto? Onde estávamos com o juízo?

Ela atalhou muito enervada:

— Stella chegou antes da hora marcada!

— Devíamos tê-lo previsto... Lá se foram todos os meus planos!

— E os meus! – respondeu ela cerrando a janela, porque o sol abrasava.

Nestor despiu o casaco, que atirou para o sofá, e arrancou o colarinho com um puxão brusco. Depois, fixando demoradamente as unhas polidas:

— Desagradável contratempo! Assim acaba um idílio que poderia desenrolar-se tão esperançosamente!...

Mas como entrara ela, sem ninguém a sentir? Com certeza nos bicos dos pés, para surpreendê-los...

Clotilde aventava algumas desculpas aceitáveis...

— Se eu pudesse convencê-la que a nossa conversa foi proposital, pelo fato de a termos visto no corredor, a fim de experimentar a intensidade dos seus sentimentos por você?

Nestor teve um sorriso de descrença.

— Ela não é tola a esse ponto para acreditar em todas as caraminholas que você lhe incute nos miolos!

— Mas é muito ingênua, muito simples... – afirmou Clotilde, fitando-o alguns minutos em silêncio.

Mas de repente desandou a rir, sem piedade, lembrando-se do desapontamento da amiga. Esperar uma declaração de amor e sair escorraçada daquela maneira! Que logro! Era demais; era burlesco demais! Sufocava e abanava-se com as duas mãos bem abertas, torcendo-se toda em convulsões de riso. Mas, notando o aspecto colérico do irmão, esquivou-se sorrateiramente, abafando as gargalhadas nas dobras do lenço.

XVIII

Stella não conseguira sossegar, errando no quarto sem saber que fazer, que dizer. Considerava-se traída, escarnecida, renegada por todos, pois deveria calcar aos pés, como se fosse um réptil venenoso, o primeiro grande amor da sua vida!

Tentava serenar o espírito, forcejando em vão coordenar as ideias, descobrindo desculpas e um pouco de perdão para aqueles infames. Mas, se o comportamento de Nestor a assombrava, o de Nair afligia-a ainda mais, como se visse a irmã obrigá-la a beber um veneno forte. Falsa! miserável! traidora! Por que não tivera coragem de arrancar-lhe do coração, ao menos, aquele amor impossível? Por que o não fizera?

Como era que um derradeiro vislumbre de honra não resvalara pela sua consciência adormecida? Stella não podia mais, tinha a cabeça em fogo, sentia-se desnorteada! Antes morrer, morrer mil vezes do que padecer semelhantes horrores! Ah! mundo infame, mundo indigno! não havia um ente sério, uma criatura honesta? Tudo era lama, pois? Atirada em cima da cama prorrompeu em soluços fortes e desiguais.

Antônio regressara e, na sala de jantar, descrevia à mulher os episódios curiosos da sua viagem. Ela, interessada com aquelas narrativas despretensiosas, não sentira a chegada de Stella e supunha-a longe, deliciando-se com as ternuras de Nestor ou combinando talvez o próximo casamento...

O marido observou, vendo-a sorrir:

— Você hoje parece bem alegre?

— Com a sua chegada não é para admirar...

— Obrigado, e que é feito de Stella?

— Foi a um piquenique com Clotilde.

— Ali não haverá rabo... de fraque?

— Como?

— Algum namorico com Nestor?

Nair, levemente corada, repetiu o que Stella lhe contara.

— Oh! oh! temos então casório?

— A julgar pelo que ela diz...

— Tenho-me esquecido de lhe contar um sonho que você teve na véspera da minha partida. Você exclamava muito assustada: "Antonico, este homem é um miserável". Eu perguntei: "Que homem?". Você voltou-se para a parede e, embrulhando-se no lençol, respondeu: "Nhonhô". Como adormecesse de novo, calei-me na intenção de lhe contar tudo de manhã, mas, com a lufa-lufa da viagem, esqueci-me completamente do caso.

Nair ficara extremamente vermelha e o coração batia-lhe com força. Num minuto refletiu: deveria contar-lhe tudo? Uma hesitação cruel a torturou, e, readquirindo o sangue-frio, respondeu com mal afetada calma:

— Certamente eu estava preocupada com a confidência de Stella, e na fantasmagoria do sonho saiu tudo arrevesado.

— Ela quer mesmo casar com esse sujeito?

— Se está louca por ele!

— Que mau gosto! Implico solenemente com aquela cara de pedante, aquele modo de se ataviar, de se pentear, de arengar, só mencionando autores estrangeiros! É um diabo que me irrita os nervos.

— É mesmo antipático.

— Horrivelmente, minha filha, de não se poder suportar. E o Alfredo já chegou?

— Não.

— Demora-se?

— Não sei.

Antonico levantou-se e, como estava esfalfado com as cinco léguas que fizera a cavalo, foi recostar-se um pouco na poltrona de cretone claro. A mulher mandou retirar a cafeteira, e voltou para o seu bordado. Mas sentia-se apreensiva. Tão aborrecida andava com as insistências de Nestor que até sonhava com ele! Que horror! E se no sonho pronunciasse alguma palavra ambígua que levasse a dúvida ao coração do marido? De que valia a correção admirável e perfeita do seu comportamento, se à noite os sonhos vinham desvendar os seus temores, com pinturas fantásticas, cores exageradas e perversas? Ah! Deus! estava pagando caro o sossego divino que fruíra durante tantos anos! Como teria procedido com habilidade se se negasse a receber Nestor naquela noite em que ele a visitara! Tudo evitaria. Aquele conquistador de baixa origem teria dirigido as suas vistas criminosas para pessoas dignas dele sem perturbar a sua doce tranquilidade.

Mariana entrou no quarto espavorida, com o olhar esgazeado, e enrolando freneticamente o avental grosso de xadrezinhos azuis.

— Iaiá — murmurou –, que desgraça, meu Deus!

Nair encarou-a abismada de pasmo.

— Imagine que Nhá Stella está no quarto debulhada em lágrimas e contou-me que ouviu uma conversa de Nhonhô com a irmã em que ele confessava gostar de Iaiá e não de Nhá Stella.

Nair pôs as mãos na cabeça, que tremiam:

— Jesus!

— E que há de apanhar Iaiá, que detesta Nhá Stella, e tudo por aí fora – e sufocando mais a voz: — Iaiá não calcula como Nhá Stella está! Faz dó!

— E você, que disse? convenceu-a do contrário?

— Declarei que é tudo invenção dele; mas ela não faz caso de nada. Está fora de si, acha Iaiá muito culpada, pois acredita nas patranhas de Nhonhô! Cachorro!

Nair, com palidez cadavérica, cravava o olhar febril no rosto desfigurado da crioula.

— Que mais, santo Deus?

— Sei lá, parece que perdeu o juízo! – e batendo na testa: — Ai! Quer ir-se embora amanhã para o Rio!

— Meu Deus!

— É isto. Se Iaiá a visse! Nem parece Nhá Stella dos outros dias! Eu meti-lhe na cabeça para entender-se com Iaiá, mas ela declara que não ouvirá nada por saber demais! Veja a senhora que desastre!

Antônio chegou-se à porta esfregando as pálpebras sonolentas.

— Você já sabe a loucura de Stella, Iaiá? Suplicou-me que a levasse amanhã cedo para o Rio, e por mais explicações que eu lhe pedisse negou-mas todas.

Nair estava aniquilada. Queria esclarecer a situação, mas as palavras morriam-lhe na garganta. Pusera-se em pé e fitava o marido estupidamente. Antonico estava surpreendido e irritado com a aspereza da cunhada. Resolveram procurá-la e encontraram-na com o rosto manchado e as roupas em desalinho. Às perguntas que lhe fizeram, declarou com voz estrangulada que partiria só, caso o cunhado se recusasse a acompanhá-la.

— Mas Nhá Stella enlouqueceu, xente! – bradou Mariana enfurecida.

Antonico exigiu que ela explicasse tão misterioso procedimento.

— Nada lhe devo dizer, pois você não é meu pai nem tutor. Vou-me embora porque assim o resolvi, e não sigo hoje por ser tarde. Repito: se não quiser ir comigo, partirei só.

Ele cruzou os braços, muito excitado:

— Você sabe que não me custa nada fazê-lo, mas acho ofensivo você fugir daqui – porque a sua partida equivale a uma fuga –, magoando profundamente sua irmã, que tem sido tão sua amiga.

Sem olhar para Nair, passando o lenço encharcado pelas faces, Stella respondeu que tomara de súbito horror a Teresópolis, resolvendo por isso abandoná-la quanto antes.

— Você tem os seus aborrecimentos lá por fora, e sua irmã é que é a vítima!

— Pense de mim o que quiser, mas o certo é que não ficarei mais um dia aqui.

Antonico fez um gesto de indiferença e saiu do quarto; ela ia imitá-lo, mas Nair, engasgada pela emoção, prendeu-a pelo braço.

— Que é isto, Stella? Nada entendo, fale, pelo amor de Deus!

A moça respondeu desviando a cara ofendida:

— Não prolonguemos esta situação difícil; só tenho a agradecer-lhe a esmola que me tem feito durante o tempo que passei em sua companhia – e, com veemência, arrancou-se dos braços da irmã, que tentavam em vão segurá-la.

Nair caiu em cima de uma cadeira, aos soluços, e a crioula, furiosa, correu atrás de Stella. Mas esta trancou-se no quarto e empregou o resto da tarde em arrumações. Expediu telegramas para Dinorah, rasgou cartas e papéis e, agarrando no retrato de Nestor, amarfanhou-o entre os dedos raivosos. Alisando-o de novo, cobriu-o de beijos e inundou-o de lágrimas ardentes. Não saiu mais do quarto, rejeitando mesmo os alimentos. Parecia impulsionada por uma febre ardente! Malas que abria, fechava; e cada vez mais exaltada retalhou a saia que vestira para o piquenique. Aproximou da blusa um fósforo aceso e permaneceu em pé, num acesso de desvairamento, com os braços cruzados, à espera que as chamas devorassem a camiseta fina e a gravatinha elegante. À noite não pôde dormir, volteou de um lado para outro, proferindo a meia-voz frases indignadas. Mas naquele sossego divino um acorde de violão vibrou no ar, melancólico e aveludado, desfazendo-lhe a excitação nervosa em lágrimas suaves de paz e de perdão.

Stella chorou muito com a cabeça caída na janela, tendo por testemunha a lua, que a contemplava num silêncio compadecido. E as notas do violão, elevando-se na tranquilidade majestosa da noite, penetravam-lhe na alma, amorosamente, como carícias voluptuosas. Vencida pela comoção, atirou-se de joelhos, com os braços suplicantes para o céu, e numa prece fervorosa implorou a Deus o perdão para o seu orgulho indomável, que desdenhava desculpas e explicações; perdão para Nhonhô, o maldito, que inoculara no seu coração o gérmen nefasto do amor não retribuído, e finalmente, ainda, o perdão para Nair, que, com o mais revoltante cinismo, espezinhava a sua honra e os seus deveres sacratíssimos de mãe e de esposa.

XIX

Dias depois, havia na Várzea, desde cedo, um movimento desusado, vendo-se gente apinhada com o nariz para o ar, farejando novidades, e pasmando para um grosso molho de foguetes encostado ao muro da capela. Antonico saiu para o largo, mesmo em cabelo, a fim de informar-se do motivo daquele alvoroço, mas logo topou com o farmacêutico passeando em chinelos, defronte da farmácia aberta.

O Neca sorriu com acrimônia:

— Há, meu caro amigo, que o Padre Eterno concedeu a autorização para batizar hoje o filho do tabelião, tendo por padrinhos o nosso etéreo Jacinto e a ilustre baronesa da Língua Doce, vulgo Cicuta.

"Parece que haverá larga comezaina, e afirma-se até que o senhor bispo virá temperar a boca do pimpolho, e o cardeal segurará a cauda da velha jararaca."

— O amigo vai tomar parte na festança?

— Nenhuma; isto é, se me garantissem a eleição, seria bem capaz de engraxar as botinas da *baroa*. Mas que quer?

A nossa política piora dia a dia, não há mais caracteres, todos viram a casaca...

— Vire a sua também.

— A minha não tem mais direito nem avesso, está ensebada dos dois lados. Esta vida, Seu Antonico, é para os sem-vergonha, os caluniadores, os panfletários... O homem honesto que vive quieto como eu não vai para diante; rasteja.

Sorriu desconsolado e indicando com o polegar os chinelos já gastos, onde se distinguiam vagamente os contornos de dois amores-perfeitos desbotados:

— Nem lhes darei a honra de me preparar; hei de assistir à cerimônia tal qual estou.

Defronte deles, numa casinha térrea, agarradas ao umbral da janela, as filhas do Simeão sapateiro cochichavam com risinhos tolos, e no terreno ao lado, estendidas por cima de um capim ressequido, algumas peças de roupa lavada secavam ao sol. Dois garotos com as calças arregaçadas foram jogar o pião, no meio da estrada, e um terceiro, muito raquítico, tendo uma ponta de cigarro ao canto da boca, parou perto de Antonico, e para ele pôs-se a olhar em atitude convencida.

— Seria bem preferível estes pequenos irem para a escola – observou aquele com serenidade.

O Neca retorquiu bamboleando a perna:

— Para a escola? Ora, diga-me o amigo: de que serve a instrução neste país de analfabetos, e onde apenas sobem os filhotes do governo? Que me adiantou a mim ter queimado tanto as pestanas? Para o resultado que o amigo está a ver? Deixe os rapazes vagabundearem à vontade, porque para se fazer carreira no Brasil é desnecessário conjugar verbos.

O garoto sorriu-lhes e, lançando uma baforada de fumaça, continuou o seu caminho.

— Deixe lá que, se o senhor não tivesse aprendido a ler, não teria a satisfação de saber o que vai por esse mundo político fora!

O Neca bradou com as mãos sumidas nas algibeiras:

— E o que me tem isso valido se o meu nome continua no ostracismo? Devo concordar, é verdade, que o meu erro foi ter acompanhado o Dr. Melindo, o qual nunca me soube recompensar a dedicação. Um belo dia tropicou, arrastando-me consigo, e viemos os dois aos tombos por aí! Vá lá a gente sacrificar-se pelos outros! Os meus filhos, se Deus quiser, não meterão o bico na política; basta que ela me sugue! Ainda ontem, no Evangelho, tive ocasião de ler muitas verdades...

— Também lê o Evangelho? Ah! Seu Neca, o amigo saiu-me melhor que a amostra!

— Eu lhe digo, este mundo às vezes deixa-me tão desiludido que fico esperançado de o outro ser mais purificado e dou para ler livros santos. Mas o outro mostra-se também tão incerto e nebuloso que "este aqui" sempre me interessa melhor. E sabe o amigo o que fui fazer depois disso? Um chá de ervas para a mulher.

— Continua a guerrear as drogas?

— Sempre; sem tréguas nem descanso.

— O amigo é um grande filósofo; se vivesse na Grécia faria carreira!

— Não precisa ir tão longe, aqui mesmo se a malfadada política...

— Que o amigo adora, apesar de tudo.

O farmacêutico passou vagarosamente a mão pela pera, e com a voz grossa de tristeza:

— Eu me comparo a esses desgraçados que têm a desdita de amar uma mulher perversa a qual lhes amargura a vida. Essa mulher é a política. Ela tem as manhas, as astúcias e as baixezas da "*cocotte*". Quando a gente julga ser o predileto, vem outro, toma o nosso lugar, come o nosso pão, pagando--nos a fidelidade com o mais agudo e diabólico pontapé. Meu amigo, fique no seu canto, plantando as suas batatas, e deixe o mundo rodar. Já Rabelais dizia: "ditoso daquele que planta as couves!". O amigo é que compreendeu a vida, e por isso o tenho como o ente mais feliz que conheço!

O sino da capela recomeçou a dobrar, e um homem baixo, muito gordo, acendeu um foguete que pulou rápido, estalando com força. Em seguida, D. Ana saiu da sacristia e parou no meio do largo, a contemplar embevecida o coreto de tábuas toscas que estavam construindo para a festa de São João.

— Aquela é uma bem-aventurada! - observou o Neca com sorriso sarcástico.

— Pobre mulher, só a adoração que tem pelo marido...

— Bem merece que a adoremos a ela! O amigo terá breve o prazer de ouvir um "dobrado" composto pelo grande homem! Ontem, uma comissão de moças veio procurar-me para que eu tecesse o discurso de agradecimentos pelos benefícios que ele tem prestado a esta cidade serrana. A dita arenga será pronunciada em frente ao coreto, quando o gênio da música, empunhando a magistral batuta, e erguendo o olhar inspirado, der o sinal do início da sua própria glorificação. À Josefa do tanoeiro, aconselhei que levasse uma coroa de loiros, e lha enfiasse pela cabeça abaixo, mas a moça abespinhou-se. "Ainda se fosse uma lira, ou uma cítara enfeitada a loiros e palmas, eu lhas ofereceria, mas coroa... cheira a defunto." Aí está, meu amigo, como as mulheres definem as nossas ideias poéticas!

Enquanto Antonico ria, ele continuava:

— Todos os meus esforços para convencê-la foram baldados! Cheira a defunto! Pois Dante e Camões não foram glorificados do mesmo modo?

— Aposto como o Seu Bebiano não é desta opinião? – perguntou Antonico ao juiz de paz, que se encaminhava sorrindo para eles. — Devemos ou não coroar o grande Jacinto?

O Bebiano baixou os ombros e franzindo os olhos afáveis:

— Eu, por mim, não se me dava de o fazer; desses é que nós precisamos, pois para burro basto eu.

— Não apoiado!

— O fato é que lhe querem fazer grande manifestação no dia de São João, que é o natalício dele. E, já se sabe, foram as moças que tiveram essa ideia abnegada. Devemos concordar que todo o movimento de generosidade vem de onde há saias.

O farmacêutico rosnou, enrolando a palha do cigarro:

— Sim, sim, elas só se abnegam quando se trata de um homem. Já as viram prestar homenagem a uma mulher de talento? Qual o quê, a sua generosidade só chega aos barbudos. Vai o nosso juiz de paz assistir à consagração do talento e da sabedoria! É um casamento que decerto nunca teve a dita de celebrar!

— Não o diga brincando, aquele homem faz medo à gente!

— Mas não tanto como essa que aí vem...

No meio de um grupinho de moças com os frisados enfeitados a laçarotes vistosos, D. Gertrudes Taveira ria alto, bamboleando o corpo gordo na *matinée* branca de largos babados. Ao avistar Antonico, separou-se das companheiras e aproximou-se dele com a fisionomia a arder de curiosidade:

— Como vai o senhor? E o que me diz de D. Stella? Ouvi falar que partiu para a "corte" assim, sem mais "aquela", à moda francesa?

À recordação da cunhada, Antonico, muito contrariado, franziu as sobrancelhas:

— Stella partiu porque a prima estava sempre a chamá-la e, a senhora sabe, minha cunhada é de resoluções repentinas, mas este incidente não tem a menor importância, pois para o ano ela torna a voltar. A senhora é que está esplêndida, como sempre, D. Gertrudes, vê-se que a vida lhe corre suavemente.

O Neca retrocedeu alguns passos, resmungando entre dentes, com mau humor.

— Pois não tenho passado nada bem... – começou ela.

— E o Seu Taveira?

— Ah! esse é aquilo mesmo, sempre morto para demorar-se, mas eu, não vê, tão depressa termine a festa, vou voando pela serra abaixo! Estou farta de Teresópolis até à raiz dos cabelos! Que linguinhas estas, Seu Antonico, que linguinhas! Imagine o senhor, andam a tagarelar que D. Stella foi corrida de sua casa por acarretar despesas extraordinárias com certas relações que mantinha ultimamente!

O Neca cuspiu com nojo para a calçada e o Bebiano pôs-se a alisar os pelos grisalhos da suíça.

A mulher do Taveira disse com um risinho de mofa:

— Uma gente muito moderna, que mora na vargem, ao fundo, onde há um bonifrate todo chibante que não dá a honra de tirar o chapéu a qualquer! Eu, por mim, tenho a desconfiança que é um príncipe disfarçado, talvez mesmo um dos netos do Senhor D. Pedro...

— Pouco o conheço – retrucou Antonico secamente –, são relações de minha mulher do tempo de solteira.

— Ai! Ai! Ai! Isso então ainda é pior! O moço tem feitio de galã; abra os olhos, fique esperto!

Antonico fez um gesto de enfado.

— Não se assuste, D. Gertrudes, conosco não há perigo – replicou muito áspero.

— Pois sim, mas a esses sujeitinhos da rua do Ouvidor não se lhes dá de baralhar o juízo da gente da roça...

O farmacêutico acercou-se de Antonico com a mão estendida. Este pediu-lhe que se demorasse para irem juntos. Ele, porém, imprimiu-lhe uma cotovelada expressiva.

D. Gertrudes prosseguiu sem se alterar:

— Pensei que D. Stella tinha abalado de repente para estudar medicina ou engenharia...

— Que é mais proveitoso do que certas coisas – rosnou o Neca cheio de incontido rancor.

— Não lhe estou dirigindo a palavra, meu caro senhor – chasqueou ela, fazendo uma prolongada reverência.

— Nem eu lha estou pedindo, minha cara senhora!

E o Neca, depois de curvar-se diante dela, com um respeito cômico, afastou-se nobremente travando o braço do Bebiano, que a dois passos os escutava silencioso.

Antonico, de ordinário tão brando, sentia uma cólera surda

que lhe fazia mal. A conversa de D. Gertrudes causara-lhe a maior irritação, supondo já a sua vida devassada por aquela língua peçonhenta e vil. A saída brusca de Stella deveria inevitavelmente excitar a abelhudice insatisfeita da gente do lugar e só Deus poderia saber quantos comentários absurdos ela não estaria provocando! As gargalhadas escarninhas que D. Gertrudes estrugia para as costas do Neca atraíram Joana e Josefa do tanoeiro, que passeavam na calçada com o cabelo metido em papelotes e o corpo sem colete gingando dentro da blusa de chita.

Antonico despediu-se logo.

— As senhoras sabem de cor o discurso para o sacristão? - perguntou a mulher do Taveira. — Não se esqueçam de incluir uma saudação ao deus do vinho, pois ele adora mais essa divindade do que a que está lá em cima...

— Não o ousaremos - respondeu Joana formalizada –, queremos ser amáveis, e não dar alfinetadas no pobre do homem.

— Ele até gostaria para ficar mais célebre!

Um "psiu" muito doce e comprido soou atrás delas. Era D. Ana, que lhes acenava nervosamente. As duas irmãs dirigiram-se-lhe apressadas...

— O discurso é lido ou de cor? - sussurrou a mulher do sacristão.

— Lido, como no Rio se usa...

— A senhora, que lá esteve, deve saber...

— A Josefa andou na escola muito tempo - asseverou Joana –, era a primeira da classe. O final, D. Ana, é uma beleza!

— Posso-lhe garantir que nele saudamos o maior gênio da terra! - acrescentou Josefa.

D. Ana ergueu ao céu as mãos trêmulas.

— Louvado seja Nosso Senhor Jesus Cristo, por me ter deixado viver até agora, pois sempre foi o meu sonho assistir à apoteose do meu Jacinto! Bendita seja a Virgem e todos os Santos da Corte do Céu. Ainda ontem, ele escreveu versos lindos para botar dentro das balas do batizado.

As duas moças abriram a boca numa admiração profunda, e resolveram acompanhá-la a casa para apreciarem as produções literárias do marido. Logo que chegaram, D. Ana introduziu-as na sala, depois de dardejar sobre a estrada um rápido e assustado olhar. Ao longe espocavam os foguetes, e o sino, em contínuo badalar, repicava chamando os fiéis. A mulher do sacristão abriu cuidadosamente uma pasta antiga de coiro lavrado, e dela tirou papelinhos escritos com letra miúda.

— Eis o presente do meu Jacinto para o afilhado! – e começou num êxtase:

"Ao penetrar no palácio da Gran Ventura
Encontramos teu nome, amada criatura!".

— Que beleza! – disse Joana.

— Ah! – murmurou a irmã, pensativa – se eu tivesse uma cabeça assim não me apanhavam para ajudar missas!

— Quem tem talento não serve então a Deus? – acudiu D. Ana, mas não continuou a leitura por ouvir a voz do juiz de paz, que a chamava do lado de fora.

Foi fazê-lo entrar, e o Bebiano, pondo na mesa uma garrafa enrolada num pedaço de jornal, disse com um piscar de olhos:

— Eis aqui o licorzinho prometido!

D. Ana cheirou o gargalo com estremecimentos de alegria e convidou-o a admirar os versos do marido. Mas de chofre, no limiar da porta, como uma visão tétrica, o Jacinto surgiu, mais esverdinhado do que nunca, o cabelo grisalho, empastado na testa, as sobrancelhas contraídas como debaixo de uma forte contrariedade. Ela escondeu à pressa os papéis dentro da gaveta e, com timidez, perguntou o nome do neófito.

— Petrarca Aristóteles - respondeu o sacristão sem a olhar.

A mulher levou as mãos à cabeça:

— Santo Nome de Jesus! Tanto lhe pedi que botasse Agostinho, nome de um santo tão milagroso!

— Qual Agostinho, qual nada! isso é nome burguês!

D. Ana, muito chorosa, suplicou:

— Oh! Jacinto, pelas cinco chagas de Cristo, crisme o menino para Petrarca Agostinho ao menos!

— Credo! senhora, chega de tanta carolice! É Petrarca Aristóteles, e Petrarca Aristóteles ficará.

O Bebiano, vendo a discussão na iminência de explodir, pediu à Josefa para ler o discurso que ia declamar no dia de São João. A moça recusou, torceu a boca afetadamente, mas, muito rogada, tirou do bolso um papel almaço e, sentindo a ansiedade em redor, adiantou-se para o meio da sala, ajeitando ainda os papelotes. Depois tossiu, pigarreou e com voz fanhosa encetou a leitura:

"Minhas senhoras e meus senhores!

É hoje, para nós todas, ovelhas tímidas e irrequietas, uma data de incomensurável júbilo, pois colhe mais um perfumado cravo, no jardim de sua preciosa existência, o grande músico-poeta Jacinto da Silveira Badajoz, que há tantos anos canta as glórias desta terra, acompanhando com vigilante solicitude os eruditos gênios nacionais dentre os quais cintila como rutilante estrela, no meio de apagadas nebulosas, ele, o nosso ilustre sacristão que encarna a sabedoria de Rui Barbosa, o talento poético de Casimiro de Abreu e a inspiração fecunda de Carlos Gomes! Minhas senhoras, nós, que formamos um tímido rebanho de ovelhas inexperientes, não perturbemos com o nosso balido o incomparável místico da serra dos Órgãos, não lhe tolhamos a inspiração com os nossos gritos desafinados, nem o prendamos nas nossas cadeias, que, embora imaculadas, são prejudiciais.

Salve! gênio das florestas! Salve! gênio das roças! Salve! grande mestre, inconfundível sacristão da mais gentil capela do mundo."

Jacinto, que se refugiara no vão da janela para antegozar, concentrado, a sua futura glorificação, acercou-se da moça e, sem pronunciar uma só palavra, apertou-lhe as mãos, muito comovido.

O Bebiano estalou palmas fogosas e D. Ana, enxugando à ponta do avental os olhos lacrimejantes, exclamou num rasgo de orgulho enternecido depois de ter sonegado, com disfarce, a garrafa do licor:

— Tudo isso é muito verdadeiro, muito! muito! não lhe fazem favor nenhum!

XX

Já havia quinze dias que Stella regressara ao palacete da madrinha, onde era ansiosamente desejada, mas, no meio daquele luxo fidalgo, a sua pobre alma mais desditosa se sentia. Levava horas a meditar como fora iludida pela irmã, que ela julgara personificar a honestidade, em sua perfeita e nítida expressão. Uma imensa dor a acabrunhava. Seria a vida assim para todos, ou a sorte iníqua reservara para ela, somente, decepções tão angustiosas? Lembrava-se então com acerba amargura dos detalhes minuciosos da sua estada em Teresópolis, e das intermináveis palestras com Clotilde, que se mostrava tão afetuosa e tão boa! Mesmo naquela triste tarde em que surpreendera a confidência de Nestor, era ainda a amiga que defendia a sua causa e pugnava por ela! Stella revoltava-se contra o seu caráter arrebatado, que a impelia sempre a cometer ações que mais tarde a faziam intimamente arrepender! Por que não se demorara mais alguns instantes no corredor, para ouvir a conversa dos dois irmãos? Quem lhe diria que outras palavras mais amáveis não viriam suavizar a dureza imprevista das primeiras? Para que fugira tão depressa para o Rio, sem atender às explicações de Nair, que viriam aclarar talvez aquela situação dúbia e delicada? Mas, a essa lembrança, o desespero sacudia-a violentamente, e o sangue, em ondas quentes, lhe acendia o rubor das faces. Nair amar Nestor e ser por ele amada! Seria isso possível, Santo Deus? Eram pois capciosos os conselhos sensatos que lhe dava? Como pudera acolher os seus arrebatamentos, sem que a vergonha a abrasasse e o remorso lhe despertasse a consciência adormecida? Quanto a ludibriara, fingindo-se ciosa pelo seu futuro, quando era o seu próprio amor que defendia! Stella vibrava de indignação. A vida pesava-lhe; um tédio contínuo enfaixava as suas palavras e os seus gestos! Nada a encantava, e, para não tomar parte nas alegrias da casa, ia para o quarto, apenas terminadas as refeições. Aí chorava tanto que os olhos lhe ardiam como se muitos alfinetes estivessem lá dentro a espicaçá-los. A sua natureza exagerada não descobria a menor esperança no futuro; tudo se esfacelara com aquele sonho morto à nascença. E nem Dinorah, apesar da sua meiguice e do seu interesse dedicado, conseguia fazer desabrochar uma expressão mais jovial na sua fisionomia desanimada.

Naquela tarde, saudades amargas de Nestor lhe confrangiam o coração. Parecia-lhe vê-lo a seu lado, e com ar muito íntimo insistir na existência infeliz que levara em Buenos Aires, sem afeições, entre estranhos egoístas e materiais. E, comparando-a à de agora, tão exuberante de esperanças, concluía fixando nela o olhar ardente:

— Fiz bem de voltar, pois para nos encher a alma de fé e de coragem não há nada como o amor.

Era essa palavra que lhe irrompia dos lábios, sob o mais simples pretexto e sem a menor premeditação ou esforço. Stella sentia-lhe o empolgante magnetismo e o poder fascinador que ela difundia. E estava tudo acabado, tudo! Não ouviria mais aquela voz eloquente que tanto a fizera palpitar! Para que viera ao mundo idealista e crédula, se chocava a todo o instante o espírito delicado de encontro a caracteres grosseiros e pervertidos? Se fosse perspicaz, não sofreria tão cruelmente! A sagacidade arranca ilusões, mas impede também que, muitas vezes, os sentimentos nobres se desenvolvam.

Um passo leve percorreu o corredor atapetado. Era Dinorah, que lhe vinha ao encontro, com o seu modo afável e distinto que agradava a todos. Stella ergueu-se de um salto.

— Ah! minha Dinorah, sou tão desgraçada!

A prima passou-lhe o braço pela cintura:

— Ingrata – disse –, eu não valho nada para ti?

— Vales muito; mas quando me lembro da traição de Nestor... – e revoltando-se: — Se ele amava Iaiá, para que me enganava?

— Mistérios talvez do coração humano...

— Ah! se estivesses no meu caso...

Dinorah quedou-se a fitar o chão, e depois de uma pausa meditativa, com gravidade:

— Avalio o teu desgosto, porque, se um dia encontrar alguém que me inspire amor, serei exclusiva como tu. Precisas esquecer este homem. Queres viajar? mamãe já o lembrou, queres?

— Não; não; só os livros me distraem, pois só neles encontro vítimas iguais a mim. Afirma-se que a vida é prosaica, mas nela há romances mil vezes mais imaginosos do que aqueles concebidos pelos romancistas.

As janelas estavam abertas, e o ar que vinha de fora enchia as bambinelas de seda, trazendo perfumes do jardim. Uma criada de preto advertiu-as da chegada de Antonico, que viera visitá-las.

— Não vou lá – disse Stella com aspereza.

Mas Dinorah pediu-lhe que não se recusasse a isso, para o não exasperar mais.

— Tomei tanto ódio a esta gente! – murmurou ela.

Tendo, porém, a outra insistido, foram ambas para a sala, onde o cunhado, muito sério, conversava com a tia, que enrolava nos dedos gordinhos a pesada corrente do relógio. O marido de Nair, assim que viu a moça, perguntou se a sua maluquice tinha desaparecido.

— Desculpe a franqueza, minha cara, mas dir-se-á que o diabo entrou ultimamente no seu corpo, tão transtornada você estava... Quer voltar comigo para Teresópolis?

Stella declarou friamente que se achava bem no Rio.

— Está direito – tornou ele virando o rosto.

D. Guilhermina desculpou logo a sobrinha; a mocidade era caprichosa, inconsequente...

Antonico atalhou muito seco:

— Isso não impede que tenha atenções com a irmã, que é tão delicada e afetuosa. Poucas vezes tenho assistido a brutalidades iguais... Saiu de minha casa, sem um adeus de despedida, como se se descartasse de pessoas que a tivessem ofendido. Sempre supus que a ingratidão fosse um sentimento que ela não possuísse; agora certifiquei-me do contrário.

Stella teve um sorriso mudo. Antonico referiu-se à tristeza da mulher, que sofria profundamente com a indiferença da irmã. D. Guilhermina, cujo temperamento passivo aborrecia discussões, tentou apaziguá-lo do melhor modo possível. Aquilo fora um arrufo, uma criancice sem importância, mas ela convenceria a sobrinha a voltar para Teresópolis tão depressa o calor se fizesse sentir.

— Eu mesma a levarei se for necessário – resumiu muito bondosa.

Antonico estava agitado, os olhos brilhavam-lhe com fogo, e o silêncio proposital da cunhada ainda mais lhe estimulava a indignação.

— Nem escreveu mais a Iaiá para lhe pedir notícias da saúde! é uma grosseria indesculpável numa moça dessa idade!

Uma faísca de ódio fulgurou no semblante de Stella, que nada respondeu. Dinorah, muito séria, impunha-lhe silêncio com a sua expressão de altivez.

— E você não precisa de nada? – perguntou ele de repente. — Sua irmã, apesar de tudo, é tão boa que me recomendou de pôr o meu fraco préstimo à sua inteira disposição.

— Absolutamente de nada – respondeu a moça retirando-se da sala com passos soberbos de rainha ultrajada...

Antonico, desesperado, desabafou com a tia, que tentava serená-lo, atribuindo a atitude hostil da sobrinha a alguma paixão mal correspondida talvez...

— As moças são assim, quando sofrem qualquer desilusão todo o mundo paga pela pessoa que a causou. E Stella é exaltada demais, nunca teve calma para nada!

Ele perguntou a Dinorah se o poderia esclarecer. Esta, que fazia girar os anéis entre os dedos esguios, meneou negativamente a cabeça.

— Bem – retrucou ele, desabrido –, não vale a pena perder a paciência com isso; tampouco Stella o merece. Ela se arrependerá. – E, cumprimentando as duas, desceu as escadas com velocidade.

D. Guilhermina inclinou-se no corrimão, entre dois enormes jarrões da Índia, e aconselhou-o com o seu modo cordato:

— Não se amofine, Antonico, isto é um amuo que se dissipará com o tempo. Verá.

Ele encolheu os ombros em silêncio e transpôs a porta da rua.

XXI

Desde que a irmã partira, Nair ficou imersa numa profunda melancolia que não podia vencer, embora a sua consciência de nada a acusasse.

Como incutir, porém, no cérebro exaltado da irmã uma explicação razoável e criteriosa? Em carta? Por boca? e quando? se talvez nunca mais se encontrassem? E era ela, inocente e casada, a provocar um assunto tão melindroso?

"Mais uma vez me convenço que entre marido e mulher não deve haver o menor segredo", pensava. "Se eu tivesse revelado a Antonico a ignóbil perseguição de Nestor, ele lhe teria assentado a mão nas faces indignas, e Stella se persuadiria da infame calúnia."

A acusação da moça magoava-a ainda mais do que as frases dele, a quem classificava de tipo desprezível. Por causa disso haveria de perder a amizade firme e respeitosa de Stella? Nair não se podia conformar com essa humilhante suposição.

Quando a via pensativa, o marido intervinha agastado.

— Admiro-me você ainda se preocupar com isso, Iaiá. Sua irmã tem um caráter tão ingrato que você deveria esquecer-se da sua existência.

— Mas é minha irmã!

— E você não o é também dela, e ela importa-se com isso?

— Quem sabe se Stella tem algum motivo justo para assim proceder?

— Qual? qual?

Ela curvava a cabeça. Antonico bradava irado:

— Stella chegou ao desaforo de não responder às minhas perguntas! A tia Guilhermina diz que é uma questão de amor, mas que temos nós com isso, pergunto eu?

— Talvez cismasse conosco! A pessoa desconfiada vê o que existe e o que não existe...

— Seja o que for, porta-se com uma dureza revoltante.

Nair simulava concordar com ele, mas a razão segredava-lhe que o procedimento da irmã fora digno.

Uma vez Mariana foi encontrá-la com os olhos pisados de choro.

— Ora, Iaiá, a senhora está-se afligindo à toa! – observou zangada.

— Que quer você, se esta suspeita de Stella me envenena a existência? Enquanto a não desfizer, não poderei ter sossego.

— A senhora é muito extremada demais; eu, no seu lugar, mandaria tudo para o desprezo.

— Pois sim... e ela que não dá notícias, não escreve, não demonstra o menor interesse por mim?

— Deixe que quando a senhora menos esperar espirra ela por aí! O mundo dá muitas voltas, e Iaiá não sabe que a verdade é como o azeite, anda sempre em cima d'água? A senhora verá, Deus mesmo há de abrir os olhos de Nhá Stella!

— Deus não intervém nessas insignificâncias! – murmurou Nair recostando-se na varanda alegrada por duas roseiras carregadas de botões.

Era uma destas tardes luminosas de Teresópolis em que o ar parecia mais puro, mais leve, e o céu, de uma cor anilada, tinha a transparência nítida de um cristal muito fino. Um friozinho arrepiava as mulheres, que passavam com xales pelos ombros, e a estrada, tão clara e tão cheia de árvores viçosas, estava saturada com o perfume penetrante das matas. Nair quedou-se com a alma enlevada.

Da capelinha do largo saiu o sacristão, açodado, fazendo tilintar o grosso molho de chaves, e logo atrás, humilde e pequenina, D. Ana foi-lhe no encalço, desenhando ainda no meio da testa, devotamente, uma demorada cruz com água benta. Ao longe esbatiam-se, em contornos suaves, rochedos alcantilados e perfis angulosos de montanhas, e na alameda clara, banhada de sol, enfileiravam-se com simétrica regularidade alguns cortiços de abelhas. O Taveira, que vinha caminhando devagar, parou, muito enrolado no *cache-nez*, um sorriso desbotado nas faces cor de cidra.

— Que bela tarde, D. Iaiá! – disse, e, sem esperar a resposta, deixando cair os ombros tristes. — Pois eu, por estes dias, sigo para a corte. Não tenho andado bem, a dispepsia voltou...

Nair respondeu com delicado interesse:

— Que maçada...! E como vai D. Gertrudes?

Ele moveu a cabeça. Andava doente, coitada, com a boca

cheia de aftas e uma pontinha de febre... – mas, de súbito, com um clarão nos olhos ensanguentados:

— Tem tido notícias de D. Stella? Saiu daqui sem se despedir de ninguém, parece que tinha queixas da gente do lugar...

Nair respondeu embaraçada:

— Está boa, tem escrito sempre... Pobre D. Gertrudes! Já mandaram chamar o médico?

— Médico? Deus me livre de tal casta! Os daqui são magarefes, que não entendem nada; os da corte pedem os olhos da cara para rabiscar uma reles receita! Ah, D. Iaiá, a saúde é uma grande coisa, quando a gente a perde é que lhe dá o devido valor!

Teve um sorriso lúgubre e, levantando para as orelhas as pontas do *cache-nez*, levou desconsoladamente as mãos ao chapéu, depois de fitar com amargura o filho da padeira, sentado nos degraus da loja, que, vermelho e sadio, puxava pela sanfona com ares triunfantes.

XXII

A família reunira-se para jantar na imensa sala embaixo, rodeada por uma varanda com flores vermelhas e perfumadas. Stella mostrava-se pensativa e as mangas curtas da sua fina blusa de rendas deixavam livres os seus belos braços nus.

— Minhas filhas – disse de súbito D. Guilhermina poisando a faca no descanso de prata –, vejo-me forçada a principiar as minhas recepções... Vocês são mocinhas, precisam-se distrair...

Dinorah replicou:

— É melhor deixá-las para mais tarde, mamãe, Stella anda tão aborrecida...

— Será um meio de se animar...

— Se é por isso, madrinha – tornou Stella vivamente –, não se incomode, pois o meu espírito pouco se apraz com alegrias neste momento...

Tendo a moça respondido com a voz úmida de lágrimas, a dona da casa trocou um olhar interrogativo com o filho.

A mesa resplandecia com flores e luzes, e no meio das jarras e dos vasos ricos destacavam-se os letreiros das garrafas de cristal contendo vinhos raros.

Stella não podia comer, estava nervosa e sentia vontade de desabafar os seus pesares num imenso brado libertador.

Tendo observado que ela cruzara o talher, D. Guilhermina tornou desapontada:

— Francamente, não tenho grande empenho de abrir os salões, mas a condessa do Castelo e a baronesa de Alvarenga estão impacientes, e já não é a primeira vez que me insinuam para que o faça.

— A fim de satisfazer os outros, a senhora não se deve constranger, mamãe – replicou Dinorah com uma cor viva na face.

— Mas o nosso retraimento já se está tornando reparado, minha filha!

— Quem se importa com a nossa vida? Cada qual procede como entende.

— Ah! não! a gente deve dar satisfações à sociedade!

Dinorah rebateu o servilismo social a que a mãe se submetia.

— O que eles querem é dançar – disse – ou aqui ou algures, contanto que dancem.

— Já vejo que sou o único membro desta família que ainda conserva ilusões! – observou Álvaro esvaziando, risonho, um cálice de vinho do Porto.

— Antes assim; salve-se ao menos alguém.

Não era – dizia D. Guilhermina, cuja expressão bondosa implorava compaixão –, mas na alta roda ia dar-se começo a uma série de reuniões muito elegantes. D. Zaira marcara os sábados, a baronesa os domingos, a condessa as quintas... Poderiam elas frequentar as casas dos outros, fechando a todos as suas portas?

— Não frequentemos nenhuma – bradou logo a filha.

Isso não; D. Guilhermina não compreendia a excentricidade àquele ponto. Deviam ser comunicativas, e não era enfronhadas em casa como caracóis que encontrariam maridos. E, como num estribilho, repetia que o fazia somente para elas gozarem a mocidade.

— Para elas!

E as duas moças entreolhavam-se com ironia. A mãe tirou dois camarões recheados que o copeiro, corretamente encasacado, lhe oferecia, e nesses movimentos as suas mãos papudinhas faziam cintilar as inúmeras pedras dos anéis. Stella cruzou o talher: a projetada festa roubara-lhe o apetite e, para passar despercebida nessa noite, pensava já em improvisar uma formidável enxaqueca enquanto as danças deslizassem em langorosas cadências. D. Guilhermina, para desmanchar a frieza com que fora recebida a sua proposta, prontificou-se a encomendar vestidos novos de Paris, mas as duas recusavam, declarando horror à sociedade, ao mundo, aos homens... Álvaro ria imensamente divertido.

No portão da frente a campainha retiniu, e o criado trouxe uma carta para Stella, que se fez carmesim reconhecendo a caligrafia torneada e retorcida de Clotilde. Rasgou nervosamente o sobrescrito, mas não pôde ler porque as letras pulavam num rodopio desenfreado. Firmou a vista, que sentia vacilante, e, depois de pisar com intenção o pé da prima, arremessou-se para fora.

— É dele? – perguntou esta seguindo-a admirada.

— Não; é de Clotilde, lê.

Numa folha fortemente perfumada a sândalo, a irmã de Nestor suplicava-lhe para a ir ver no sábado próximo, lamentando a sua ausência, que atribuía a um quiproquó mal-aventurado. Depois dos mais efusivos protestos de estima, repetidos num estilo adocicado e cheio de "meu bem", "minha negra", rematava com o seguinte expressivo *post scriptum*:

"Venha, querida, pois há mais alguém desejoso de invocar o seu perdão."

— Como sou feliz! – exclamou Stella radiante.

— Eu não te afirmava que tudo se havia de elucidar? vamo-nos também convencer da inocência de Iaiá, verás!

— Gostaria tanto que assim fosse!

Comentaram ainda algum tempo a carta de Clotilde e voltaram para a saleta tomar café. Aí, numa funda poltrona de seda adamascada, D. Guilhermina, com ar sonolento, mal prestava atenção à conversa buliçosa de uma moça esbelta e interessante.

— Ritinha por aqui! Chegou há muito? – perguntaram ambas abraçando a recém-chegada.

— Há só um quarto de hora, mas foi bastante para enervar D. Guilhermina com a minha tagarelice irreverente.

Ritinha Alvarenga fizera 22 anos, e era tida como uma das moças mais inteligentes da sociedade, que temia as suas observações de um espírito sutil, muito mordaz. Era alta, esguia, de tez morena e sedosos cabelos ondeados. Vestia-se em Paris e, das suas repetidas estadas na Europa, ficara-lhe o hábito de sair diariamente com uma governanta inglesa,

Miss Lesly, pobre mulher, de aspecto soturno, que a distraía pelo seu modo acabrunhado, muito infeliz. Ritinha gostava imenso das duas primas, principalmente de Stella, por quem nutria verdadeiro entusiasmo.

Assim que se acomodaram, ela quis saber a impressão que havia causado a esta última a sua amiga Clotilde.

— Você, nas suas cartas, esteve de um laconismo desesperador. A menos que ela lhe não agradasse...

Stella, um pouco embaraçada, contou a sua ligação com a irmã de Nestor, apesar da antipatia de Nair.

— E como achou o rapaz? Não experimentou o *coup de foudre*? Eu pouco o conheço, mas dizem-no perigoso...

— Não... – fez ela corando.

— Antes assim, pois cheguei a ficar bastante assustada... Nhonhô é homem para impressionar uma cabeça romanesca como a sua. É bonito, eloquente, instruído...

Riram-se; e Dinorah, para disfarçar a confusão da prima, interrogou Ritinha a respeito de Clotilde. Eram muito íntimas? Datava de longe essa afeição?

— Sim, de muito tempo já. As nossas mães deram-se desde os bancos do colégio.

— E vocês são muito amigas?

— Somos... muito conhecidas – tornou Ritinha com uma risada.

Pôs-se então a falar do último baile da condessa do Castelo e das suas peripécias.

Muito luxo? Como se portara a orquestra? – perguntavam elas.

— Regularmente; dancei pouco, porque tive uma disputa literária com um jovem nefelibata que me tomou muito tempo. Além disso, Marieta, Lucinda e Marta enojaram-me com a sua incorrigível leviandade. Em suma, minhas caras, embora eu, por solidariedade, apregoe as maravilhosas virtudes femininas, sou a primeira a duvidar delas. Mamãe diz que só sirvo para uso externo, pois a minha palavra nada vale, por ser a de um verdadeiro cata-vento. De fato às vezes sinto-me tão humilhada com o que praticam as minhas semelhantes que de bom grado me demitiria do meu sexo. No entanto, faço o possível para participar da filosofia de Sêneca. "A fim de te não irritares contra um só indivíduo", aconselhava ele, "sê indulgente com a humanidade inteira".

D. Guilhermina, que estivera silenciosa, interveio com o seu sorriso plácido:

— Se você continuar a raciocinar assim, terá muitas decepções na vida...

Stella tomava café; um sorriso venturoso lhe adejava pelos lábios rubros como duas pitangas maduras.

— Você é independente demais, Ritinha – volveu Dinorah –, a baronesa e mamãe têm razão. O papel da mulher deve ser mais insignificante e apagado.

— Minha cara, é tarde para me modificar. Às vossas admoestações só posso responder como Lord Byron, quando o chamavam de coxo: "*I am born so*". Todavia concordo se dizem que Mário devia ser a mulher e eu o homem; tenho mais personalidade.

D. Guilhermina retirou-se para as deixar à vontade. Elas gostavam de rir e palrar e ela era uma espectadora que tolhia as alegrias moças...

Daí a pouco, passos indecisos paravam no limiar da porta e uma voz amável perguntava:

— A minha presença será indiscreta ou continuarão a considerar-me *persona grata*?

— Oh! visconde! – exclamaram elas – chegou mesmo em ocasião oportuna! Encontra-nos todas três juntas!

Roseiral redarguiu, curvando-se embevecido:

— Um viçoso *bouquet*!

O visconde do Roseiral era baixo e gordo, com sorrisos estereotipados nas faces moles. O seu curto bigode, pintado de um preto retinto, levantava-se um pouco nas pontas, e a calva vermelha e brunida parecia mais larga, tão rentes cortava os cabelos, já bastante grisalhos. Era bochechudo e corado, e a todo o instante erguia a cabeça com languidez, a fim de exprimir paixões sopitadas de que fazia alarde, apesar dos 55 anos completos. Amava as moças – especialmente as mocinhas –, era no meio delas que gostava de se achar, sempre pronto aos seus caprichos e deliciado pelas suas fantasias. Loquaz e expansivo, trazia de ordinário, nos bolsos, algumas quadrinhas amorosas colhidas em romances medíocres para impingir à primeira que pilhasse a jeito. Tinha fortuna e vivia só, num quarto de hotel, esperando a grande hora de se prender, e à medida que o tempo lhe gravava a sua passagem indiscreta nos cantos da boca e nos olhos, por onde se escapavam ainda os derradeiros clarões de uma juventude longínqua, ele agarrava-se com sofreguidão à ideia do casamento, numa obsessão mórbida que lhe corroía o organismo com a impiedade de uma moléstia rebelde.

— Conte-nos as suas últimas aventuras, visconde – pediu Stella, lisonjeira.

Roseiral baixou a calva, desolado. "Elas" debicavam-no, escarneciam-no, preferindo-lhe rapazelhos sem responsabilidade, contudo era nos "maduros" que se encontravam os melhores maridos.

— As senhoras se convencerão desta verdade – acrescentou, alisando os beiços com o lenço de seda. — Hei de ser um babão.

— Um papão é que o senhor quer dizer.

— Insurjo-me contra tal injúria. A minha esposa fará de mim o que quiser, será a rainha, e eu um humilde vassalo.

— Pois sim! lembre-se do marido de Zaira.

Ritinha fingiu-se horrorizada:

— Esse tem cara de Barba-Azul, e não me surpreenderei se me disserem um dia que estrangulou a pobre consorte.

Mas Stella compadecia-se dele; Zaira deveria ter casado com um homem mais moço e menos rigoroso.

A fisionomia do visconde distendeu-se com enternecimento.

— Criatura adorável, essa! Sabem o que ela me contou no baile da condessa? Que o marido lhe recomendava sempre para dançar comigo de preferência a outros pares! Apreciei muito essa notícia que revela uma confiança ilimitada na minha pessoa. Não acham?

Ritinha riu-se gostosamente. O visconde começou a zangar-se, corou, segurou mesmo o gracioso braço da moça para exprobar-lhe a intempestiva hilaridade, mas o copeiro entrou com gelados e doces, e essa aparição apaziguou-o logo. Aceitando o sorvete que Stella lhe oferecia, suspirou dengoso:

— Ah! se o gelo produzisse efeitos decisivos sobre o coração!

— Talvez tomando em grande quantidade! – respondeu ela risonha.

Transbordava de alegria. A carta de Clotilde aparecia-lhe aberta como um estandarte vitorioso, desfraldando-se-lhe defronte dos olhos, palpitante de promessas e de esperanças.

Na rua silenciosa um homem destacou-se do seu pequeno grupo e foi ler, à luz amortecida do candeeiro, uma carta que abriu cuidadosamente. Roseiral acompanhava-lhe os movimentos e com ar pensativo:

— Não há nada como o amor! É ele o maior bem e o mais tremendo mal da humanidade!

— Já Virgílio declarou que o amor triunfa de tudo! – respondeu Ritinha, galhofeira.

Dinorah, que sorvia uma limonada, interrompeu-os risonha:

— O seu pensamento, visconde, vai direitinho para Marieta.

Roseiral arqueou as sobrancelhas:

— Marieta! tortura da minha vida! Como é viva e chispante de graça! Aquela bota tonto um frade de pedra.

— Quanto mais quem não é frade, hein, visconde?

— E que não é de pedra. Sabem de uma? A última vez que estivemos juntos, cantou três quadrinhas populares a calhar, dizia ela, para o seu caro Juvêncio. Como descobriu a pequena o meu nome, sim, como? Tem muito espírito o diabrete, tem mesmo espírito natural!

Ritinha atalhou com secura:

— Mas descabido. Desculpe-me contestar as suas opiniões, visconde, porém o verdadeiro espírito não procura evidenciar-se, revela-se involuntariamente. E aquilo não se chama cantar; esganiçar-se é que é. Felizmente ainda não se resolveu a fazê-lo diante de mim; apenas uma vez tive de ingerir um recitativo, creio até que da sua lavra. Aquilo nunca foi recitar!

Atabalhoou versos de pé quebrado, com a sua decantada mania de exibição, declarando muito sisuda que estava a declamar! É de um topete!

O visconde esfregou as mãos, muito vermelho:

— Ai! ai! que lá vem a ciumada!

— Pela minha parte, estou com fortíssimas dores de canela.

— Deixe-se disso; a senhora arranja marido quando quiser; é só tirá-lo com um pauzinho atrás da porta.

Uma faísca brejeira iluminou o rosto da Ritinha, que pulou, muito lépida, para o meio da saleta clamando numa ênfase cômica:

— Meus senhores, resolvi dedicar-me à causa santa da emancipação feminina! Para longe o amor e os sentimentos afetivos! Sou a mulher moderna, não admito peias ao grandioso desenvolvimento das ideias do futuro. Vinde refugiar-vos sob a égide da independência! A todos agasalharei com carinho. O progresso está conosco: façamos dessa pátria entorpecida uma Nova York aperfeiçoada! – e, por entre os risos dos ouvintes, alongando o braço para o prato de cristal: — A fim de amontoarmos forças para a luta, assaltemos os doces, de preferência "os casadinhos".

O visconde estalou palmas fogosas. Ela partiu ao meio um biscoito e deu-lhe um pedacinho sorrindo maliciosamente. Roseiral cheirou-o, ficando com os lábios entreabertos numa doce beatitude.

Stella, recostada no sofá, recordava-se de Nestor, esquecida das maldosas palavras que lhe ouvira, revendo-lhe apenas a bela figura insolente, sempre de flor pregada ao peito. Todas as suas qualidades refulgiam agora com um brilho raro, um fulgor nunca visto. A cena do corredor mesmo esmaecia-se em tonalidades brandas, quase sumidas. Com certeza – pensava – ele alinhavara aquelas infelizes frases ao acaso e, à medida que elas lhe vinham ao cérebro, sem lhes medir o alcance e sem premeditação alguma, Nhonhô tinha o caráter espontâneo, maleável, não fixando as impressões fugazes do momento e incapaz de fatos preconcebidos de sarcasmo ou de traição. Disso, provinham as palavras que proferira sobre Iaiá, palavras mentirosas, emitidas talvez com o único intuito de zombar da credulidade de Clotilde. Um sorriso indulgente lhe perpassou nos lábios apaixonados.

— Sim, Nhonhô ama-me, e eu então? Só Deus o sabe!

Defronte dela, alumiado pelo gás que saía muito pálido através do quebra-luz de seda verde e se espalhava difusamente nos estofos ricos e nos ornatos elegantes, o visconde continuava a destilar ditos untuosos, ora inclinado para Ritinha, ora debruçado para Dinorah, e Stella, ofegante, volvia a cabeça sonhadora para o céu onde cintilavam miríades de pequeninos astros.

XXIII

Para aproveitar a súbita adesão da afilhada e de Dinorah às futuras festas, e receando novos desânimos, D. Guilhermina marcou uma reunião que iniciaria as suas recepções de inverno. Nessa noite os salões apresentavam um aspecto garrido, com enorme profusão de flores e de luzes disseminadas por todos eles. Haviam retirado os tapetes, e numa longa fila de cadeiras algumas moças esperavam desconsoladamente que as viessem tirar para dançar, mas os homens não reparavam nelas, e circulavam pelos corredores e pelas outras salas, taciturnos e indiferentes aos compassos ritmados da valsa, que o pianista, de nariz adunco e gestos amacacados, atacava no belo Pleyel de cauda. Dinorah, mais satisfeita com a alegria da prima, quis tornar a festa agradável para todos e não se esqueceu de fazer colocar uma mesa para jogo numa saleta contígua a que os reposteiros de cetim vermelho-escuro davam um doce ar de conforto. Lá, já estavam cinco parceiros para saborearem as surpresas do *poker*. Entre eles achava-se o Dr. Meireles, muito conhecido pelo ciúme atroz que tinha da mulher, uma deliciosa criatura mais jovem do que ele vinte anos. O desembargador atraiçoava a sua inquietação erguendo a todo o instante a vista sombria de cima das cartas para procurar Zaira, que girava pelas salas, espalhafatosa e barulhenta, dando risadas com uns e com outros.

Eram dez horas quando chegou o visconde do Roseiral, irrepreensível na casaca nova, os pobres pés comprimidos em sapatos de verniz, que eram para ele como cilícios, as luvas de pelica branca apertadas nas mãos. Uma mocinha com feições miúdas e engraçadas veio-lhe logo ao encontro.

— Oh! oh! D. Marieta! - exclamou o visconde com sorrisos de admiração nas faces luzidias. — Experimento uma imensa alegria logo à chegada! E como está linda! Essa cor fica-lhe a matar!

— O senhor ignora que o amarelo pertence às morenas?

— Ai! ai! ai! esses olhos transtornam a bola da gente! Ah! D. Marieta, se eu lhe dissesse!...

— Venha dizer-mo para aqui, estaremos mais à vontade – e, enfiando o braço no dele, levou-o para a sacada, defronte da qual alguns vultos estacionavam, pasmando para a iluminação da casa e o movimento desabitual do jardim. O visconde meteu as luvas na algibeira, tendo o cuidado de lhes espetar os dedos para cima, e fitando Marieta com um olhar onde as chamas se acendiam:

— Repita, sua marota, aquela quadra popular portuguesa que me cantou na festa da condessa.

— A dos beijos?

— Sim.

Ela virou a cabecinha travessa para o céu, e baixo, num murmúrio abafado:

— "Os teus beijos são ardentes,
E ferem como punhais;
Se me apunhalas assim,
Eu morro pedindo mais".

— São muito bonitos! - bradou Roseiral esfregando as mãos, no auge do entusiasmo - são geniais mesmo! Não há nada que rivalize com este final: "Eu morro pedindo mais" - e os dedos em arco, batendo o compasso com o pé, repetiu babando de gozo: — "Se me apunhalas assim, eu morro pedindo mais".

Marieta ria mostrando os dentinhos brancos.

— Oiça esta, visconde, que ainda é mais expressiva:
"Se os beijos desabrochassem
Como brota o alecrim,
Quanta gente não teria
A cara como um jardim!".

Roseiral segredou-lhe:

— Vamo-nos certificar da veracidade desses versos?

Ela, como resposta, fugiu para o meio da sala. No vão da janela fronteira, um sujeito espadaúdo discutia com um rapazinho enfezado a respeito dos elevados sentimentos masculinos, e Ritinha Alvarenga, que passava de braço com Mariano Côrtes, o político afamado pela aversão que tinha às "intelectuais", parou perto deles e perguntou:

— Tudo que se refere a este assunto interessa-me extraordinariamente. Pois os senhores hesitam em reconhecer a superioridade das mulheres em todo o terreno?

Eles sorriram sem responder. A moça insistiu:

— Esta verdade manifesta-se sempre, e, quanto a sentimentalismo, não há a menor dúvida possível. Elas são-lhes superiores no estoicismo com que suportam as dores morais, nas desgraças, nos reveses, nunca abandonam os maridos nos desastres de toda a espécie... A mulher – mormente a brasileira – deixa-se exclusivamente guiar pelo coração... pelo que erra muito.

— Fá-lo por fraqueza e não por sentimentalismo – volveu o espadaúdo em tom jocoso.

— Não, francamente, Dr. Mendes, o seu raciocínio é de um cômico...

O deputado, com ares de que a sua vontade abalaria o Universo, respondeu numa voz pomposa:

— Mas direito de voto nunca elas conseguirão, a tal me oporei até o último suspiro.

Ritinha soltou-lhe o braço rindo. Repudiava um inimigo tão encarniçado do seu sexo. Ele perguntou duvidando:

— É possível que uma senhorita de espírito tão transcendente e culto pugne pelo direito de voto das mulheres? Deixe esses horrores para as solteironas, que já desesperaram de casar e querem se distinguir de algum modo. Essas precisam cortar a cauda ao cão de Alcibíades. Basta os barbudos se agatanharem e cometerem toda a sorte de barbaridades!

— Mas as mulheres não eram mesquinhas! – clamava Ritinha. — Essa fama de pequenez de caráter fora-lhes concedida gratuitamente pelos mesmos barbudos que pretendiam abarcar o orbe. E, no entanto, eram muito menos perversas do que eles...

A animação da palestra atraiu Stella e Mário Alvarenga.

O deputado defendia a sua causa com argumentos irrefutáveis e esmagadores aos quais a sua contendora contrapunha os seus. Mariano aconselhou-os a observar uma reunião de senhoras. Como eram pérfidas, atirando-se mutuamente os mais injuriosos remoques embrulhados em sorrisos doces como favos de mel! Ritinha asseverou que, malgrado a sua decantada grandeza de alma, os homens as imitavam nas combinações políticas, nas secretarias públicas, onde urdiam habilmente intrigas engenhosas em que a calúnia fervilhava com a aparência da verdade. Alguns eram aperfeiçoados, e demonstravam uma vocação digna de suplantar as mais exímias La Mottes existentes e por existir...

O sujeito alto ria, enquanto a face macilenta do magrinho se cobria com uma expressão de assentimento. Mas o deputado não queria ser vencido:

— Apesar de Mademoiselle Alvarenga ter o *parti pris* de nos atacar, há de acabar concordando comigo. As mulheres são-nos inferiores em tudo: nos sentimentos afetivos, nas artes, nas ciências, nas letras. Falta-lhes o fogo sagrado...

— Que entende o senhor por fogo sagrado? – perguntou ela, divertida.

Mas era a centelha divina, a faísca genial, a chama criadora que só se acende nos cérebros robustos e equilibrados...

— Então o senhor possui esse fogo – tornou Ritinha, casquinando uma gargalhada.

Houve risinhos e murmúrios em redor. Para captar-lhe a simpatia, Mariano convidou-a a uma volta de valsa. Stella e Mário afastaram-se sorridentes. Ele discorreu sobre a intelectualidade da irmã e a altivez de seu discernimento, reprovando-lhe, porém, a falta de tática.

— É uma falha ir-se continuamente de encontro à opinião aceita por todos – disse –, embora esta possa ser errônea. A assombrosa escritora Madame de Staël o demonstrou de modo incontestável num dos mais emocionantes romances da literatura francesa. A mulher deve submeter-se ao que o bom senso indica, embora no íntimo se sinta humilhada, mas deve fazê-lo a fim de impedir desgostos futuros. A que é artista, ou a que sai do vulgar pela sua formosura ou sobretudo pelo seu talento, deve ter mais zelo com a sua reputação do que as outras, a fim de desnortear os arautos da maledicência. A Escritura diz: a inspiração não depende da vontade: é um dom celeste. E eu acrescento. Para que ela obtenha o devido acatamento, junte-se-lhe uma certa reserva, direi mesmo, uma espécie de pudor, a fim de fazer jus ao respeito e à estima do mundo, ávido para condenar aqueles que se destacam...

Stella retorquiu:

— O senhor é severo demais – e ansiosa por falar de Nestor, visto sabê-lo amigo dos Rezende, exaltou a inteligência de Clotilde e a doçura do seu temperamento.

— Ela é mais esperta que inteligente. Nestor, sim, é perspicaz, instruído e brilha onde quer que esteja – disse Mário.

O semblante de Stella afogueou-se e para não atraiçoar o seu segredo mencionou diversas pessoas que lhe ocorreram à memória. Com a chegada do secretário japonês, puseram-se a falar do Japão, país de heroísmos e de ações extraordinárias. Mário tinha fanatismo pelo Império do Sol.

— O mais curioso é que nunca me recordo do estupendo patriotismo dos nipões nem do seu imenso valor guerreiro. A minha fantasia evoca apenas os seus biombos exóticos, os seus crisântemos, as gentis *gueishas* e as *mousmés* de cabelos embebidos em óleo de camélia, atravessados por grampos agudos como setas e que ondeiam infantilmente as asas dos *kimonos*!

Stella mostrou desejos de se vestir de japonesa ou de turca no próximo Carnaval.

— Não faça isso. Para a sua beleza é indicado o trajo imponente de Salammbô - tornou ele com ardor.

E já a estava vendo com pesados brocados, tendo a rutilar na sua testa, perfeita como um mármore de mestre, uma fita de medalhas que a tornariam ainda mais linda - e contemplava-a com o olhar ávido do homem e a admiração extática do artista. Stella, rindo, chamou-o exagerado. Fez-se um silêncio momentâneo e Marieta, para satisfazer aos pedidos incessantes do visconde, que a atormentava, vibrou alguns acordes no teclado e entoou na sua vozinha agradável uma cançoneta francesa, mas a todo o instante voltava o semblante endiabrado para Ritinha e Mariano, que esperavam impacientes o final da canção. A irmã de Mário mostrava-se enfastiada, mas ela persistia em encará-la com ar provocante. Palmas estalaram; a cantora agradeceu requebrando-se. Ao passar rente dos dois perguntou, risonha, se a sua arte os não tinha deslumbrado.

— Muito! - exclamou Ritinha em tom de motejo. — Fiquei maravilhada, pois você fez-me lembrar a Yvette Guilbert.

— A comparação não me favorece; reputo-me muito superior a essa *cabaretière* - retrucou Marieta escapulindo-se com o visconde.

Ritinha encolheu os ombros desdenhosos.

— Há um abismo entre esta criatura pernóstica e aquele mimo que além vai! – disse, apontando para Stella com carinho.

Mariano respondeu:

— D. Marieta também tem a sua graça...

— Mas é muito leviana e ridícula.

Do ângulo oposto da sala adiantou-se a mulher do desembargador, muito decotada, com rosas brancas no seio e rosas vermelhas na massa escura do cabelo. Dinorah pediu-lhe para animar aquela mocidade desalentada e raquítica. Zaira alçou os olhos ao teto. Não desejava outra coisa, mas esmorecia, visto o marido estar a fiscalizá-la, ameaçador e feroz como o Argos mitológico...

— Ah! minha cara! – gemeu ela – não se case nunca, mormente com homem velho! É um suplício, uma penitência! Ele descortina rivais nos teatros, nas ruas, nos cafés, dentro de casa mesmo vê-os surgir dentre as frinchas apertadas dos soalhos. E eu que amo a vida e a alegria!

— Pobre Zaira! – exclamou Dinorah numa comiseração cômica. Mas, como Roseiral contemplava desconsoladamente Marieta, que cochichava com um rapazito imberbe, perguntou-lhe rindo se não queria também lamentar a "desgraçada" mulher do desembargador.

O velho apressou-se em acercar-se delas.

Zaira expôs a sua malograda existência ao pé daquele guardião inexorável. Roseiral limpou a calva suada, e numa voz comovida:

— O seu marido tem razão e não tem. Por um lado, uma esposa galante assim deve trazê-lo em contínuos sobressaltos, mas, por outro, a senhora é irrepreensível, e portanto não há nada a temer.

— O senhor é um excelente psicólogo! Para recompensar tão ajuizadas palavras, venha daí – e, dando uma pirueta, redemoinhou com ele durante alguns minutos. — Aproveito em convidá-lo, visconde, para aplacar os assustados ciúmes de meu amo e senhor.

— Ora essa! Acha-me então um caco?

— Mas não é muito novo.

— Ah! D. Zaira! – volveu Roseiral ofendido – também não estou a desfazer-me em pedaços!

Ela riu-se tão alto que o desembargador esticou o pescoço, demorando-se a fitá-la com as cartas abertas na mão, em forma de leque.

— O homem está descontente – murmurou Roseiral, lisonjeado com aquela atitude provocadora. — Já a senhora se convencerá de que não sou tão inofensivo como julga...!

Mas, embora reconhecesse que o zelo era "filho legítimo do amor", lastimava uma pessoa tão interessante ter-se unido a semelhante Cérbero. Ele é que seria um marido amável, prestimoso, enchendo-a de mimos e de carícias...

— Pois sim; quando chegasse a sua vez...

— Juro-lhe.

— Qual o quê! O meu também afirmava que viveria a meus pés, e vive, mas é agarrado ao baralho! E quer então que eu me resigne a digerir sentenças de velhas, ou fique em casa a cerzir meias? Vá esperando!

A animação agora recrudescia e as danças sucediam-se sempre. Dinorah, em pé, com ar concentrado, inscrevia nomes de cavalheiros na sua pequena carteira de marfim. Zaira escutou um pouco mais a conversa melíflua do visconde, mas, tendo relanceado um olhar pesquisador para o marido, e vendo-o novamente engolfado no jogo, deu uma desculpa apressada a Roseiral, que estacou boquiaberto, e desapareceu atrás do reposteiro de seda amarela, onde o jornalista Eloy Arantes perorava com um homem de cabelo à escovinha e bigode cortado à alemã. Eloy estava na moda pelas suas *toilettes* excêntricas, o seu monóculo inseparável, a sua magreza nervosa, a sua inteligência brilhante e o seu desembaraço destemido. Era ambicioso de notoriedade e de dinheiro; e, com o fim de vencer na vida, mantinha um enorme círculo de relações, aparecendo em toda a parte, desfiando um rosário contínuo de galanteios, a fim de ser tomado por Lovelace irresistível. Zaira bateu-lhe com o leque nas costas.

— O doutor eclipsou-se? por que não tem vindo ver-me?

Arantes curvou-se galantemente, depositando-lhe na mão descalça um beijo muito demorado.

— Permita-me que lhe apresente o meu amigo Severião, bacharel ilustre, advogado notável, conferencista, poeta...

— Também poeta? – perguntou ela.

— Poeta do esforço, e mesmo assim nas horas vagas, minha senhora, nos meus momentos de ócio... – respondeu o apresentado com a mão espalmada no peito.

— A menos que a inspiração lhe não venha nas horas úteis...

Quando os dois se retiraram, o literato resmungou, tirando da algibeira um cartão e um lápis:

— Bela mulher, bela mulher, vale um soneto, e já!

O jornalista e Zaira sentaram-se num sofá cor de laranja

guarnecido por macias almofadas. Ele começou acariciando a barbicha em bico:

— Via-a ontem no largo da Carioca, mas ia tão distraída, a cabeça vergada como ao peso de um remorso recente...

Ela não se recordava.

— Até lhe descrevo a sua *toilette*. Era de cetim preto, enfeitada a gaze azul-clara, e um chapéu enorme de veludo castanho com duas imensas plumas que se tocavam e estremeciam! Cheguei a invejar a sorte delas!

— Por irem no chapéu?

— Não; por estarem perto da senhora, respirando o seu perfume...

Ela respondeu abanando-se com força:

— Tolices! O senhor não sabe dizer amabilidades menos comprometedoras?

— Sei...

— Sou toda ouvidos.

O jornalista entalou o monóculo no olho direito:

— É encantadora!

— Essa ainda é pior.

Ao lado, numa poltrona de veludo, uma senhora muito nutrida, rebentando num corpete de vidrilhos, lançou aos dois, por entre as lunetas que balançavam na pele fina do nariz, um olhar carregado de censura, e, em frente, uma outra magríssima abria bem os ouvidos com expressão desdenhosa. Zaira, reparando no peito achatado do jornalista e no seu olho a luzir sob a lente, teve um forte ataque de riso. A senhora gorda pôs-se em pé, indignada, murmurando palavras ininteligíveis, e a magra, agitando os compridos braços que faziam murchar as luvas altas, continuou a encará-los com proposital insistência. Zaira ergueu-se inopinadamente. Eloy seguiu-a alguns passos, mas, vendo-a já entretida com o secretário argentino, foi procurar o poeta Severião, que encontrou no bufete a emborcar um cálice de *cognac*.

— Quem é aquela mulher que você me apresentou? – perguntou este sem dominar a ardente curiosidade.

Arantes ensaiou um sorriso misterioso:

— Uma adorável criatura casada com um Otelo mais temível e tenebroso que o feroz companheiro de Desdêmona, e tão cândida, tão suave...

— E... vale o que pesa?

O jornalista deixou cair o monóculo. Enfim, como eram amigos, sempre lhe confiava a sua conquista.

— Oh! lá! lá! – exclamou o outro limpando depressa o bigode – então é sério?

— Seriíssimo, o que há de mais sério. Está caidinha; até já marcamos o *rendez-vous*.

Severião afagou-lhe as costas chamando-o felizardo, filho da sorte.

— Você é um cabra terrível, homem! Parece que nasceu "empelicado".

— Ah! meu caro... comigo é isto: todas ficam pelo beicinho...

— Alto lá! esta ficou porque é maluca, embora lhe deva um dos meus mais primorosos sonetos. Vai ser um "furo" para os leitores do *Diário*. Comparo-a a uma ondina perversa e fascinadora. Eis o final – fez um gesto largo:

"Atrás de ti verás eternamente

Os pobres corações amortalhados".

Sorriu com fatuidade, mas, reparando num rapaz que mastigava fios de ovos com extraordinária gulodice, segredou-lhe:

— É o secretário chileno.

— Casado com uma moça loira e vaporosa como Margarida?

— Sim, mas com a qual você não faz farinha...

Eloy ia convencê-lo do contrário, mas emudeceu perante a viscondessinha Adélia de Souza, escandalosamente pintada, que ria alto dos ditos chistosos do deputado Mariano.

— Ah! viscondessa! – sussurrou este sentimentalmente – as mulheres são a perdição da humanidade!

— Venha para cá com intrujices! Quer persuadir-me disso, o senhor, o inimigo figadal delas todas?

— De todas não... – replicou o deputado apertando-lhe o braço com ternura.

O bufete ia-se enchendo. Eloy reentrou na sala, mas quis retroceder, pois deu de cara com o desembargador Meireles, que, menos sorumbático por ter ganhado a partida de *poker*, contava a Ritinha uma anedota jocosa, cuja autenticidade garantia. Ela replicou-lhe com outra que jurava ser inédita.

— Mostrando-me uma amiga o seu retrato, perguntei se era recente. Ela meditou e respondeu com um trejeito convencido: "Recente? não; de chapéu".

Eloy riu-se e aludiu a um caso interessante e *também recente*.

A moça acudiu com vivacidade:

— Mas não de chapéu?

— Pelo contrário, até por sinal muito descabelado. É uma história análoga à de *Madame Bovary*. A senhorita já leu esse romance?

Meireles interveio, muito áspero:

— Que pergunta inconveniente para se fazer a uma moça solteira, Dr. Arantes!

O jornalista, vexado, alegou ser Ritinha um espírito superior e ilustrado, admitindo-se por isso que lesse as obras-primas da literatura... Mas, como o desembargador respondesse ainda com severidade, desculpou-se frouxamente, e foi oferecer o braço à condessa do Castelo, a qual, rígida e severa como uma divindade pagã, ostentava esplêndidas joias no colo acumulado de cremes e na cabeleira cor de cenoura crua. D. Guilhermina, com o lenço preso no regaço, escabeceava perto da baronesa de Alvarenga, que por sua vez sorria das atenções amorosas de Álvaro para a noiva. Stella multiplicava-se em delicadezas com os convidados, mas Dinorah, presa de um desses acessos de melancolia tão peculiares ao seu caráter desigual, foi refugiar-se no terraço entre as tinas de avencas e de coqueiros. Fora, a lua, erguendo a hóstia imensa, derramava uma claridade láctea sobre o extenso gramado onde as palmeiras imóveis pareciam mais majestosas ainda. Dinorah embebeu a vista pensativa no firmamento, enquanto Roseiral, do outro lado da grade, repetia, numa toada de melopeia, a Marieta, que lambiscava colherinhas de gelatina:

— "Quanta gente não teria
A cara como um jardim!".

— Na verdade, D. Marieta – continuou ele –, esta quadra é sublime, e quem a inventou merecia uma estátua de bronze numa praça pública!

XXIV

No sábado, quando Stella se encaminhava para casa de Clotilde, o coração pulsava-lhe com força.

Dinorah caçoou com ela:

— Ao ver-te nessa agitação, dir-se-á que vais ouvir a tua sentença de morte!

Ao chegar, Clotilde correu-lhe ao encontro, mas, vendo-a só, mordeu os beiços, lograda. Logo, porém, se lhe atirou nos braços apertando-a de encontro ao peito:

— Minha querida Stella, minha boa amiguinha!

Com tão afetuoso acolhimento, Stella calmou-se e o seu constrangimento foi-se dissipando aos poucos. Clotilde, depois de se mostrar sentida por Dinorah a não ter querido acompanhar, tomou-lhe as mãos, e bem decidida, com o olhar cravado no dela:

— Pois, meu benzinho, pedi-lhe para aqui chegar por estar envergonhadíssima com você, não me atrevendo a procurá-la primeiro. Como sou sincera, vou direita ao fim. Sei que você ouviu toda a minha conversa com Nhonhô.

Stella quis falar, ela tapou-lhe a boca.

— Oiça-me primeiro: tenho a certeza de que a ouviu, pois, chegando à janela, vi-a desaparecer ao longe como se fugisse. Não tive notícias suas, mas soube por acaso da sua partida para o Rio. Apesar de Iaiá nunca ter gostado de mim, fui despedir-me dela com meu irmão. Sabe o que fez? recusou receber-me, mandando-me dizer laconicamente que estava adoentada. Veja que ingratidão!

Stella ia de novo falar; ela impediu-lho pela segunda vez.

— Ainda falta o resto: oiça-me até o fim.

Relatou-lhe, então, que desde esse dia Nhonhô e ela não tinham podido sossegar; ele suplicava-lhe, chorando até, coitado, para lhe escrever, mas ela, com receio da sua carta ficar sem resposta, não tinha coragem de o fazer. Finalmente um dia sempre se arriscara.

Stella gaguejou intimidada:

— Sim, Clotilde, mas o principal você ainda não disse...

— Quê, meu benzinho?

— Desejo saber a significação das observações do seu irmão referentes a Iaiá, observações que não compreendo e em cujo sentido não consigo atinar.

Um raio de alegria animou Clotilde, que a puxou para o sofá:

— Prontamente, minha negra. Conforme as nossas conversas, lembra-se?, eu queria forçar Nhonhô a confessar-me os seus segredos, pois, embora os tivesse adivinhado, nunca lhos ouvira. A todo o instante citava-lhe o seu nome pondo em relevo os seus dotes excepcionais, mas tanto insisti que ele acabou por aborrecer-se comigo. O coração humano tem desses paradoxos!... E, para desviar a minha atenção, inventou, de momento, aqueles absurdos que você por fatalidade surpreendeu. Agora, calcule a delicadeza da nossa situação, sem podermos chegar até sua casa e sem ousarmos enviar-lhe duas linhas explicativas! Que desespero! Sofremos martírios, minha amiguinha! – e Clotilde passou melancolicamente a mão fina pela testa, a fim de afugentar aqueles pensamentos cruéis.

— Pois nada era exato? – bradou Stella empalidecendo.

— Nada.

— Jura-mo?

— Pelo que há de mais sagrado.

Ela deu um grito de alegria ao qual se sucedeu um outro de profunda tristeza. Lembrara-se da irmã. Como fora ingrata para ela! Tratara-a mal, com brutalidade até. E, cedendo ao impulso generoso da sua alma, descreveu todo o horror da cena de Teresópolis, acusando-se asperamente como muito culpada e muito perversa. Os olhos marejaram-se-lhe de lágrimas ardentes. Haveria de pedir-lhe perdão, haveria de rojar-se a seus pés. Clotilde serenava-a com palavras maviosas que escorriam de seus lábios com a suavidade de beijos.

Depois, ajeitando as pregas do vestido:

— Nhonhô lhe explicará o resto; é mais eloquente do que eu.

— Ele mesmo, como?

— Vai ver.

Quis sair, mas Stella postou-se-lhe precipitadamente na frente.

— Não, Clotilde, pelo amor de Deus!

— Ora, meu bem, deixe-se de tolices.

— Não! não! – e a moça interceptava-lhe o caminho com os braços estendidos.

Temia aquele encontro, embora o desejasse com ardor; temia-o agora mais do que nunca. Vê-lo ali perto, ouvir-lhe a voz convincente era impossível, não estava preparada para aquilo. Gritou numa angústia:

— Clotilde! Fica para outra vez, hoje estou muito nervosa.

Mas ela soltou-se e saiu correndo. Stella quis fugir, as portas estavam fechadas. E fugir para onde? Nestor não atribuiria essa fuga a afetação ou fingimento? Não teve tempo para ponderar. Ele entrava de cabeça baixa como um criminoso:

— D. Stella, necessito implorar a sua misericórdia. A seus olhos virginais devo ser tão culpado que hesito em encetar a minha defesa. Mas, como por Clotilde já sabe o que motivou aquela estúpida conversa, tenho a certeza que o seu perdão me está cobrindo com as suas asas compassivas! – e, sentando-se perto dela, emocionado: — D. Stella, amo-a. A senhora já deve sabê-lo, mas oiço-a cem vezes, mil vezes, mais até se for possível.

Ela tremia sem ousar encará-lo.

— Esqueçamos esse triste episódio de Teresópolis e aproveitemos a mocidade num doce sonho de amor. Sem ele, como nos poderemos arrastar pelos áridos e espinhosos caminhos da existência?

E com habilidade e ternura, pediu-lhe para lhe escrever longas cartas, sem reserva, como a um noivo, ou talvez fosse melhor encontrarem-se em alguma casa amiga para trocarem pensamentos íntimos, conhecerem-se bem a fundo, perscrutarem o íntimo da alma... Convenceu-a largamente da sua ternura por ela e do muito que padecera com o seu silêncio e a sua ausência...

Mas um carro na rua parou e a voz de Clotilde chamou-a da porta. Nestor perguntou, segurando-lhe as mãos numa pressão de ansiedade:

— Quando nos tornaremos a ver?

— Breve, muito breve – disse ela vivamente. — Por que não acompanha sua irmã quando esta for à casa de minha madrinha? Travando relações com ela e com Dinorah, será mais fácil estarmos juntos frequentemente.

Nestor exultou:

— Pensa com muito acerto; a solução é magnífica. Iremos visitá-las um dia destes.

Separaram-se: ela saiu radiante. Despediu-se da amiga e, ao entrar no carro onde a prima a esperava com uma curiosidade insofrida, rompeu em exclamações e desabafos. Contou-lhe tudo, tudo. Ah! não havia sobre a terra ninguém mais feliz! Sofrera muito, mas estava fartamente recompensada.

— Ainda bem! – dizia Dinorah, satisfeita.

— Eu não te afirmava que ele era um rapaz raro, um espírito superior?

— Somente incorreto em ter envolvido o nome de Iaiá. A reputação de uma senhora é tão delicada, tão sagrada!

— Mas foi o recurso que encontrou para desnortear a irmã! Quando se ama, a gente agarra-se ao primeiro alvitre que surge. E Clotilde não é tão boazinha?

— Muito...

— Ora, graças a Deus! – exclamou Stella.

Fazia um vento frio, cortante, que lhe levantava o véu branco, incomodando-lhe a vista. Ela suspendeu-o, enrolando-o na aba do chapéu. O carro, apesar das suas molas esplêndidas e ser levado por duas soberbas éguas inglesas, dava solavancos tão fortes ao atravessar a cidade que atirava as duas primas de encontro uma à outra. As confeitarias regurgitavam de gente. Sentadas às pequenas mesas de mármore, viam-se moças trajando com elegância; os criados iam e vinham carregando pratinhos de doces, bandejas com sorvetes. Pelas portas algumas pessoas embasbacavam-se para os transeuntes, trincando *sandwiches* e camarões recheados. O povo em onda assaltava os bondes no largo da Carioca, disputando lugares, acotovelando-se nos estribos. Stella estava embriagada de alegria. As palavras de Nestor ainda a envolviam como carícias abrasadoras. Sentia nas mãos o calor das mãos dele; junto ao rosto a sua figura atraente.

Dinorah guardava silêncio. Como invejava a prima, que no ardente egoísmo da sua paixão estava toda entregue àquele pensamento delicioso! Ela nunca passaria momentos assim, nunca seria amada, nunca poderia amar! Aquela dúvida constante causava-lhe torturas infinitas. Ah! ser pobre, mas formosa como Stella! Ser pobre, sim, mas o amor que lhe declarassem fosse sincero e desinteressado. De que lhe serviam os seus milhões, se eles lhe impediam de experimentar os maiores prazeres da vida? O ceticismo criava fortes raízes na sua alma, apagando-lhe dos lábios a esperança.

Ao chegar a casa, fechou-se no quarto; nos seus olhos borbulhavam grossas lágrimas. Pela primeira vez encontrara um grande vácuo no coração; o amor que Stella inspirava repercutia dolorosamente dentro dela. Pois todos que a rodeavam haviam de amar, de ser amados, e ela, a pobre, a mísera, ficaria na vida como num imenso deserto descampado? Nunca almejara tanto um coração que batesse em uníssono com o seu; nunca! O *psyché* refletia a sua imagem entre o esplendor dos cetins e das rendas que ornavam o dossel da cama, e da mobília, toda branca, com reflexos de opala. Dinorah enxugou as lágrimas e começou a despir-se. Bateram à porta. Ela enfiou à pressa um roupão de seda e foi abrir. Era Stella, que recuou atônita, ao ver-lhe os olhos vermelhos.

— Que tens?

— Nada. Estou um pouco nervosa.

— Mas assim, de repente?

— Sim; passa já. Que querias?

— Vinha perguntar-te se não concordas que devo escrever a Iaiá para pedir-lhe perdão da ofensa que lhe fiz.

— Deves, decerto. Mas não vá Antonico surpreender a carta e sair daí uma história mais complicada do que a primeira...

Estivesse sossegada, ela sabia como proceder, além disso, o cunhado nunca abria as cartas da mulher.

— Então escreve, não percas tempo.

Stella foi procurar uma folha de papel fino, e começou:

"Iaiá.

Haverá na misericórdia de Deus e no coração primoroso da mais pura das irmãs bastante magnitude para perdoar àquela cuja vergonhosa ingratidão a fez cometer tão desatinadas loucuras? Existirá ainda nesse coração de esposa exemplar e mãe admirável, tão infamemente ultrajado, alguma fibra que advogue em favor da que desapareceu sem uma palavra ou um ato que explicasse o seu misterioso comportamento? Se esse coração – hostiário sublime das mais nobres virtudes – pode perdoar ainda, que o faça generosamente, abnegadamente, à criatura indigna que ali se abrigará de novo, ungida de arrependimento e mágoas, como o filho pródigo da Bíblia."

Releu-a; viu que nada tinha deixado transparecer no caso de não ser apenas lida por Nair. Achou-a boa, gostou dela, não a fechou para a poder mostrar a Dinorah. E o contentamento que lhe alargava o peito era tão intenso, tão sincero, que não pensou mais nas lágrimas surpreendidas momentos antes no melancólico semblante da prima.

XXV

Conforme ficara convencionado, Nestor e a irmã foram ver Stella, sem a prevenirem a fim de lhe proporcionarem uma grande surpresa. O criado introduziu-os numa das salas principais e saiu depois de lhes fazer uma mesura atenciosa. Os dois ficaram sós, e diante do rico espelho que encimava a otomana de seda amarela deram um arranjo rápido à *toilette* com a qual se haviam esmerado. Clotilde adornara-se com o seu soberbo adereço de safiras que lampejavam no cetim negro do vestido; e Nestor não se esquecera de pregar no fraque escuro, de uma elegância impecável, duas violetas-de-parma perfumadas e microscópicas. Enquanto esperavam, segredavam-se numa voz velada e cautelosa. Ele disse, inspecionando a sala com atenção demorada:

— Aqui deve haver muito dinheiro! Esta gente do comércio, quando aparenta, é porque tem fortuna de verdade, não é como nós outros, que trazemos os bens cavalgados na corcunda. O Albuquerque foi um grande industrial, segundo me informaram no cartório do Antunes... Aquela fábrica onde o filho do Lemos é gerente, vim a saber que pertence a esta família.

— Quem lhe contou isso?

— O próprio Antunes, com quem me dou muito.

— Ainda é cedo para pesquisas, *"piano, piano, si va lontano..."*. Aquela urna de terracota é original, não acha, Nhonhô?

— Prefiro a estátua de bronze. É mais valiosa.

— Mas menos artística.

Ele franziu os lábios com desprezo:

— Sou pouco dado a artes, você bem sabe.

Levantou-se preguiçosamente para examinar uma vitrina de objetos de marfim que ficava no vão de duas largas janelas vedadas por amplas cortinas cor de oiro. Clotilde tirou do *divan* uma almofada de rendas para a qual se pôs a reparar muito séria.

Assim que Stella foi prevenida da presença deles, correu alvoroçada ao quarto da prima:

— Faço questão que os conheças para modificares a tua opinião sobre Clotilde, pois, apesar do que te tenho contado, noto que não lhe és muito favorável... Enfim, tu mesma te certificarás da exatidão das minhas informações. A vista faz fé! - e perfumando-se com o vaporizador: — É bem certo não haver impossíveis sobre a terra! Se eu tivesse previsto este adorável desfecho, não me mortificaria tanto. Tenho raiva de mim mesma não obstante estar quase esquecida do passado... Como a gente se habitua depressa ao que é bom!

Dinorah, que empurrava as ondas do cabelo para as orelhas, retrucou:

— E ao que é mau...

— Para que havia eu de ter ouvido aquela conversa trapalhona? Quando me lembro dos disparates que fiz, reconheço como sou exaltada. Em suma, o passado morreu... O que se depreende é que é perigoso trocar impressões íntimas perto de uma porta entreaberta! Este caso ainda teve um resultado favorável, mas supõe tu que nós nunca mais nos víssemos? Não perduraria para toda a vida um equívoco tão desgraçado?

— Já Musset dizia: é necessário que uma porta esteja trancada ou aberta, e lembra-te que Musset não foi um analista extraordinário, mas um romântico propenso à ilusão...

Em todo o caso – dizia Stella –, esse incidente lhe servira para experimentar o amor "dele" e isso bastava para o não amaldiçoar.

— Às vezes tais experiências são desastrosas. Ainda bem que contigo se deu o contrário. Visto estar tudo perfeitamente deslindado, confesso-te que receei de ele ser um estroina, um conquistador como há muitos.

Stella agarrou-a pelos ombros e numa extrema vivacidade:

— Mas que horror! E por quê, Virgem Santa?

— Não sei... são dessas inexplicáveis desconfianças que nos assaltam o espírito...

— E agora? – perguntou ansiosa.

— Ah! agora o contrário! Se assim fosse, ele não te procuraria, pois relações nessas condições não se poderiam sustentar. O interesse dele por ti é evidente.

Stella deu-lhe um terno beijo:

— Esta minha pequena é uma incrédula! Tomara ver-te bem apaixonada, bem presa, para assistir à destruição desse ceticismo todo. Só se raciocina quando não se ama, crê. O meu destino é estar sempre entre pessoas frias, eu que sou um Vesúvio!

Entraram rindo para a sala e toda a agitação de Stella se evaporou ao ver Clotilde abraçar Dinorah como a uma velha e querida amiga. Esta mesma desfez a expressão de indiferença que tinha momentos antes. Nhonhô não podia esconder os seus sorrisos. Depois de se desculpar por não ter trazido o marido, sempre azafamado com os negócios, Clotilde prosseguiu:

— Temos finalmente o prazer de conhecer a sua Dinorah, Stella, essa Dinorah tão dileta! A senhora não pode calcular o entusiasmo com que sua prima se exprimia a seu respeito! Era tamanho que nós dois estávamos doidos para fazer o seu conhecimento.

— Quem conhece Castor deve conhecer Pólux – disse Stella risonha.

Dinorah acrescentou:

— Vivemos juntas desde pequenas, é portanto natural esse excesso de amizade. Somente ela é mais expansiva do que eu, por isso algumas pessoas imaginam que há mais afeição da sua parte... Eu não mostro tanto o que sinto...

Isso não influía em nada – dizia Nestor. Voltaire assegurava que nem sempre a amizade mais visível era a mais sincera.

Dinorah continuou, sensibilizada:

— Nós não nos separamos nunca, a não ser nos três indefectíveis meses de verão que Iaiá não cede por coisa alguma.

Então Clotilde, embebida de admiração, pôs-se a falar de Nair. Que moça ajuizada, talentosa! De ordinário a inteligência não andava de parceria com o critério, mas com ela dera-se uma notável exceção à regra geral. Stella exultava, e no seu íntimo taxava a irmã de ingrata por desconhecer uma simpatia tão pura e nobre. Nestor não se esquivou também de juntar a sua voz à de Clotilde, e durante alguns instantes foi um coro de elogios à "deliciosa eremita de Teresópolis". Depois de gabar a graça de Nenê, que achava parecidíssima com a mãe, ele perguntou:

— E já viram uma criatura mais fiel do que Mariana?

Dinorah respondeu logo:

— Só na nossa terra se encontram pessoas assim. Por isso adoro o Brasil, e sou jacobina até à ponta das linhas. O meu patriotismo é feroz!

Ele anelou as pontas macias do bigode:

— Em todos nós, brasileiros, há esse arrebatado amor pela Pátria! Ridicularizamo-la, criticamo-la, mas esse sentimento é mais poderoso do que tudo e faz com que a adoremos e nos sintamos orgulhosos da nossa nacionalidade. Quando eu residia na Argentina, estava encasquetado com as grandezas de lá, mas, logo ao chegar, pasmei estupefato com a nossa maravilhosa baía; a entrada da barra, de madrugada, é o espetáculo mais surpreendente que tenho visto em minha vida! Imaginem as senhoras, os montes estavam envoltos numa leve neblina que se alargava por todo o horizonte como se fosse uma colossal *écharpe* rosada. De súbito, estraçoando-a e rasgando-a, o sol surgiu sozinho nos espaços, como um soberano cônscio do seu poder. Por todos os lados voavam bandos frementes de gaivotas, glorificando-o... Que beleza! Tive um abalo tão violento que rebentei em soluços, mesmo defronte dos passageiros aglomerados no convés.

Stella corou, enquanto Clotilde se ia apossando aos poucos das mãos de Dinorah, que ficara emocionada.

— Ah! a senhora não é mais patriota do que eu! – bradou ele com fogo, fitando o semblante pálido desta última com insistência pertinaz e imprudente. — Agora vejo quanto eram absurdas e desfrutáveis as bazófias de que eu me empavesava em Buenos Aires! Hoje tudo me atrai e encanta aqui, até mesmo esse sentimentalismo de que nos acusam como sendo uma manifestação de sensibilidade doentia. Não há mulheres como as nossas patrícias, nem formosura superior à delas.

Stella teve um sorriso vaidoso, supondo-se a causadora dessa mudança radical, visto sempre o ter ouvido deprimir o seu país em termos escarninhos e duros. Nestor ainda elevou os intelectuais brasileiros declarando-os geniais e inimitáveis, e ela, querendo realçar os dotes artísticos da prima, convidou-os para irem visitar-lhe os quadros que haviam figurado em diversas exposições. Dinorah relutou, vermelha:

— É melhor para outra vez, fica para outra vez...

Mas os dois irmãos tinham-se associado à proposta de Stella e não sossegaram enquanto a moça não lhes satisfez a curiosidade. Levantaram-se e foram-na seguindo através das suntuosas salas do palacete. Aos fundos ficava o *atelier*, uma peça espaçosa, bem batida pelo sol, que jorrava nas três largas janelas envidraçadas. As paredes estavam cobertas de telas, e num cavalete, muito inundada de luz, uma cabeça de mulher meditava embrulhada em vaporosa mantilha de gaze. Clotilde acercou-se dela, mas Nestor, dizendo-se mais inclinado pela natureza, parou defronte de uma paisagem outonal por onde um rio serpeava entre túneis de verdura. Depois de se demorar algum tempo em contemplação, resolveu pronunciar uma amabilidade. Para ele, a pintura era a mais bela das artes, e nada o impressionava como entrar numa galeria. Fazia-o sempre pisando ao de leve, possuído do mais profundo respeito, como se penetrasse num templo sagrado. O seu ideal era ir à Itália por causa dos museus.

— É também o meu! - respondeu Dinorah.

— E o meu! - exclamou Stella.

— É o nosso então! - gritou Clotilde.

Notando que fora feliz, ele continuou animando-se:

— Toda a Itália me povoa de sonhos a imaginação, e Roma, Nápoles, Florença e Veneza deslumbram eternamente o meu espírito devaneador. Depois da minha Pátria, não concebo país mais tocante. Creiam as senhoras que às vezes, refestelado na minha burguesa cadeira de balanço, parece-me estar numa gôndola veneziana a deslizar em canais doces e silenciosos, vendo espelharem-se na água imaginária as majestosas sombras dos palácios dos doges.

Todos riram e Clotilde interrompeu-o:

— Este meu irmão tem alma de poeta!

— Deus me livre se assim não fosse! - ponderou ele com gravidade. — Porque a vida se me tornaria um suplício. Para mim, ela só me encanta pelas quimeras que proporciona, embora saiba de antemão que são falazes.

Clotilde disse torcendo a boca:

— A vida é tão cheia de embustes!

Stella contestou com veemência, mas a irmã de Nestor replicou:

— Você também a tempera com um pouco de poesia; mas

deixem-na com as suas riquezas que nada valem, as suas per-
fídias, as suas ciladas, para verem se um ente bem formado
a pode aguentar.

Dinorah fez um movimento de desprezo. O luxo, as riquezas! De que serviam eles uma vez que não forneciam a felicidade?

— Tem razão, minha senhora – respondeu Nestor esboçando um gesto de asco –, eu também lhes tenho horror!

Stella ria-se perante tanto pessimismo, e Clotilde, embevecida com o lirismo fraternal, acariciou as costas robustas
de Nhonhô chamando-o trovador, vate medievo... Quando,
meia hora mais tarde, eles se retiraram, Dinorah foi para a
varanda e pôs-se a olhar melancolicamente para os bojos
possantes das montanhas.

No dia seguinte, contra os seus hábitos matinais, foi à
missa das oito horas e sentou-se num banco vazio para poder rezar à vontade, pois uma tristeza estranha se infiltrara
dentro dela, fazendo-a cair em longas meditações, nas quais
o seu coração de 20 anos, até aí seco e descrente, suspirava
por outro que o compreendesse e amasse. Por quê? Que bizarra aspiração era essa agora? Ajoelhou-se com as mãos cruzadas sobre o peito arquejante e fitou o enorme crucifixo do
altar-mor cuja torturada imagem a fez estremecer. Não seria
um sacrilégio pensar no amor humano diante Daquele que
pela humanidade padecera um ideal sublime de paz e perdão? Mas, embora a vista se fixasse no Lenho Sagrado, um
anseio sem nome, para o qual não descobria explicações, in-
sinuava-se no seu espírito pela primeira vez na vida. O amor
voara estonteadamente à roda dela, mas negara-lhe sempre

as suas promessas, visto a desconfiança lhe ter crestado as ilusões e varrido para longe os arroubos poéticos que as acompanham. Diante dela, uma senhora enlutada chorava baixinho e aos lados, nos outros bancos, duas mulheres murmuravam preces em compridos rosários enrolados nos pulsos. O padre, tendo acabado a oração final, retirou-se com uma demorada reverência nos altares, e Dinorah, impaciente, nervosa, levantou-se também. Não podia mais ficar ali, precisava andar, distrair-se, impregnar-se com o ar fresquíssimo da manhã! Saiu abstrata, sem ideias fixas, enquanto na sua alma sentimentos adormecidos acordavam espantados de si mesmos. Um bonde passava; ela fê-lo parar e, recostada, olhava vagamente para a praia do Flamengo. No mar muito azul, salpicado de oiro, um navio singrava com as velas enfunadas; junto ao cais algumas pequenas canoas flutuavam... Um pensamento repentino a fez sorrir lembrando-se das frases sonoras que ouvira na véspera. Encantou-a aquele romantismo: uma gôndola a navegar pelos canais misteriosos de Veneza... Parecia-lhe que ela também estava sendo levada por suave ondulação; já distinguia os perfis sombrios dos palácios dos doges, cânticos ternos soavam-lhe aos ouvidos, enquanto na sua frente inclinava-se o vulto lânguido de um gondoleiro que, à sua fantasia sobre-excitada, aparecia numa persistência exasperadora com as feições, o sorriso e os acetinados olhos de Nhonhô Rezende.

XXVI

Stella começara a ir frequentemente à casa de Clotilde para conversar com Nestor algumas deliciosas horas que se lhe afiguravam minutos fugitivos, tão velozes elas voavam. Ele continuava afetuoso, e a irmã era sempre a mesma pressurosa amiga de outros tempos, com a lágrima fácil e o acolhimento, pronto. Stella sentia a felicidade inundá-la. Viessem-lhe os maiores contratempos e as mais amargas decepções, mas ficassem-lhe aqueles entes que a compreendiam e amavam! Uma tarde, quando descia sozinha a escada, deu de cara com D. Guilhermina, que lhe perguntou descontente:

— Então não se para mais em casa? Onde está Dinorah?

— No *atelier* – respondeu Stella.

— Para onde vai você sempre agora sem a sua inseparável companheira?

— Vou ver Clotilde – redarguiu a moça muito vermelha e embaraçada.

A madrinha encarou-a com desagrado:

— Não acho conveniente a sua assiduidade em frequentar a casa dessa moça, minha filha. Parecia-me mais sensato ela também vir aqui.

— Ela é casada, madrinha, e anda sempre atarefada com os filhos!

— É natural e justo que seja você a ir mais lá do que ela aqui, mas parece-me excessivo o desatino em que você anda e que só lhe poderá trazer dissabores.

Stella esperou o resto da frase.

— Tudo que é demasiado é transitório – atalhou a velha senhora com ar grave –, deve haver equilíbrio nas nossas ações. E a sua amiga não será a primeira a importunar-se com essas visitas que lhe tolhem a liberdade?

— Ah! madrinha! se assim fosse ela mo teria dito, pois é a criatura mais sincera que a luz do sol cobre!

— Você é ingênua demais, julga todos por si, minha filha!

Stella, com a cabeça baixa, abotoava as luvas. A madrinha continuou, subindo dois degraus:

— Vá, vá, se isso lhe dá prazer, mas nunca se esqueça deste ditado profundo e verdadeiro: nem à casa de teu irmão vás todo o serão. Obtém-se péssimo resultado indo procurar os amigos amiúde. Antes ser desejado que aborrecido.

— Mas, madrinha, Clotilde adora-me...

— Sim... pode ser... mas tenho presenciado tantas anomalias neste mundo de paradoxos que fiquei com a pulga atrás da orelha – e lentamente, agarrando-se ao corrimão, D. Guilhermina continuou a subir as escadas.

Stella seguiu-a com o olhar brilhante, levemente apavorado.

XXVII

Entretanto, Dinorah começava a andar preocupada com o pensamento de Nestor a acompanhá-la por toda a parte, o que, longe de a irritar, enchia-a de uma imensa doçura. Notava que ele também a procurava com obstinação e que a sua fisionomia, ao vê-la, revestia-se de uma extraordinária eloquência. Mas, ao recordar-se da prima, tentava combater essa paixão que lhe explodia do peito com tamanha impetuosidade. Que haveria naquilo tudo? – pensava irresoluta. Nestor teria deixado de amar Stella, e a pobre louca não analisaria o verdadeiro estado da alma dele? Instintivamente pôs-se a evitá-la, desculpando-se sempre com a execução de um grande quadro que destinava à exposição anual de Belas-Artes.

Naquela tarde não pôde trabalhar porque o criado veio chamá-la da parte de D. Guilhermina. Era o seu dia de receber. Ela foi, e logo do corredor percebeu a voz de Zaira, que, rindo, criticava o marido. Ao vê-la, a mulher de Meireles bradou risonha:

— Quanto invejo a sua vidinha folgada sem ter de dar satisfações a um barbaças como o que me espera em casa! – e designando uma mocinha acanhada, em pé, a seu lado: — Esta é Zizita, a minha prima de quem lhes tenho falado muitas vezes.

Mais distante, sentada num sofá, D. Guilhermina conversava com a condessa do Castelo, que se pavoneara com um enorme chapéu de plumas verdes...

— Há muito faço tenção de trazer Zizita, mas ela está sempre às voltas com negócios de religião... – disse Zaira. — Um dia são reuniões das filhas de Maria, outro, alguma moça que vai receber o cordão, outro, não sei o quê...

Dinorah perguntou à moça:

— A senhora é muito religiosa, não?

— Sim senhora, sou muito piedosa, graças a Nosso Senhor Jesus Cristo.

— Ah!

— Não imaginam - atalhou Zaira –, ela vive nas igrejas, confessa-se diariamente...

— Também comunga todos os dias?

— Graças a Deus! - respondeu Zizita sem levantar a cabeça.

— É uma santa! - exclamou a condessa levantando as sobrancelhas pintadas. — Uma santa! Conheço-a muito dos retiros de Sion.

— Santa, não - retificou Zizita. — Sou até uma grande pecadora, mas quero purificar-me para poder entrar no Reino dos Céus.

Zaira deu uma cotovelada a Dinorah:

— Por isso vou-me chegando para ela a ver se me pega a santidade. Como nunca rezo...

— Pois deve fazê-lo apesar de todos os dias eu oferecer um terço em sua intenção – balbuciou Zizita com severidade.

— É muito boazinha! – repetiu a condessa, melíflua – é um anjo esta moça! Se todas procedessem assim, não haveria tanta depravação na nossa sociedade.

O criado anunciou a baronesa de Alvarenga e a filha. Ritinha rompeu em exclamações de surpresa:

— Por que andam vocês tão sumidas? Que há de anormal nesta casa?

Dinorah justificou-se com a tela que principiara: uma figura de mulher estendida num *divan* de veludo, com uma expressão de abandono e de tristeza.

— A minha intenção é traçar uma criatura em luta com dois sentimentos igualmente poderosos e serei muito feliz se o conseguir.

— Pois eu, minha filha – tornou Zaira –, acabei com pintura e tudo mais. Hoje só pinto o sete.

Zizita atirou-lhe um olhar de recriminação. D. Guilhermina interveio:

— Ela está sempre a caçoar conosco.

Zaira volveu galhofeira:

— Pecado confessado é duas vezes perdoado. Não é assim, Zizita?

— Decerto – retorquiu esta gravemente –, o pecador arrependido é mais digno de perdão que o justo que nunca pecou.

— Para consolá-la das minhas loucuras – continuou Zaira piscando o olho –, prometi ordenar o meu filho Luciano quando for homem! Quero fazer dele um bispo.

— Você não foi chamada para mãe de bispo.

— Ora essa! E por que razão?

— Porque não está em graça.

A condessa aprovou com ar de beatitude:

— Lindo modo de pensar!

— A fim de lhe obedecer – obtemperou a mulher de Meireles em tom malicioso –, tenho querido confessar-me, mas o meu marido impõe a condição de ser ele o confessor.

Zizita apressou-se em responder.

— Já lhe tenho proposto para ir a minha casa sob pretexto de almoçar comigo e de lá seguirmos para a igreja...

Ritinha virou para ela a face espantada:

— Às escondidas do marido?

— Quando é para bom fim, Deus perdoa o fingimento.

— Ora – disse Zaira sacudindo os ombros –, conto ir para o céu sem isso!

— Sem confissão não há salvação possível – retrucou a moça, revirando o livro de missa nas mãos acanhadas.

Ritinha ia gracejar, mas na rua ribombaram com estrondo as patas de um animal de raça e Dinorah, bruscamente, aproximou-se da janela. Ritinha foi atrás por ter notado as cores vivas que lhe subiram ao rosto. No mesmo momento o cavaleiro voltava-se, descobrindo-se todo sorridente.

— Nhonhô Rezende! – exclamou ela. — O que o trará por aqui?

— É... parece... não sei... – disse Dinorah perturbada.

— Se é! Ao longe distingo a sua silhueta! É amigo de Mário...

— Dizem-no pedante, fanfarrão...

— Pelo contrário, Mário afirma que é muito fino, muito distinto.

— Não é um que está noivo ou quase noivo?

— Qual! Ele tem muitas admiradoras, mas não consta que admire nenhuma.

Dinorah estremeceu. E Stella então? Se ela lhe tivesse encoberto a verdade ou no influxo da sua paixão lobrigasse mais do que existia? Mas não pôde continuar o diálogo, porque a mãe chamou-a para oferecer doces às visitas. Zaira levantou-se também, impelindo para a frente Zizita, de cabeça baixa e ar contrito.

— Não consinto que você fique atrás de mim – disse a mulher do desembargador.

— Os últimos serão os primeiros! – suspirou a moça persistindo no seu intento.

Stella, tendo chegado de fora, veio abraçar Ritinha, que ficara ainda na varanda.

— Ora graças! até que a vejo! Se eu não viesse, ficaria no esquecimento. O que vale é que sou fiel às tradições, por isso resolvi jantar hoje aqui.

— Sim? Que bom!

Ritinha sorria-lhe, quando a viu debruçar-se, com assombro, para a rua. Nestor Rezende regressava do passeio, sofreando a rédea para o cavalo picar as pedras da rua com força, e tão atento para os aposentos de Dinorah que não reparava no rosto desfigurado de Stella.

— Oh! lá! lá! outra vez? – exclamou Ritinha com uma careta espirituosa. — Teremos casamento?

— Como, outra vez?

— Sim; há pouco ele foi para cima, e se você assistisse à atrapalhação de Dinorah!

Stella, empalidecendo, pediu-lhe os detalhes minuciosos da cena. E a outra, contando-lhos, exclamou:

— Ah, minha cara, o amor é mexeriqueiro!

Durante o jantar houve um silêncio prolongado, pois Dinorah falava pouco, parecendo preocupada por um pensamento aflitivo. De vez em quando, os olhos de Stella cravavam-se nela, perscrutadores e vivos; ela baixava os seus, encobertos por uma tristeza manifesta. Ritinha, querendo alegrar a refeição, perguntou-lhe com o seu modo galhofeiro:

— Tornou a ver Nhonhô Rezende? Devo desdizer-me do que lhe contei ainda agora, visto ter descoberto que ele não se limita a ser admirado...?

Mas as duas primas ficaram tão rubras que a moça estacou, fitando-as simultaneamente sem compreender o efeito estranho produzido pela sua observação brincalhona.

Desde essa tarde fez-se entre elas uma certa reserva que nenhuma podia vencer, apesar da força da sua amizade. Stella desejava uma explicação para libertá-la daquela angústia. Não podia crer no que ouvira: Dinorah amar Nestor e ser por ele amada? Ora, adeus! que doidice de Ritinha! Contudo, o singular e imprevisto retraimento da prima levava-a a conjecturar as mais desencontradas hipóteses. Mas o seu empenho de iludir-se rejeitava os alvitres de aprofundar a verdade. Sim, havia um mistério na atitude dela, nunca, porém, uma traição! Se chegasse a duvidar de Dinorah, poderia descrer do Eterno, tão indigna se lhe afigurava semelhante suposição. Vinham-lhe ímpetos de argui-la, destruir aquela situação ambígua, e entrava no *atelier*, mas Dinorah continuava a trabalhar como se estivesse possuída de uma febre ardente, e Stella, de si para si, admirava-se quanto ela emagrecera naqueles últimos tempos.

Sem coragem para abordar o assunto, recalcava as lágrimas, sentindo-se impotente para suportar as dolorosas contradições da sorte. Andava agora muito apreensiva com Nhonhô, que mais uma vez faltara às entrevistas em casa da irmã, dizendo-se absorvido por negócios inadiáveis. Clotilde mesma avisara-a um dia, com laconismo, que a não podia receber. Stella então meditava nos conselhos da madrinha. Teria esta acertado nas suas previsões de pessoa experimentada, e seria a sua companhia enfadonha para a irmã de Nestor? Ele mesmo não a amaria com o mesmo arrebatado ardor de dantes? Estaria fatigado da sua constância, ou aquelas coincidências eram filhas do acaso? Seriam verdadeiras as observações de Ritinha sobre a chama que fulgurara entre ele e Dinorah? Um enorme desânimo invadiu-a, e achou-se tão solitária no seu quarto luxuoso como uma pobre enjeitada num país desconhecido.

XXVIII

Com o feitio importante que sempre adquiria na capital, o Neca esperava na saleta de D. Guilhermina acompanhado pelo Bebiano, vestindo, como ele, a roupa preta que reservavam para as grandes ocasiões. O farmacêutico dissera ao criado de modo a não admitir réplicas nem indagações:

— Previna as senhoras que estamos chegando de Teresópolis e trazemos boas notícias de D. Nair – e depondo o chapéu mole e o guarda-sol branco no sofá, por não ter reparado nos cabides do vestíbulo, aguardou pomposamente a vinda das senhoras.

O Bebiano, mais acanhado, sentia-se pouco à vontade no meio daquele luxo aparatoso, e a todo o momento repetia com voz amedrontada, afagando as fartas suíças:

— Teria sido melhor despachar as encomendas com duas linhas suas... Esta gente de Botafogo infunde-me respeito... São capazes de não nos ligar, o que será o diabo, pois constará logo em Teresópolis, e os de Imbuí me atirarão indiretas.

O Neca empertigou-se, escandalizado:

— Lá volta o amigo com os seus temores pueris de antigo peludo! Nós também somos "alguém". Eu já fui presidente da Câmara, não sou tão insignificante como pensa, e o amigo, no seu tanto, também faz boa figura. Cite-lhes os banquetes aonde vai e a invejável situação política de que goza, e verá o surpreendente efeito dessas revelações!

O juiz de paz quedou-se a fitar o chão. O outro abriu os braços, estupefato:

— O amigo receia que as senhoras o engulam? Safa!

— E se não nos aparecerem?

— Ora! ora! o Seu Bebiano, que está com os da política militante, acobardar-se desse jeito! O amigo é graúdo lá na terra; deixe esses sustos para mim.

O juiz de paz puxou o relógio e, com ele suspenso, atalhou desconfiado:

— Já há seguramente um quarto de hora que aqui estamos. Se não nos recebem, será o diacho.

— Atiro-lhes uma crítica de arromba no *Jornal*. Até as rainhas são forçadas pelo protocolo a dar audiência, quanto mais pessoas enriquecidas, sabe Deus por que processos ilícitos... Já me constou que a fonte da fortuna não é para que digamos...

— Esse aleive foi levantado pela baronesa da Língua Doce, Seu Neca! O amigo dá crédito ao que essa víbora propaga?

O farmacêutico respondeu coçando a verruga do nariz:

— Sei que o ouvi como muito certo. Ignoro, todavia, de onde partiu.

Nesse momento Stella entrou risonha, inquirindo com sincero interesse da saúde da irmã e de todos de casa.

— Está tudo ótimo, D. Stella; naquele santo lugar nada apoquenta a alma. Até a Mariana tem engordado mais...

— Deveras?

— Sério; está bem redondinha.

— Pobre velha!

O Bebiano, mais animado com a afetuosa recepção da moça, que não mudara a maneira de o tratar, pôs-se a enumerar os incidentes ocorridos desde a sua partida da roça. Soubera ela do casamento da Josefa do tanoeiro e do divórcio da irmã?

Stella abriu olhos de espanto. Divórcio, depois de dois meses de casada?

— São as modernas correntes de ideias, minha rica senhora! - bradou o Neca muito amargo.

Mas um rumor de sedas farfalhou e D. Guilhermina apareceu no limiar da porta principal... Os dois homens ergueram-se atarantados, enquanto Stella fazia as apresentações.

— Minha senhora - disse logo o farmacêutico –, a sua sobrinha D. Nair, sabendo que eu vinha à capital, pediu-me para fazer-lhe uma visitinha e dar-lhe notícias de todos que ficaram de perfeita saúde. Até a preta sarou do reumatismo que a apoquentou durante tanto tempo.

— Mas que felicidade! - exclamou a velha senhora. — Tratou-se com algum especialista de lá?

Ele teve um sorriso superior. Lá não havia especialistas, nem necessidade de remédios, porque o clima incumbia-se de todas as curas. E fitando-a com agudeza por cima dos óculos redondos:

— A senhora não conhece Teresópolis, não é assim? aquilo é uma das sete maravilhas do mundo! Que ares, minha rica senhora, que água! As noites são incomparáveis; eu e a minha gente dormimos com as janelas escancaradas para encher os pulmões de oxigênio renovado.

Ela, cautelosa, lembrou o perigo dos gatunos.

— Gatunos? pergunte a D. Stella se ouviu falar em tal.

O Bebiano, que revirava as abas do chapéu nos dedos desajeitados, arriscou timidamente:

— Só se forem gatunos de frutas...

O Neca interrompeu-o com autoridade:

— Isso é a pequenada vagabunda que se distrai a furtá-las... mas não passa de um roubo inocente. Só durante o verão é que temos uma gatuna de honras, mas felizmente é só no verão.

Stella riu-se. Ah! a D. Gertrudes Taveira? avistara-a várias vezes ao longe, mas, com a graça do Senhor, não tinham ainda chegado à fala.

O farmacêutico levantou-se com um brusco repelão ao casaco:

— A Senhora D. Guilhermina conhece com certeza a lenda dessa criatura? Dava para protagonista de um romance sensacional! - assobiou para o ar, mascando as palavras - e que romance! É capaz de tudo, aquela bicha! Os olhinhos dela escarafuncham o que se passa e o que não se passa...

— E o marido consente? - inquiriu D. Guilhermina com o seu modo simples.

— O Taveira é um desgraçado que tem medo da mulher que se pela. Ali canta a galinha, é como na casa de Gonçalo.

— Ele também faz o que pode, lembre-se do caso com o Jacinto - observou o Bebiano.

O Neca sacudiu violentamente os ombros:

— Mas aí o homem teve razão, Seu juiz de paz, teve carradas de razão. Olhe que uma gaita a zunir o dia inteiro aos ouvidos dos infelizes que têm a desventura de não serem surdos, lá irá para onde lhe paguem. Não seria aquele Orfeu que arrancaria dos infernos nenhuma Eurídice. É uma vizinhança de afugentar! Mas, volvendo à vaca fria, o Taveira era doentíssimo e com uma demora de três meses em Teresópolis melhorou muito, de maneira que todos os anos ele e a mulher são infalíveis na serra.

Eram, porém, hóspedes detestáveis, sobretudo ela, que botava tudo em polvorosa com a sua bisbilhotice inconsequente. Só mesmo a boa D. Nair podia tolerá-la, pois ninguém mais a queria ver, nem pintada.

— Essa é uma santa! – declarou esfregando as ventas abertas. — E que educação fina de moça! É um tesouro inapreciável que o amigo Antonico possui.

Ele o merece, aliás, pois homem pacato, de peso, amigo de seus amigos, está ali.

O Bebiano franziu os olhos amáveis:

— Aprecio imenso aquele casal. A D. Nair não tem soberba, é sempre igual para pobres e ricos.

— Iaiá tem um bonito caráter! – disse Stella.

D. Guilhermina ajudou-os nos louvores que considerava merecidos. A sobrinha desde cedo revelara tendências graves e melancólicas, encantando todos com a sua meiguice e o seu bom senso.

— E que inteligência lúcida e profunda! – rematou o Neca, muito convicto. Tossiu e insensivelmente procurou o escarrador aos lados do sofá, mas, não o vendo, assoou-se com estrépito ao enorme lenço de algodão. Em seguida aludiu aos marmelos e couves que trouxera da roça para a dona da casa, que respondeu com polidez:

— Minha sobrinha manda-me sempre produtos da chácara, a qual, segundo Stella, é um primor.

— Preciosa! – afirmou o Bebiano. — Preciosa! O amigo Antonico mandou plantar feijão de todas as qualidades, latadas colossais de tomates, aumentou o milharal, e nas margens do Paquequer organizou um vinhedo muito comprido e farto. Se eu tivesse um recanto igual, não se me dava de ficar o resto da existência sem espiar o que vai por fora. Eles têm tudo: vacas de leite, porcos de engorda, cortiços de abelhas.

O farmacêutico fez um trejeito amável:

— Não sei como a senhora não se resolve a passar lá os verões, D. Guilhermina.

Ela desculpou-se com a sua moléstia do coração. Ele riu-se. Moléstia de coração? Não lhe notava indícios de tal! Ah! ela deveria perder um pouco de apego à capital e ir recrear o espírito naquele lugar admirável. Logo ao meio da serra, num sítio chamado Garrafão, bebia-se uma água tão leve que escorregava pelas goelas abaixo, sem que a gente lhe sentisse a passagem. E a tranquilidade que lá se desfrutava?

— Os médicos recomendam-me lugares baixos...

— Ah! – fez ele com um risinho de mofa – médicos! Pois crê em esculápios? Por causa de um que me ia fazendo bater a bota, tomei horror a essa classe.

D. Guilhermina mencionou a lista interminável de remédios que tomava. Era uma ladainha sem fim que seguia à risca para a não acusarem de desleixada.

— Aconselho-a a subir a serra, e lá do alto atirá-los todos na vala mais funda que enxergar e embrulhados tal qual vieram da farmácia.

Stella desatou a rir. Um farmacêutico discorrer dessa forma era de fato originalíssimo – dizia.

— Se o senhor der a todos o mesmo alvitre, a sua farmácia falirá pela certa.

O Neca pôs as mãos e comicamente humilde:

— Pelo amor de Deus! não lhe chame de farmácia: botica é quanto basta – e começou a discursar sobre a espelunca que Deus ou o diabo lhe tinham dado de presente. — É o escaninho mais sórdido que se pode imaginar! – continuou, a despeito das negativas jocosas da moça e do Bebiano. — Eu poderia escolher profissão mais digna de mim, pois não tenho a mínima vocação para fabricar drogas. Tenho vistas mais largas, mas a senhora não ignora que, quando se tem sete filhos, deita-se mão a qualquer negócio. A criançada, porém, nunca engole remédios, os quais destino somente à freguesia – sublinhou essa frase com expressão irônica. — Para os de casa só admito ingredientes que não forneçam perigo de envenenamento, tais como chás de laranja, de carqueja, cozimentos de linhaça, papas de leite.

D. Guilhermina achava-lhe infinita graça e o Bebiano, já mais desembaraçado, interrompia-o com apartes maliciosos.

Ele levantou-se e em tom bombástico:

— Minha senhora, deixe-se de longas viagens por mar, que só servem para alargar a bolsa e o estômago com os tais enjoos da travessia, e vá para o paraíso de Teresópolis. Se eu ainda estivesse no galarim, preparava-lhe uma recepção condigna, mas fui, de há muito, posto de parte como um objeto velho e mofado, cujo uso não tem utilidade para ninguém. Já não sou mais nada. "*Sic transit gloria mundi.*" Sou uma vítima da ingratidão e da injustiça!

A dona da casa tartamudeou algumas palavras de consolo.

— Sou-o, infelizmente. Deixei-me seduzir por promessas efêmeras, e estou padecendo as consequências da minha credulidade. Este mundo é de uma psicologia complicada e difícil de definir! Quando uma pessoa tem dinheiro, todas as cervizes se curvam, embora saibam de antemão que a fortuna não é contagiosa. Mas é um quê que cintila e atrai os papalvos. Os defeitos dos ricos esfumam-se na pulverização que o oiro espalha, e parecem qualidades que nós, os pobres, temos garbo em reconhecer. Mas fique esse ricaço de repente na miséria que os parentes e amigos fogem espavoridos, como tomados de pânico, sem mesmo analisarem a razão por que o fazem, uma vez que a miséria, tal qual a fortuna, não pega a sua desgraça a ninguém. Em suma, é um mundo de provações este em que vivemos! O que dá prestígio ao homem é o dinheiro e mais nada.

E muito amargo, com fogachos de cólera a extravasarem-lhe do rosto azedo, relatou os pormenores da sua carreira, que fora brilhante e promissora. Ah! não tivesse sido a sua dedicação ao Dr. Melindo, que tudo seria diverso. Talvez habitasse mesmo a capital em prédio próprio...

— E, no entanto, esse biltre aproveitou-se dos meus planos para apresentá-los como seus. "*Sic vos non vobis...*" Não falemos mais em tal: águas passadas não movem moinhos.

D. Guilhermina ouvia-o com atenção, admirando-se de uma pessoa tão perspicaz se deixar ludibriar àquele ponto.

— Eles ainda são mais velhacos do que eu – replicou ele com ar matreiro –, e, como não têm responsabilidade de nada, vão seguindo a meta que traçaram.

E caminhavam para a frente, de cabeça levantada, enquanto ele se perdera pela sua extrema lealdade.

— Aí está – bramiu encolerizado –, nunca se deve usar dela nem da franqueza, pois o mundo, ao contrário do que se pensa, prefere a dissimulação – ergueu o punho numa revolta de todo o seu ser, depois, aniquilado, sentou-se cabisbaixo. — Agora fico a murchar naquele buraco pestilento, sem presente, sem futuro, sem nada.

Os ouvintes sorriram uns para os outros, lembrando-se do ardor com que ele influíra D. Guilhermina a meter-se no tal "buraco pestilento".

O Neca prosseguiu, deixando cair os braços desfalecidos:

— Ali não progrido; entra ano sai ano, e eu a enrolar pílulas e colar rótulos. Todavia, tenho elementos para subir. Mas esses patifes não suportam quem enxergue dois dedos adiante do nariz; não lhes convêm companheiros inteligentes. Esta nossa terra está literalmente perdida, podre. É uma republiqueta sem rei nem roque, onde os que se pilham de cima pilham enquanto podem, sem escrúpulos nem pudor – correu a mão pela testa pregueada e, depois de insistir na impecabilidade do seu caráter, o qual era de sobejo conhecido, descreveu a calma da sua existência sem nunca mexericar a vida alheia. Os mortais podiam querelar-se, agatanhar-se, que ele permaneceria impassível como Cristo no meio do temporal. Por ele não haveria rixas; era o propagandista da paz!

O Bebiano sorriu para Stella, que lhe retribuiu discretamente o sorriso. D. Guilhermina perguntou se o juiz de paz habitava também Teresópolis. O Neca beliscou amigavelmente o joelho do companheiro.

— Sim senhora! Ele é importante no lugar! Veneram-no como a um Messias!

O outro fez-se vermelho, explicando, com modéstia, que o seu cargo limitava-se a casar os roceiros e organizar menus para banquetes.

— Isso é muito vantajoso na roça – tornou ela, séria.

O Bebiano, insuflado, citou os pratos em que era exímio e as receitas que possuía, todas do tempo da escravatura.

— Peça-lhe algumas – acudiu o Neca, piscando com familiaridade os olhos zombeteiros. — O camarada não vende o peixe caro... Isto é: peça todas, exceto a da *mayonnaise*.

O Bebiano respondeu candidamente.

— Essa é o meu cavalo de batalha, devo-lhe a fama que tenho.

Mas o Neca tinha a língua seca, e não havia nenhum sinal da aproximação do café. De vez em quando, os seus olhares inquisidores dirigiam-se para as portas, mas o copeiro não chegava com o precioso líquido. Então, descoroçoado, pegou no guarda-sol. O Bebiano ergueu-se imediatamente.

D. Guilhermina perguntou antes de eles partirem:

— Sabem como a Mariana se curou do reumatismo?

— Com a semente do chapéu-de-napoleão – respondeu o farmacêutico segurando já no fecho da porta. — Anda-se com ela na algibeira e fica-se curado desse mal *"per omnia saecula saeculorum"*.

A senhora mostrou-se surpreendida e, logo que eles se retiraram, disse à sobrinha:

— Que sujeito esquisito! Nunca se percebe quando fala sério ou quando troça!

— É muito especial, madrinha. Antonico tem grande predileção por ele, mas eu acho-o por demais sarcástico. No seu gênero, pode bem equiparar-se à D. Gertrudes. Há ocasiões em que dou o cavaco com as suas receitas, mas dizem-no entendido em medicina, afirmam mesmo que é médico sem carta...

A tia sorriu e fitou-a demoradamente:

— Você está abatida, minha filha, acho-a com tantas olheiras...

— É a velhice que vem chegando...

— Que direi eu então? - tornou ela pensativa, mas depois de alguns momentos - estou com vontade de ir passear à Europa, pois há quatro anos não viajamos... Agrada-lhe a minha proposta?

Stella perguntou empalidecendo:

— A madrinha já comunicou essa sua resolução a Dinorah?

— Comuniquei; mas ela não está concordando. Não sei o que a prende agora ao Brasil!

As faces de Stella cobriram-se repentinamente de lágrimas.

— Que tem você, minha filha?

— Nada, madrinha, ando neurastênica, mas isso não tem valor.

— Estou reparando em qualquer fato extraordinário nesta casa! - respondeu D. Guilhermina, meneando tristemente a cabeça - vocês duas andam arredias, diferentes... Gostaria de conhecer as causas dessa mudança, a fim de apaziguar qualquer desinteligência que possa ter havido...

Com um movimento rápido, Stella encostou-se-lhe ao ombro e desatou em soluços convulsos. A madrinha, atônita, repetia em tom desolado:

— Que é isso? que é isso? abra-se comigo, minha filha, bem sabe que sou quase sua mãe.

A moça, sem responder, molhava-lhe o vestido com o seu pranto aflitivo, e ela, adivinhando um enredo amoroso que tentava em vão penetrar, encarava-a, surpreendida de um ente tão exaltado ter nas veias o mesmo sangue que ela, sempre tão sossegada e fria. Depois de a sobrinha dar largo desafogo à sua dor, admoestou-a com muita doçura:

— Ah! minha filha, não estrague a sua juventude com puerilidades! Nunca é tarde para sofrer! – e com uma comoção nascente a enevoar-lhe a vista, enxugou as faces de Stella, devagar, ao seu pequeno lenço de rendas verdadeiras.

XXIX

Assim que transpuseram a porta da rua, o Neca perguntou, indignado, ao juiz de paz:

— Que diz o amigo a estes hábitos retrógrados de não se oferecer nada às visitas? Estou com a garganta a arder e a língua como lixa...

O Bebiano enrolou a seda do chapéu de chuva, e com o seu modo condescendente:

— O Rio não é o mesmo que a roça. Lá, serve-se o café mal as pessoas botam o pé dentro de casa; aqui isso seria ridículo, pois tudo é mais fino, há o tal chá das cinco...

Ele rugiu de guarda-sol erguido:

— Esse é pretexto para toda a espécie de trampolinices! Quando inventam essas modas, já se sabe, é tratantada. Estes diabos não metem prego sem estopa.

Seguiram a pé até o largo do Machado, mas o farmacêutico continuava irascível, citando máximas apropriadas à avareza dos ricos. E com gestos despeitados:

— Sabe o que lhe digo, Seu juiz de paz? é que a aristocracia de Botafogo é tão rebentada como a de São Cristóvão! São todos uns borra-botas e a educação não lhes serviu de muito, se é que alguma vez a tiveram. Fica essa senhora a extorquir novidades de mim uma tarde inteira, e nem um copo de água me dá para refrescar a goela! Fosse eu ainda presidente da Câmara e veriam como botava a despensa abaixo para me engrossar! – e, sem poder explicar o que lucraria D. Guilhermina com a sua presidência na Câmara, ruminou, muito irritado, a filosofia da vida.

O Bebiano resumiu todo risonho:

— Louvado seja Nosso Senhor Jesus Cristo, amigo Neca, ainda possuímos um tostão para o cafezinho...

— E a botica sempre me rende alguns vinténs para botar fora quando venho à capital – respondeu ele, e com mais brandura: — Sábado vou ouvir o meu homem deitar o verbo no Senado. Aquela figura constitui a nossa maior glória! É mais fácil eu perder um dia de venda que um discurso do Rui.

Saltaram para um bonde que partira; o farmacêutico tirou o chapéu para refrescar a cabeça e foi calculando quanto lhe renderia um saldo de drogas velhas que pretendia rematar por 1 conto de réis. O Bebiano, ao lado, admirava-se dos progressos das ruas, rememorando com saudade os tempos idos em que fora amanuense. Assim que chegaram ao largo da Carioca, o primeiro disse, com uma astúcia que não pôde disfarçar:

— O amigo vá indo para o Café do Rio, que lá irei ter dentro de dez minutos. Vou deixar um recado ali adiante, mas não me demoro.

O Bebiano, aquiescendo, afastou-se de guarda-chuva em riste. O Neca, depois de alguns passos hesitantes, sacou da algibeira uma folha de papel almaço dobrada e murmurou de si para si:

— Esta mofina vai fazê-lo espernear à grande, mas não faz mal, os burros vieram ao mundo para zurrar e escoicinhar.

Olhou para os lados, manhosamente, e, bem convencido que não seria visto pelo juiz de paz nem por nenhum amigo da roça, encaminhou-se para o *Jornal do Comércio*, de onde, depois de pagar a importância do "apedido", saiu, cheio de regozijo, esfregando as mãos com força.

Esta é de escacha; há de estoirar de gana. Já com a última deu o desespero – pensava, mas, quando ia cruzar a rua para se encontrar com o outro, topou com o Taveira, muito cosido à parede, a face pendida para a calçada.

O Neca recuou como se deparasse com um fantasma, mas o marido de D. Gertrudes lançou-lhe os olhos avermelhados e, erguendo a mão trêmula e magríssima, levou-a ao chapéu, que tirou devagar. O farmacêutico rosnou, abotoando o casaco:

— Encontro de mau prenúncio! Já no mês atrasado esbarrei com a bruxa e saiu-me o caldo entornado. Fui buscar lã e fiquei tosquiado! – abanou duas vezes a cabeça e levantou os óculos, que lhe escorregavam do nariz – este esqueleto ambulante atrapalhou-me o resto da tarde.

Entrou no Café do Rio, onde o Bebiano o esperava palestrando com o primo Zé Frauzino, fazendeiro em Minas, homem de ombros apertados, cabelo cortado rente e moitas de barba áspera que se lhe espetavam pelo rosto trigueiro. Ao vê-lo, o mineiro bradou limpando os beiços:

— Então o amigo também veio tomar o seu banho de

capital? A gente carece perder o amor a alguns cobres e tomar o trem. Eu estou aqui há quinze dias e não me arrependo.

Traçou as pernas descarnadas bailando dentro das calças de brim listrado e, abrindo o casaco de alpaca preta, contou que empregara bem o tempo desde a sua chegada. Vendera uma partida de bois e mil alqueires de milho, e sorrindo para o farmacêutico, que abancara na sua frente:

— Mandei ontem dizer à minha dona que há por aqui boiadas de moças bonitas, casquilhas a valer.

O Bebiano observou com bonomia:

— Não sobressalte o coração da patroa, primo Frauzino.

— Deixe lá – volveu o Neca sentencioso –, o homem sabe o que faz. Mulher para ser fiel, quando não apanha pancada, deve pelo menos levar um susto de vez em quando. À minha faço o mesmo. O Rui para ela é quase uma lenda; creio até que é uma quimera, pois, sempre que me interpela a esse respeito, arranjo um ar de mistério que dá ótimo resultado. E a respeito de outros negócios, como vamos?

Zé Frauzino, depois de o aplaudir com uma retumbante gargalhada, afagou o pelo duro do queixo e respondeu:

— Mesmo malacafento, tenho realizado alguns, pois vancês, embora não sejam cariocas, devem saber que mineiro de perna fina é bom para labutar e ganhar. Eles aqui passam-nos o conto do vigário, mas não julguem por isso que somos lerdos. Se estamos preparados para ele, é que também queremos passar a manta – casquinou risadinhas, com os olhinhos a coruscarem de esperteza. — Somos atilados, fiquem sabendo. O que nos atrapalha são esses que querem ir de carreira. Aí é que está o perigo!

O Neca, um pouco esquecido do mau encontro com o Taveira, retorquiu ainda carrancudo:

— Vão com sede demais ao pote, o que equivale a prejuízo certo.

Mas o juiz de paz interveio, risonho:

— Com o primo Frauzino não se faz farinha...

O boiadeiro apoiou os cotovelos à borda da mesa e encarando-o, muito sagaz:

— É exato, parente, vancês imaginam que só o carioca é velhaco, mas nós também somos do chifre furado.

O Neca acenou para o criado, e empinando a segunda xícara de café:

— Café viajado, instruído, mas longe do nosso!... Com que então tudo tem caminhado direito, amigo Frauzino? Assim é que se quer!

— Tem-se vendido um bocado, tem! Carece a gente aqui na capital estar de pulga atrás da orelha, pois querem nos embrulhar por dá cá aquela palha. Mas encontram homem! Ainda me lembro do que fizeram ao compadre Zé Libório. Aquela história botou-me de alcateia para o resto da vida. Desde aí, assentei de andar avisado para o que der e vier.

— Gato escaldado de água fria tem medo – mastigou o Neca, sem levantar os olhos da xícara.

O boiadeiro empurrou a cadeira, e coçando de novo a barba hirsuta:

— O compadre veio ao Rio, quando topou com dois viajantes seus conhecidos que costumavam vender no interior, e lhe disseram muito acautelados: "Oh! parente, temos um negócio graúdo para lhe propor que é de encher o olho: é o comércio de notas falsas! São 100 contos falsos que lhe barganhamos por 10 verdadeiros. Vancê dá-nos os 10, e impinge 100 no interior; pois na capital é empreitada difícil". E dizendo isso, mostraram-lhe as tais notas que afirmavam ser falsas, mas que eram verdadeiras. Eram elas que lhes serviam de chamariz. O compadre Libório, averiguando com espanto a parecença exata desses papeluchos com os que tinha na algibeira, aceitou a barganha, que era de arromba, cuidando dessa vez tirar o pé do lodo. Correu à terra a vender um sítio, bem como a terça parte de um cafezal, e, quando voltou com a quantia do trato, entregou-a aos espertalhões, que o convidaram para ir à noite à casa deles receber os 100 contos falsos. O compadre determinou a hora do encontro, mas quando ia para lá, nas alturas do Campo de Santana, eis que aparece um policial que lhe deita as mãos ao gasnete, dando-lhe voz de prisão. Vancês não calculam o escarcéu! O pobre homem suplicou que o soltasse, pois era mineiro às direitas, pai de oito filhos, casado... Siô, não houve nada! O sujeito queria à força levá-lo para a enxovia, alegando ter ele estado a preambular com os dois mais refinados larápios da capital, e só o deixou em paz depois de o compadre, muito aflito, lhe ter untado as mãos com 20 mil-réis...

— Com os diabos! – exclamou o farmacêutico endireitando os óculos. — O Zé Libório foi com sede demais ao pote, bem digo eu! Deveria ter sido mais comedido, mais prudente...

O roceiro espetou um dedo seco e maltratado:

— Não é tudo, a partida tem seguimento. O compadre, ressabiado e aterrado, tratou de fazer as malas e azular para

Minas, mas, quando esperava o trem na estação, viu um dos tratantes embuçado numa manta de lã e às risadas com o tal policial que lhe dera voz de prisão no Campo de Santana! Ficou então apurado ter sido tudo uma canalhada, pois nem o biltre era da polícia e nem eles tinham os tais 100 contos de notas falsas para trocarem pelos 10 verdadeiros. Foi uma perfeita fita do cinema, Siô!

O Bebiano lançou um berro de indignação:

— O Libório mandou-os prender, está claro?

Mas o Neca atirou-lhes às costas umas festazinhas benévolas:

— Ora, a ingenuidade do Seu juiz de paz! Se ele os entregasse à justiça, denunciava-se a si próprio. Pois o amigo não enxerga o ardil?

O boiadeiro alargou os braços anuindo à observação do amigo Amarante. Aí estava, pois, o conto do vigário em toda a sua expressiva eloquência! Enquanto o desgraçado remoía a formidável burla, os finórios acariciavam os 10 contos que acabavam de roubar.

O farmacêutico fez saltar com dois murros as xícaras do café:

— Fique o amigo sabendo que nem todos os caipiras são papalvos como esse; há os bem vivos até – e, com jovialidade, relatou uma cena de jogo em que ele, de combinação com dois roceiros, um dos quais se fingia de surdo, bifaram todo o dinheiro do quarto parceiro, um carioca da gema. Fora uma colheita profícua! Surripiaram tudo!

O boiadeiro afastou as pernas para rir e, depois de desabafar a alegria, fechou uma pálpebra.

— Desses é que carecemos para levantar a opinião pública a nosso favor.

Fez ainda ponderações judiciosas a respeito do surdo, quando de repente o cérebro voraz do Neca maquinou uma trama luminosa. Fascinado com ela, arrastou a cadeira e prolixo, verboso, apregoou com elogios encomiásticos a argúcia dos roceiros, mormente a dos boiadeiros. Assinalou fatos concludentes contra os da capital, e bracejando:

— Os de lá são mais ladinos, e quem os pretende embaçar está frito.

Na mesa fronteira um sujeito de linhas angulosas e barba grisalha analisava-o detidamente, e mais distantes, gesticulando e aos berros, três outros, com as faces apopléticas, vociferavam furiosamente contra a política dos estados.

O Neca encomendou cerveja, embora Zé Frauzino declarasse "que a não apetecia". O juiz de paz esvaziou o copo:

— É da melhor; ao menos não tem misturas como as que circulam por aí. Saibam os amigos que levo para a serra uma especialidade: a receita de um pudim de nozes.

Zé Frauzino perguntou rindo:

— O parente diverte-se a fazer quitanda? Não lhe gabo o gosto... A minha dona é que amassa os sequilhos, e eu, que sou mais positivo, ponho-me a comê-los. As mulheres foram feitas para amassar. A gente deve mantê-las em condições de inferioridade se quiser ter sossego dentro de casa. Vaca solta lambe-se toda. Vai para vinte anos que estou casado e não me arrependo, porque o homem precisa assentar para os negócios lhe correrem a preceito. Tenho um rancho de filhos que me ajudam na lavoura, planto feijão, milho, arroz... e vai-se torando. Além disso, quando venho à capital, trago um breve dentro da camisa para me livrar das trapaças, pois não quero que me aconteça como ao compadre Libório.

O farmacêutico mandou vir mais cerveja, que o boiadeiro recusava tomar, com gestos moles, embora a fisionomia lhe faiscasse numa gulodice insatisfeita.

Instado, engoliu um terceiro copo e ficou mais expansivo, chegando a confessar que possuía um dinheiro na burra, destinado a algum negócio vantajoso.

— Ofereço-lhe um – gritou o Neca –, é coisa para ganhar uma fortuna em poucos meses! É uma fórmula para a cura da "broca" no milho. O amigo explora-a como entender e ficaremos a nadar em oiro.

— Se é garantido, vancê topa, homem.

O indivíduo da mesa defronte deles espetou o ouvido e abriu o *Correio da Manhã* para se fingir ocupado com a leitura.

— Se o amigo concordar – tornou o Neca varando o mineiro com o seu olhar agudo –, fixaremos uma hora para estudar as condições. Amanhã, depois, terça-feira...

— Como esta semana ainda arrancho, pode procurar-me sábado no hotel do Globo, onde estou hospedado. Marco desde já o sábado, pois terças e sextas não faço negócio, nem viajo. É cisma antiga que vem de longe.

O homem da barba grisalha fitava o farmacêutico, o qual, notando-lhe a insistência, convidou o Zé Frauzino para irem conversando sobre as assombrosas vantagens do seu maravilhoso invento. Saíram de braço dado. O Neca não largava o do boiadeiro, a fim de comunicar-lhe a confiança absoluta que tinha na sua ciência, enquanto o Bebiano, perplexo, arregalava para ambos a vista estupefata.

— O êxito é garantidíssimo! – declarou o Neca – e, se me não ponho a executá-lo sozinho, é porque tenho a fortuna empregada em prédios e numa fazenda em Sebastiana, mas basta uma quantia insignificantíssima...

O Frauzino olhou-o de través:

— O amigo é fazendeiro?

Era, mas o irmão é que lhe tomava conta dos haveres, visto a sua profissão o absorver inteiramente. Falou da farmácia, louvando-lhe a importância que tinha no lugar, deixando pela primeira vez de a alcunhar de "bicoca". Voltou a mencionar os milhões que muito breve os sufocariam; tudo dependia da perseverança na empresa, pois a sorte os prevenia com uma cotovelada amistosa. Designou vários amigos milionários saídos do nada – apertou com arrebatamento o braço do roceiro –, do nada! Um fora servente de drogaria; outro, empregado subalterno de uma loja de calçados, e com cremes e pozinhos para bichas tinham realizado o milagre.

— De quanto dispõe o amigo para este fim? – perguntou adoçando a voz.

— Vinte contos de réis.

Nesse instante um vulto esgueirou-se rente do muro; era o Taveira, que, ao dar com eles, cumprimentou-os de novo, muito fúnebre. O Neca rugiu baixo palavras rancorosas. Zé Frauzino, desconfiado, interrogou-o sobre o que tinha.

É que dera uma topada num calo arruinado...

— Ataque-lhe em cima cebola assada; a minha dona sarou com isso em duas horas – aconselhou ele.

O outro, porém, impressionado com o segundo encontro do Taveira, que lhe pareceu um aviso fatídico, perdeu o fervor com que até aí discutira. A tarde saíra-lhe aziaga; via já o seu projeto destruído, faltando-lhe lobrigar a paca da baronesa Cicuta para a derrota ser completa. Caminhou pensativo, com as sobrancelhas carregadas, respondendo por monossílabos ao seu interlocutor. Mas, apesar de menos esperançado, sempre o conduziu ao hotel, depois de fixar a entrevista para o próximo sábado às quatro horas da tarde. Na volta, contra o seu costume, travou do braço do Bebiano e sussurrou-lhe:

— A gente deve fazer pela vida. A receita é boa, de maneira que ele cai com alguns contos de réis sem se fazer muito rogado...

— Mas o amigo está convencido que o negócio é rendoso? – perguntou o Bebiano com uma expressão de ansiedade na face honesta. — De outro modo seria uma falta de consciência...

— Deixe a consciência por minha conta, a sua conservar-se-á pura como a de um jovem comungante... Não vale ter remorsos; prepararei sozinho o terreno...

O juiz de paz emudeceu, mas, no íntimo, deplorou o primo, tão confiante e bom na sua rudeza de homem simples. E, refletindo na sua involuntária cumplicidade, arriscou, embaraçado:

— Seria conveniente persuadi-lo que estudasse a fundo a sua proposta para agir desafrontadamente...

— Deixe-o por minha conta – tornou o Neca, enfadado com aqueles escrúpulos que lhe poderiam transtornar os intuitos. — O amigo é mais papista que o próprio papa. Sei o que faço, não sou criança, nem patife. Apenas me dá que fazer a visão sinistra do barão da Língua Doce! Estou preocupado, pois sempre que o vejo sucede-me algum dissabor. É o diabo! – e pôs-se a olhar para a rua, com a testa fortemente vincada.

— Feitiço talvez da mulher... – tartamudeou o Bebiano.

O olhar dele fuzilou de ódio, e vergastando o ar com o chapéu de sol aberto:

— Essa deveria ser açoitada numa praça pública e em companhia do Jacinto sacristão!

— O amigo excede-se! – retorquiu o Bebiano, severo – o sacristão é pessoa muito de bem! Tem a mania da flauta, é verdade, mas esse gosto não depõe contra a sua honorabilidade.

Abriu solenemente o lenço para enxugar a fronte. O amigo não devia exagerar as suas antipatias pelo fato de não apreciar a música. Havia mesmo muita gente honrada a quem ela fazia falta. Era questão de temperamento. E desfazendo momentaneamente a seriedade:

— Vou para Teresópolis carregado de receitas novas, e nas bodas da Quitéria fabricarei um pão de ló como o amigo nunca decerto provou...

— Reserve-o para a inauguração da firma Neca & Parente! – replicou o farmacêutico, menos rebarbativo. — Voltando agora ao que importa, sempre lhe digo que no sábado levarei a norma do contrato pronta para o homem assinar, porque a respeito de literatura o Frauzino não pesca patavina; além de ignorante é burro... – mas estacou, perplexo, vendo Stella elegantemente vestida entrar com outra moça na confeitaria Pascoal. — Espante-se o amigo para aquilo! – esbravejou ele – negou-nos o pão e a água e não tem acanhamento de esparramar um dinheirão num armazém de luxo! Por essas e outras é que as senhoras da capital não tratam dos filhos nem querem saber da casa! Que depravação de costumes! – e, sem conseguir explicar a incompatibilidade dos *lunchs* do Pascoal com o mister de dona de casa e de mãe de família, fechou com raiva o guarda-sol, que enfiou debaixo do braço.

Mas o Bebiano parara, extático:

— Ela vai fazendo um figurão por aí fora! É bonita a valer!

O Neca bramiu contra a insolência das riquezas que, a seu ver, perverteriam ainda mais os costumes legados sem mácula pelos avoengos.

— Desde que a sem-vergonha da política se intrometeu nos lares, as mulheres discutem-na, sem pejo, metendo o bedelho em tudo!

— É porque dantes elas não sabiam ler...

— E agora leem demais! – recalcitrou ele furioso – acabaram-se o *tricot*, o *crochet*, os virtuosos bordados de miçanga...

A essa suave evocação, a cara do Bebiano cobriu-se de nuvens melancólicas por lembrar-se de uma bolsinha que recebera na juventude, confeccionada com aquele trabalho meticuloso...

O Neca observou, de súbito, muito azedo:

— Por via desse trinca-espinhas do Zé Frauzino, não vou sábado ouvir o Rui discursar...

— Como se decidiu o amigo a entrar em negócios com mineiros? Pois não declarou sempre que se saía mal com eles?

— Mudei de opinião, Seu juiz de paz, foram as circunstâncias que me levaram a isso! Juntou-se a fome com a vontade de comer. O homem tem o cobre, eu a ciência; casemo-los e aguardemos os frutos dessa abençoada união – bateu com ar irrisório nas algibeiras. — Daqui a pouco tenho-as abarrotadas, e então darei banquetes estupendos para os quais o amigo fabricará o seu afamado pudim de nozes...

Desprendeu um risinho, com o olhar enviesado para o juiz de paz, que disfarçava o rubor na contemplação de duas mocinhas cochichando à porta de uma modista francesa.

— Não há mulheres mais *chics* do que as fluminenses! - afirmou este, voltando-se para elas. — Qual parisienses, qual nada!

O farmacêutico objetou muito agressivo:

— Desprezo as elegâncias e o dinheiro! Eis a minha resposta a tais suntuosidades! - atirou triunfalmente um escarro para o meio da rua.

O Bebiano titubeou, tomado de coragem:

— Faz bem; patenteie desse modo a sua superioridade! O amigo tem talento: não pode admirar com a mesma rústica simpleza que eu admiro...

*

Assim que os companheiros o deixaram, o boiadeiro foi comunicar ao dono do hotel a sua partida para Minas na madrugada seguinte.

— O senhor não prometeu demorar-se até domingo? - perguntou o hoteleiro, mal-humorado.

Zé Frauzino adquiriu uma expressão preocupada:

— Recebi agorinha mesmo um chamado ligeiro, pois o pessoal lá de casa anda meio perrengue, Seu Carrascão. Carece vancê tirar a minha continha esta tarde sem falta.

O Carrascão, encolerizado, virou-lhe brutalmente as costas. O boiadeiro arrumou a maleta açodadamente e, enquanto dobrava o casaco de alpaca preta que só vestia na capital, ia resmungando:

— Azulo amanhã mesmo; Seu Neca é muito sabido, mas comigo topa. Está *sorto*! Sare sozinho os pelos do milho, que os meus cobres para ali não embarcam. Não vê que vou cair no anzol como o lerdo do compadre Libório! O homenzinho tem lábia, tem, mas comigo é nove, tire o seu cavalo da chuva!

XXX

A fim de aproveitar a amenidade da tarde, Ritinha chamou Miss Lesly, para darem um passeio. A governanta anuiu com a sua costumada obediência de cachorro batido, e, silenciosas, foram até à praia de Botafogo. Ritinha olhava para o mar com enternecido orgulho:

— Não existe nada comparável a esta baía! – exclamou num desses movimentos que lhe eram particulares – a senhora já admirou quadro mais grandioso?

A interrogada teve um sorriso desbotado e encolheu ao de leve os ombros murchos.

— Ainda hesita em responder?

— Em Inglaterra também temos pontos de vista soberbos, e, no verão, aqueles parques, aqueles prados...

— Deixe-se disso, pode lá haver semelhança entre a sua Inglaterra úmida e desoladora, eternamente mimoseada pelo nevoeiro, com esta magnificência, esta maravilha?

— O Rio é bonito, mas Londres...

Ritinha fê-la calar com um gesto imperativo de cabeça. A governanta ainda entreabriu os lábios, mas, reparando-lhe no aspecto sobranceiro, não ousou dizer mais nada. Suspirou baixo e quase a medo:

— A senhora vai visitar D. Stella ou D. Clotilde?

— Nem uma, nem outra.

Miss Lesly emudeceu, mas suspirou de novo, muito infeliz. Onde a levaria aquela criatura, de quem estava à mercê, como se fosse um desgraçado autômato, sem sonhos nem energia? Por uns miseráveis 120 mil-réis mensais deveria padecer as maiores afrontas! De manhã desfechavam-lhe recados ásperos para ir à cidade fazer compras, como a qualquer criada ou cozinheira, de tarde ordenavam-lhe que servisse de dama de companhia! E ainda por cima tinha de aceder aos mais disparatados caprichos e borboletear como tonta pelas ruas para satisfazer um cérebro fantasista de 22 anos! E, quando desejava recolher-se e meditar no único amor da sua vida – um escrevente que a abandonara, mas cuja imagem se gravara a fogo dentro dela –, logo dedos impacientes batiam à porta do seu quarto para que levasse um recado ao jardineiro, preparasse uma salada de frutas, ou continuasse as lições de inglês interrompidas por desfastio. E a desventurada, revendo os transes da sua mísera sorte, mal ousava encarar a moça, cujo feitio independente lhe causava um terror irrefletido. Ritinha procurava um banco, quando um "oh, por aqui?" a fez voltar vivamente para trás. Era Roseiral, que tendo-a visto ao longe acorrera pressuroso para lhe falar.

— A que santo devo tão afortunado encontro? – perguntou, com o chapéu de coco na mão.

— Ao Santo Acaso, esse invisível protetor dos encontros felizes e infelizes. Sentemo-nos, visconde.

— Aposto que vai ver a beleza?

— Stella? não, hoje vim somente repastar-me com o grandioso espetáculo de montanhas, serras, mar...

Miss Lesly, um pouco retirada, riscava na terra com a ponta gasta da sombrinha vermelha. Roseiral limpou os beiços e, confidencialmente, contou-lhe que havia cerca de oito dias estava para lhe comunicar uma decisão que tomara. Por enquanto era segredo, mas a agudeza da inteligência dela, a seriedade da sua reflexão animavam-no a pedir-lhe um parecer.

— Além disso, a senhora é literata, e tem mais entendimento do que eu...

— Literata é uma palavra pretensiosa, visconde, e lembra uma empertigada Philaminte, mas, *quoi qu'on die*, não sou inflexível, como pensa, para os Chrysales que encontro no caminho. Vamos, adoce a sua linguagem, diga antes lida, instruída mesmo, se quiser.

Ele olhou para a inglesa que acompanhava, pensativa, os voos de uma mariposa azul, e tossindo com embaraço:

— Só transmiti aos íntimos essa minha intenção, mas como a senhora me dá a honra da sua amizade...

É casamento - pensou Ritinha -, ele não sabe em que termos principiar...

— Tomei esta deliberação na *soirée* da noiva do Álvaro Albuquerque. Estando eu num sofá, aborrecido com uns tantos acontecimentos que tinham tido lugar, surpreendi uma conversa ao pé do piano. *Alguém* declarava, em bom português *e para eu ouvir*, que nunca se casaria com um calvo, nem mesmo que nessa calva os brilhantes brotassem de minuto em minuto, como dos lábios da Gata Borralheira, depois de tocados pela varinha de condão da fada benfazeja.

— E...?

Ele gaguejou, enxugando a testa borbulhante de suor:

— Então, resolvi.

— Mandar as moças passear? faz muito bem, visconde, despreze-as que é o verdadeiro.

Roseiral ficou rubro. Não era isso...

— Ah! mas então?

Ele atrapalhou-se, coçou a calva:

— Decidi usar cabeleira.

Ritinha torceu-se toda numa cristalina gargalhada.

— Vê? já está troçando...

— Não desconfie, este riso não significa nada.

— Então não me está a debicar?

— Absolutamente.

— Ora, graças a Deus! respiro! pois devo confessar-lhe que, dessa gente toda, é a senhora quem me faz mais medo – e, já destemido, agarrou-lhe nervosamente o braço. — A cabeleira assenta-me! Experimentei uma no Labiche, que ninguém diria ser postiça.

— De que cor?

— Escura, com alguns fios grisalhos nas fontes.

— Mas poucos, a sua idade não pede ainda uma grande mecha... Eu, no seu caso, compraria loira...

— Vê? já está caçoando...

— Não estou, lembro-lhe essa cor por ser a mais adequada ao seu tipo. O senhor é claro, corado, direi mesmo viçoso...

O visconde, sufocado de alegria com uma aprovação tão franca e diferente da que esperava, abanou-se fortemente com o chapéu.

— E o loiro dá certa distinção! – tornou ela séria, quase grave – harmoniza-se com os tons sombrios das roupas...

— Eu ando sempre de azul-marinho, cinzento, preto... Aprova o meu modo de vestir?

— Para um calvo está bem, mas, como essa calamidade vai desaparecer, o senhor deve remoçar-se. Por exemplo, os seus fraques podem ser mais curtos, as calças mais apertadas nas canelas...

— Diga, diga, farei o que quiser... Tenho imensa confiança no seu gosto aprimorado.

— Vou arranjar-lhe figurinos londrinos para transformá-lo num Rummel... Vestir bem, visconde, não indica frivolidade, há espíritos superiores que só tratam dessa arte difícil e interessante. Veja as fotografias de Luís XIV, La Bruyère, Musset... Todos eles se ataviavam o melhor que podiam...

— E afirma-se que o hábito não faz o monge!

— São afirmações que ninguém acata. Esses homens eram elegantíssimos...

— E usavam cabeleiras!

— Aí está; a cabeleira dá austeridade, lembra pensadores, filósofos...

— E eu a julgar que era a calva a produzir essa impressão!

Ela meneou os ombros negativamente. A calva era indiscreta, tornava visíveis demais a estupidez e a inteligência, e todos os sentimentos eram desvendados sem recato através da sua impudica nudez. Para tudo, era um verdadeiro desastre possuí-la. Reparasse ele quando se participava a alguma pessoa que uma moça se ia unir a um sujeito inteligente, rico, e se acrescentava: "é homem de grande futuro, bem colocado, calvo..." como o ouvinte torcia o nariz, pois a desoladora visão daquela imensa e luzida bola de bilhar tinha-lhe arrancado o interesse no projetado enlace. Até para o amor a calva era um estorvo. O careca não podia declarar a sua ternura da mesma maneira do que o cabeludo, não podia erguer os olhos aos céus com a mesma demorada languidez, não podia segurar com embevecimento os níveos dedos da amada, porque ela não via nem sentia esses carinhos, visto a calva luminosa, polida, maciça materializar sem piedade as mais etéreas ilusões.

Roseiral, não percebendo a pilhéria, faiscava de júbilo:

— Eis o raciocínio das moças e a origem dos meus infortúnios! Ah! mas isso acabará felizmente! Dê-me outro conselho: acha que no próximo piquenique, para o qual a senhora também foi convidada, me apresente com a cabeleira ou a estreie em algum baile?

Ritinha mordeu os lábios para não rir:

— É mais sensato inaugurá-la no piquenique, porque o *lunch*, a alegria, os vinhos entontecem os convivas e não os deixam examinar nada.

— Marieta também vai e eu queria aparecer-lhe mais garrido, mais moço...

— Leve-a então, revista-se de coragem; é ela que nos ajuda a vencer.

— Promete auxiliar-me e não troçar quando eu chegar perto da senhora?

— Prometo. Não darei um pio, ficarei muda e queda "como um penedo diante de outro penedo"...

— Tudo isso é por causa daquela endemoninhada que me tem posto fora de mim, e o meu temor é que no final me não aceite. Que lhe parece?

— O senhor está-me sujeitando ao triste papel de conselheira, o que não é nada lisonjeiro para a minha vaidade, mas, como sou caridosa, prosseguirei a iluminá-lo com as minhas luzes. Por que não há de ela aceitá-lo?

Não era mais racional escolher-se um homem circunspecto e respeitável como ele do que um pelintra que se diverte a dizer baboseiras?

Roseiral poisou a mão papuda no castão da bengala, onde uma serpente mordia uma turmalina verde, e gemeu as suas lamentações. Não compreendia a resistência feminina a seu respeito, na verdade não era um *dandy*, mas arranjava-se direito, usufruía uma rendazinha sofrível.

Cerrando as pálpebras descaídas:

— A senhora é também muito interessante. Nunca lho disseram? Eu seria bem capaz de fazer uma asneira por sua causa...

— Consolo-me ouvir isso ao menos uma vez! Fica então combinado, visconde, que, se Marieta o rejeitar, virá bater à minha porta – volveu ela sorrindo.

Quanto o achava grotesco com as repetidas paixões que lhe bruxuleavam a todo o momento no coração, semelhantes a flores raquíticas num terreno ressequido e nunca mimoseado pela mais desmaiada réstia de sol! Pobre visconde, maldita mania essa que lhe despontara no ocaso da vida, quando outros gozam satisfeitos as saudosas recordações de um passado feliz!

Do outro lado da praia adiantou-se a figura espalhafatosa de Zaira Meireles, que veio para eles com exclamações e risos. Roseiral rodeou-a de amabilidades. Que milagre vê-la àquela hora sozinha! Alguma alma estaria para sair do purgatório!...

Ela respondeu alegremente:

— Meu marido nem por sombras imagina esta escapada. Foi cedo para o tribunal e eu aproveitei para me moscar. Vou convencê-lo que vocês me foram buscar a casa...

— Não pronuncie o meu nome – disse ele, assustado –, pode o desembargador suspeitar qualquer coisa pouco honrosa para a minha pessoa...

— Sossegue, ele tem confiança absoluta no senhor...

— Não sou tão decrépito assim!...

— Mas é visconde, e Meireles põe a mão no fogo pelos titulares do... Império.

Riram com o disparate. A alguns passos e de costas viradas para o grupo deles, uma mulher conversava serenamente com um homem de barba cerrada, enquanto um pequenito, ajoelhado, se distraía a dar corda a um cachorrinho de pelo branco.

Roseiral murmurou pensativo:

— O amor pulula por todos os cantos deste abençoado país!

— Dr. Juvêncio – bradou Zaira em tom de galhofa –, o senhor esquece-se de que estamos nos trópicos?

— É encantadora. Ah! se eu fosse seu marido, andaria com a senhora como Santo Antoninho onde te porei!

Ela, rindo, bamboleou o indicador. De que modo marcharia então o seu *ménage*, porque, sendo ele mais velhaco do que o desembargador, tornava-se mais penoso embaçá-lo.

— Pensam lá o trabalho que tenho em arquitetar doenças de amigas para o pretexto de respirar um pouco fora dos penates? É um *tour de force* gigantesco!

— Pobre Dr. Meireles!

— Pobre de mim, que vivo sofrendo!

Ritinha retrucou:

— Você diverte-se bastante! Não se lamente.

— Ao lado de um velhusco daqueles que me martiriza todo o dia? Eu adoro o teatro francês, pois não há possibilidade de tomar assinatura para as récitas da estação. Detesta, de caso pensado, tudo que me agrada.

— Eu não o acuso, pois se fosse marido faria outro tanto.

— Você é ciumenta?

— Desesperadamente.

O visconde, pesaroso, torcia o bigode:

— E dizem que as mulheres têm menos uma costela do que o homem! O que não fariam se tivessem uma a mais?

Isso foi pronunciado de modo tão pungente que Miss Lesly fitou-o com tristeza.

O sol deixara a praia, esbranquiçando apenas os cumes vicejantes das montanhas; alguns carros passavam devagar com senhoras, e, margeando o cais, dois sujeitos conversavam, olhando para o mar. Ritinha disse, num ímpeto entusiasta:

— Tenho viajado muito, mas nunca vi nada comparável a este panorama! Não concordam?

— Já o reproduzi tantas vezes na tela – respondeu Zaira – que me não posso mais embasbacar diante dele.

Roseiral volveu numa admiração:

— A senhora também é pintora?

— Também; mas hoje abandonei tudo que se refere a artes – e lançando ao relógio um olhar rápido: — Quer o senhor acompanhar-me até casa? em compensação contar-lhe-ei uma parábola sobre a veneranda condessa do Castelo, a pura e ruiva Maria de Magdala...

Ele aceitou, embora receasse que a sua companhia a fosse comprometer na opinião sisuda da sociedade que frequentava...

Afastaram-se, e Ritinha, apontando para as costas convexas de Roseiral, disse à companheira, sempre cabisbaixa:

— Caso interessante! O visconde está coxo! A senhora, que explica a contento geral os mais intrincados fenômenos da natureza, não me esclarecerá a origem desse?

Miss Lesly balbuciou, com as faces afogueadas:

— Com certeza tem calos, pois sempre o vejo a coxear, muito compungido...

— Calos? onde viu a senhora um visconde ter calos? No seu país há disso?

A governanta, confusa, não respondeu. Se ela mofava de tudo, tornava-se impossível discutir-se a sério.

A moça insistiu, muito irônica:

— Os viscondes britânicos possuem essa detestável substância córnea?

— Não sei, D. Ritinha, nunca indaguei...

— Ora! Miss Lesly metamorfoseada em... "psicóloga"! Vê-se cada uma neste mundo de Cristo!

A inglesa sentiu os olhos úmidos! O dinheiro tinha direito para escarnecer dos pobres e tornear com donaire os feios e os desastrados – pensava. Só ela nada tinha e nada podia! Não obstante ouvir o dia todo remoques picantes à sua mirrada mocidade, era ainda forçada a aplaudir os ditos amorosos dirigidos às outras, e receber com humildade observações ultrajantes sobre a sua pobre pátria ausente. E enquanto Ritinha saracoteava ao seu lado, arqueando os formosos braços enluvados, ela erguia para o firmamento o queixo pontiagudo, numa interrogação perpétua de descrença e ansiedade.

XXXI

Dinorah recebeu outra carta de Nestor, que a desnorteou completamente por ele suplicar-lhe para estar na tarde seguinte no caramanchão de rosas brancas, aos fundos do jardim, afirmando-lhe que se mataria se ela não comparecesse. Sabendo por Stella que entre elas perdurava a mesma enorme frieza, ele queria empregar os maiores esforços para atraí-la definitivamente para si, empreendendo essa arriscada tentativa enquanto as duas primas não se falavam. Dinorah ficou apatetada, lendo e relendo a carta inúmeras vezes numa indecisão desesperadora. Pensou em prostrar-se aos pés de Stella, declarar-lhe a sua imensa culpa, mas tolheu-a um sentimento estranho que até aí não se definira. Refletiu, consultou-se. Seria amor, mas amor verdadeiro? Não era plausível – pensou. O que a sensibilizara fora decerto o lado romanesco da aventura, mas, desde que esta se ia complicando, ficaria alerta para não se deixar cair na armadilha. Abriu a porta do quarto, decidida a contar tudo a Stella, mas de novo parou. E se esta lhe perguntasse se amava Nestor, o que lhe responderia? Veio-lhe um assomo de raiva, convencida que o destino tecera aquele enredo como cilada à tranquilidade do seu coração. Confessar que o amava? Mas se não amava? Sentou-se para o dissuadir, quando uma imensa piedade pelo pobre rapaz, que queria acabar com a vida, imobilizou-lhe a pena que traçara as primeiras linhas desenganadoras. A sombra dele iria persegui-la num encarniçamento implacável! Morto na força da mocidade e com um futuro resplandecente de promessas! Poderia Deus perdoar-lhe tão monstruoso crime?

Atirou a carta para longe, mas logo a retomou com sofreguidão. Vinha toda impregnada de um amor forte que ele proclamava, ora com meiguice, ora com submissão, ora com exigências. Dinorah começou a passear agitada e vermelha. Na sua alma travava-se um combate tremendo. A lealdade impelia-a para a prima, contudo o retraimento desta, a sua reserva sobre os seus próprios amores, faziam-na estacar numa perplexidade exasperadora.

Mas, à recordação da figura distinta de Nestor, do brilhantismo da sua imaginação, do nobre desinteresse que deixava transparecer em todos os seus atos e expressões, invadiu-a de novo um louco entusiasmo. Nunca lhe atravessou o espírito a suspeita atroz de que o fito dele fosse a sua fortuna, e ela, de ordinário cética e sagaz para todos, não lhe descobria defeitos, deixando-se embalar pela embriagadora harmonia das suas frases ardentes.

Fora ele o único a fender o gelo que a envolvia e o primeiro a despertar a sua alma adormecida, fora só ele! Uma angústia comprimiu-a, abriu as janelas para respirar melhor. Nos jardins esmaltados de flores, não se via ninguém, o sol em brasa isolava-os. Eram três horas, ainda havia muito tempo para renunciar à entrevista solicitada. Necessitava um pouco de energia, dizer "não", "não" e fugir. Uma voz íntima avisava-a que aquele homem viera trazer-lhe a discórdia... Por quê? Que influência nefasta teria ele na sua vida? Ora, estava doida com aqueles sustos desequilibrados! Rabiscou à pressa um cartão muito seco, pedindo-lhe para desistir do seu intento, pois não o amava, tampouco poderia perdoar-lhe a irregularidade do seu comportamento com Stella, mas, depois de fechado e sobrescritado, despedaçou-o, e, caindo para cima de uma poltrona, rompeu em soluços desesperados.

Ainda não tinham batido quatro horas, e já Nestor se achava no caramanchão indicado. Vestira-se de claro, com polainas brancas e dois jasmins a perfumarem-lhe a lapela do jaquetão. À medida que se aproximava o momento de se encontrarem, Dinorah esmorecia, e foi com palidez impressionante que lhe disse numa voz trêmula:

— Procedo incorretamente vindo falar-lhe na ausência de minha mãe, Nestor, mas tenho andado tão torturada que não quero ficar mais tempo sem nos entendermos. Responda-me, por favor: que diz Stella a isto? Essas incertezas dão-me o receio de enlouquecer.

Ele mostrou uma visagem de assombro:

— Mas você está-se afligindo sem razão! Há muito que sua prima não pensa mais em mim!

— Como assim?

— Incumbi minha irmã da difícil missão de lhe comunicar que eu a preferia, Dinorah, e Stella recebeu a notícia quase com alegria, afirmando estar embaraçada para confessar que também de sua parte havia mudado de intento. Ficamos muito satisfeitos com uma solução que resolve o problema. Mário Alvarenga não será certamente alheio a isso... não lhe parece?

Dinorah não podia conter a estupefação:

— Mário?! Stella nunca se importou com Mário! Não teria ela respondido assim por orgulho?

— Não, Clotilde garantiu-me que ela ama outro, somente não quis dizer o nome desse outro preferido. Tais reviravoltas, aliás, são comuns, e não têm a mínima importância. Não mudei eu também? Reconheço que sua prima é linda, mas, para o meu temperamento de sonhador, a inteligência feminina tem mais fascinação que a beleza.

— Contudo Stella é muito inteligente.

Sim, ele concordava, mas havia no gênio dela certas particularidades que o deixavam impassível. Em suma, ignorava Dinorah que o amor era volúvel às vezes, e caprichoso quase sempre?

— Se sei...! Não alcanço, porém, o motivo por que não me fala. Que eu o faça, julgando-me culpada, mas ela?

Nestor respondeu com firmeza:

— Stella disse a Clotilde que o fazia para evitar confissões delicadas demais para ambas... Devemos concordar que é uma razão justa e lógica...

— Se é só por isso, chegue-se e seja a mesma amiga de dantes, pois juro que nunca lhe tocarei em seu nome, nem nas nossas conversas, Nestor. Até hoje ansiei por uma explicação decisiva, mas não o farei, uma vez que ela o não quer.

— Ah! Dinorah, sinto que estima Stella mais do que a mim!

— Não, Nestor; mas fomos criadas juntas, trocamos os nossos mais recônditos pensamentos, e agora estamos ao lado uma da outra, insensíveis e mudas como duas estátuas de pedra! Não é isso um suplício? Tenho tanta afeição por ela que não poderei ser feliz com a sua imagem entre nós dois.

Nestor obtemperou em tom profundo:

— Se assim fosse, estaria eu tranquilo? Qual homem honesto poderia conformar-se com uma situação dessas? E a prova é que somente ousei aproximar-me de você, minha querida, depois de Stella me dispensar espontaneamente da promessa que eu lhe fizera num minuto de irrefletido entusiasmo. De outro modo, embora eu sofresse horrores, esmagaria este amor que perfuma com tanta delícia a minha vida, pois prezo acima de tudo a honorabilidade do meu nome e a paz da minha consciência.

— Assim deve ser. De que valem as alegrias e os triunfos quando se tem o espírito atribulado?

Nestor começou a expor-lhe com arrebatamento os seus ideais, tendo sempre as mãos dela presas nas suas. Agora que a via menos triste e intimidada, relatava-lhe o seu modo íntimo de pensar, no qual uma elevada compreensão do dever sobressaía com notável evidência.

— A sociedade é tão perversa e dissimula tamanha perfídia que de boa vontade viverei tranquilo e recolhido, estudando essa arte admirável a que você se dedica. Dissiparam-se de todo os seus escrúpulos exagerados? - perguntou em tom muito meigo.

— Ah, sinto-me outra!

Nestor tirou os jasmins que lhe adornavam o peito e, levando-os aos lábios untuosamente, como se fossem relíquias sagradas, colocou-lhos entre os dedos, que cintilavam de pedrarias.

A tarde estava de uma incomparável suavidade; dos canteiros exalavam-se aromas leves, e, enquanto ele continuava a exaltar o seu amor, Dinorah, com os cotovelos fincados na mesa, mergulhava o olhar extático nas suas pupilas rutilantes.

Nos dias seguintes, toda entregue à sua paixão, pouco ficava em casa e, na certeza de encontrá-lo, preparava-se com um luxo raro, muito cuidado. Todos a estranhavam e lho diziam. Ela negava, corando, mas, se uma pessoa mais curiosa se admirava da ausência de Stella, titubeava, inventando uma desculpa qualquer que lhe acudisse naquele momento.

Aquele rapaz elegante e duro, que ocultava o mais aviltante egoísmo nas macias dobras das suas palavras de veludo, dominava-a com o mesmo vigor que subjugara Stella. Para ela, Nhonhô não tinha imperfeições nem fraquezas; era o cavalheiro galã dos seus sonhos românticos, e nem mesmo as pequenas contradições que lhe surpreenderam e que em outros tempos a fariam sorrir conseguiam elucidar-lhe a imaginação sobre-excitada. Mas, no meio dessa febre ardente, surgia no seu pensamento a figura melancólica da prima, e apesar de acreditar em tudo que ele lhe asseverava, o remorso a perseguia cruelmente, e caindo de joelhos perto do retrato dela, com a cabeça apertada nas mãos, exclamava fora de si:

— Stella, minha querida e única amiga, perdoa-me, pois eu amo Nestor mais do que tudo, amo-o mesmo mais do que tu nunca o amaste!

XXXII

— Se as duas fizerem já as pazes, fracassam todos os meus planos... Esta situação entre ambas é insustentável e só perdura devido à altivez de Stella – disse Nestor à irmã, puxando uma baforada de fumaça.

— Você tem a certeza do amor de Dinorah? – perguntou esta, inquieta.

— Tenho.

— É quanto basta.

— Não basta, não, há incidentes que podem surgir e causar-me um imenso transtorno.

Clotilde mordicava o dedo mínimo, onde uma safira refulgia entre diamantes.

— Desde o começo reprovei que reatasse com Stella as relações de outrora, Nhonhô, você não me quis atender, agora sofra as consequências dessa teimosia imprevidente. Quando regressamos de Teresópolis, e que o seu *delírio* por Iaiá desapareceu, deveria ter feito a corte a Dinorah e desenvincilhar-se de Stella sem mais preâmbulos. Era esse o caminho a seguir.

— A tática seria péssima, pois Stella se tornaria uma inimiga perigosa, e a outra não me prestaria atenção, tomando-me por um pescador vulgar de dotes. Desse modo tenho-a prendido aos poucos, com sutileza, como a aranha que enreda o inseto nos fios venenosos da sua teia. Estou vaidoso dos recursos do meu talento, pois triunfei daquelas dificuldades inexpugnáveis que ruíram como as bíblicas muralhas de Jericó! Agora, Sinhá, estou bem convencido de possuir a célebre lâmpada de Aladino! – e detalhadamente expôs-lhe as suas conversas com as duas primas e as objeções feitas por ambas. — Stella, por seu lado, aflige--se da atitude da outra; Dinorah lamenta-se de uma frieza cujas razões desconhecia. Sou o eixo principal dessa engrenagem, uma espécie de sol em volta do qual tudo gira e se aquece...

— Equilibre-se direito...

Ele prosseguiu, preocupado:

— Dinorah ama-me, é certo, e o amor verdadeiro vence os maiores obstáculos. Conheci moças, aliás muito distintas, que se indispuseram com pais, irmãos, a família inteira, para casarem com sujeitos que as não mereciam. Dinorah não escapará à lei natural... mas...

Um passo rápido atravessou o corredor, ambos se calaram. Clotilde foi espreitar, abafando o rumor das finas solas no peludo tapete de cabra. Lobrigando a aba do casaco do marido, fechou devagar a porta, e correu o reposteiro. Nestor aproximou a poltrona para junto dela:

— Venho de novo recorrer à sua amizade, Sinhá, pois tenho um medo horrível que elas se reconciliem sem me darem tempo de preparar o terreno. Só há um meio eficaz de impedir esse desastre, é você chamar Stella aqui e, com muita habilidade, preveni-la da paixão de Dinorah por mim. Orgulhosa como é, ela não quererá permanecer mais em casa da madrinha e é disso que precisamos. Torna-se urgente afastá-la quanto antes de lá, custe o que custar.

— Senão a bomba explode. E se ela tomar satisfações a Dinorah?...

— Não está no seu temperamento provocar brigas e barulhos. Contudo, para aparar esse golpe, peça-lhe o maior segredo para com todos, exceto para comigo, naturalmente... Do resto me encarrego eu.

— Ganharemos a partida? Está tudo tão intrincado!

— Pela certa. Tenho ou não boa cabeça?

— Maravilhosa, apesar disso pesa-me ter consentido que as coisas tomassem tão grande incremento.

— Também eu, pois estou persuadido que Dinorah me amaria da mesma maneira.

— Isso não sei... ela é muito amiga da outra...

— Mas, quando se certificasse que eu só queria a ela, teria de escolher entre nós dois, e com certeza seria eu o escolhido.

— Não sei; ela é toda romântica...

Houve um pequeno silêncio, após o qual Nestor disse, sorrindo:

— Ontem avistei na rua da Ajuda o meu antigo rival.

— Mário?

— Não, o marido da linda Nair, o meu primeiro e único amor. Brr! O meu coração volveu *in continenti* às gloriosas reminiscências passadas, quando entre bosques eu a via palpitante e amorosa... Você não concorda que o ciúme é a mais violenta das paixões?

Clotilde não respondeu.

— Homem feliz esse Antonico! Nem zelos o desgraçado tem de mim! Não o aflige a neurastenia, não tem aspirações, não tem amantes! Alcançará o reino da bem-aventurança, não resta a menor dúvida!

— Por que não o imita você, Nhonhô, se o admira tanto? Seriam dois a gozar o tal reino prometido!

— Ah! minha cara, infelizmente eu sou o produto genuíno da sociedade de hoje, um produto cético, depravado e frívolo. Ele é o homem antigo, puro, quase o homem da Idade da Pedra! Para ele, a vida se resume em plantar a terra e calmamente, na época marcada, colher o fruto das plantações, eu sou o homem vário, inconstante, insatisfeito... O que hoje me encanta amanhã me enerva, o que hoje me deslumbra amanhã me contraria. Para ele, a mesma figura de mulher, durante toda a existência, basta à tranquilidade dos seus dias, eu necessito sensações novas, visões diversas que fujam céleres pelo caleidoscópio febril da minha vida. É impossível haver a menor simpatia entre as nossas almas. Ele despreza o bezerro de ouro, eu adoro-o pelas luminosas horas que me fornece! Ora me vejo nababo, descansando sobre coxins riquíssimos e embebedando-me de ópio, enquanto formosas mulheres dançam em torno de mim, coroadas de rosas e de pâmpanos, ora sou o milionário moderno – rei do petróleo e do diamante –, possuidor de museus tão célebres como os mais célebres do mundo, de iates maravilhosos, de palácios de trinta andares, que paga somas fabulosas a um número infinito de caçadores para lhe trazerem as aves mais raras e os animais mais bizarros, a fim de satisfazerem um apetite eternamente insaciável.

— Com que então você nunca se casaria com moça pobre nem mesmo por paixão irresistível?

— Nunca, é o que há de mais impossível para a louca ambição que me fustiga sem cessar. "O teu amor e uma cabana..." Não posso conceber o que isso seja, pois, a meu ver, o amor é um sentimento aristocrático, que só conserva o seu grau de intensidade no meio do luxo e do bom-tom... O meu pobre cérebro de poeta *manqué* apenas admite o *flirt* elegante, perto de colos resplandecentes de joias caras e *toilettes* de um deslumbramento fantástico. Tenho horror a essa mísera intimidade conjugal em que a mulher, dentro de um mal-amanhado penteador de morim, com o cabelo metido em papelotes, tempera o tutu de feijão ou prepara o mingau de fubá para os filhos. Num ambiente desses o meu amor fugiria para longe, batendo as asas, amedrontado.

— Onde ficam esses momentos adoráveis em que você e "ela", de mãos dadas, se quedam a contemplar o luar que argenteia as couves da horta? Isso tudo que você dizia a Stella?

— E que hoje repito a Dinorah? São palavras, Sinhá, palavras, como dizia Hamlet!

Clotilde exclamou, vindo inclinar-se-lhe dengosamente nos ombros:

— Que maridinho especial se está preparando! Vamos agora tratar de assuntos mais práticos... Desejo saber qual é a minha recompensa depois de tudo concluído. O auxílio que prestei merece um bom prêmio, creio eu...

Nestor asseverou ter pensado num valioso colar de esmeraldas. Deu pormenores de um que vira na vitrina do Rezende. Eram enormes, sem outras pedras de permeio.

Ela, radiante, olhava para o espelho, julgando ver-se já adornada com a joia soberba. Falou também vagamente num vestido verde-mar que lhe desse a aparência etérea de uma ondina...

Das janelas, que pouco a pouco se abriram, entrava um bafo quente, alargando as bambinelas cor de cereja e uma suave claridade dava mais doçura e banhava de uma luz mais branda as teclas do piano aberto e as paredes, forradas de rosa-pálido, rosa tenro e machucado, onde os quadros punham manchas com as suas molduras de variados tons. Ao lado de Nestor, entre os cetins do reposteiro que caía em dobras moles, uma nadadora de mármore branco, firme no pedestal polido, com os braços torneados e um sorriso tranquilo, armava o pulo para entregar o corpo esbelto às carícias das ondas espumantes.

Ele admirou-lhe a elegância esguia. Clotilde foi ajeitar umas rosas que pusera na floreira de Saxe, e continuando em voz alta o pensamento que a alegrava:

— O dinheiro tem mais fascinação do que a beleza!

— Para mim, decerto – concordou ele, derreando-se na poltrona e abrindo preguiçosamente o jaquetão. — Confesso, porém, que me custa perder a Stella.

— E eu receio ver o meu colar por um óculo!

— Sustento a minha promessa – disse Nestor, e com um gesto meio folgazão, meio sério –, juro-o pelo Styx.

Na casa vizinha, um violinista começou a tocar, e através das portas fechadas chegavam mais veladas e ternas as melancólicas notas de um noturno de Chopin. Nestor tornou a espreguiçar-se e, depois de um bocejo pachorrento, pôs-se em pé. Ia dar uma volta pela rua do Ouvidor, era a hora das moças bonitas, não podia perder o tentador espetáculo.

— *Bella cosa far niente*...

Ele torceu o bigode com garridice:

— Será possível, Sinhá, que Dinorah resista a esta genti-leza? Você deve concordar que sou interessante, espirituoso... As "*mille e tre*", mo dizem...

— É...

— Deixe-se de fingimentos, mas se você não fosse minha irmã não se derreteria? Vamos, seja franca...

— Qual o quê!

— Compare-me se é capaz com o seu Alfredo. Admire esta pele lisa e perfumada como a de mulher bonita, estes olhos amendoados com uma expressãozinha que só eu sei dar... É de se perder o juizinho mesmo!

Clotilde riu-se. Apesar de tantas seduções, Iaiá não o per-dera...

Um leve rubor assomou às faces dele.

— Essa é uma reles burguesinha, que se distrai a incensar o marido, aquele insosso e batateiro marido! Está longe de ser uma mulher *chic*, dessas que merecem atenções dos homens moder-nos... Fique sabendo, fui eu que não a quis, pois logo do princípio resolvi abandoná-la à sua invejável pacatez de couve-flor...

Pregou uma rosa ao peito, encaminhando-se para a porta.

— Por que você não quis? venha com essa balela...

Nestor parou e com um clarão na face:

— Com franqueza, Sinhá, apesar dos milhões de Dinorah e da radiosa formosura de Stella, nenhuma ainda me magneti-zou como aquela morena pudibunda...

Clotilde entreabriu os lábios para essa revelação impre-vista, e com voz sumida pela surpresa:

— Ela prendeu você a sério? Quando?

— Em solteira, quando era solteira...

— Ah! e se enviuvar?

— Mando-a de presente para você – respondeu ele, fugindo à gargalhada.

Ao descer o primeiro andar, ainda risonho, deu de rosto com o cunhado, que sobraçava uma ilustração francesa.

— Onde se atira com tanto calor? – perguntou-lhe este.

— Por aí fora... Tenho, como os gregos antigos, uma sede insofrida de visões deslumbradoras. Quando reflito nesta ansiedade que me aflige, é que reconheço quanto é completa a minha alma e requintado o meu espírito. Se eu fosse prefeito, mandaria erigir estátuas de ninfas e de deusas por todos os largos e ruas, para gáudio dos olhos e remanso poético da imaginação!

— Caramba! formo uma pálida ideia de sua futura esposa. Deve ser um mármore de Fídias ou de Praxíteles...

— É a Vênus, meu caro, a Vênus Victrix!

Alfredo sorriu e entrou para o escritório.

XXXIII

Quando no sábado à tarde Ritinha e Stella entraram no Pascoal, uma exclamação amiga as conduziu a uma pequena mesa quadrada, onde Severião e Eloy Arantes conversavam com a mulher de Meireles, vestida de linho branco e cravos vermelhos no imenso chapéu de rendas. Zaira chamou-as e assim que as moças, feitos os cumprimentos, se sentaram um pouco hesitantes, disse com o seu modo leviano:

— Imaginem vocês que seria de mim se meu marido se lembrasse de aparecer agora? Ele, que emprega o dia a deitar sortes com as cartas para descobrir o meu paradeiro!...

— Você não receia que o venha a saber? – perguntou Ritinha.

— Que me importa? não sou escrava, preciso distrair-me. Em todas as cidades do mundo a mulher casada tem liberdade; no Rio é este horror.

Stella pôs-se a saborear uma cajuada, respondendo laconicamente às insistentes perguntas de Severião. Eloy disse um segredo a Zaira, ao que esta respondeu em voz alta:

— Quando os maridos são ciumentos, o verdadeiro meio de viver tranquila é nunca lhes dizer a verdade. Como eu não faço mal, apenas puxo uma prosinha de vez em quando...

— Decerto! - protestou com veemência o jornalista, entalando o monóculo no olho esquerdo. — Em Londres e Paris todas as senhoras têm o seu *flirt* e não deixam por isso de ser muito consideradas, muito respeitadas...

— Vá dizê-lo a Meireles! Hoje, por exemplo, ele supõe-me em casa de sua mãe, Ritinha, e logo à chegada indagará os nomes das pessoas presentes, o que disseram, o que fizeram, mas eu, que já conto com isso, estou colecionando uma boa provisão de respostas. E você, Ritinha, prepare-se para confirmar as minhas palavras, porque se ele soubesse da minha vinda aqui seria capaz de me estrangular.

— Foi bom de me ter prevenido, assim durante quinze dias far-me-ei desencontrada do desembargador.

— Que santinha! A mentira repugna-lhe tanto assim?

— Tenho-lhe verdadeiro horror.

Zaira esbugalhou os olhos, exclamando com exagerado espanto:

— Que diz a esta pureza, Dr. Arantes?

O jornalista curvou a cabeça, que exalava um forte aroma de violetas.

— Esse amor da verdade se esvairá com o tempo; a senhorita verá. Ele pertence apenas aos primeiros anos da juventude.

— Ótimo conselheiro, sim senhores!

Na mesa pegada, um sujeito robusto, com uma pera muito preta a negrejar-lhe o queixo, fixou insolentemente no rosto de

Stella dois olhos penetrantes, e o companheiro com uma papada mole voltou a cadeira para o lado delas, e pôs-se a ouvir a conversa com a maior naturalidade, como se dela fizesse parte.

Arantes tirou com dois dedos uma torrada do prato de Zaira e perguntou a Ritinha:

— A senhorita certamente não suporta a sociedade?

— Detesto-a; como, porém, necessito de muito movimento para afugentar uma tal ou qual predisposição para o nervosismo, frequento-a muitíssimo e garanto-lhe que ela me distrai além do que o senhor imagina.

— Acha-a então muito cômica?

— Ainda o pergunta?

Severião, querendo atrair o olhar pensativo de Stella, dirigia-lhe galanteios que ela simulava não compreender. O poeta, encantado com a sua beleza, desejava compor-lhe um soneto e procurava mentalmente algumas rimas originais. Na sala havia movimento. Algumas pessoas tinham-se levantado, cumprimentando para todos os lados, e na porta dois homens em pé faziam comentários em voz baixa. Numa mesinha redonda, atrás de Eloy, uma moça com olheiras pintadas e beiços onde se acumulavam muitas camadas de carmim tomava chocolate com ar desdenhoso, e à esquerda, uma outra, com o cabelo de um loiro ardente, mirava-se a um pequeno espelho, roçando pelas faces com a maior desenvoltura o fino pompom com pó de arroz.

O jornalista começou a examinar os objetos contidos na bolsa de Zaira, que fez um movimento para tirar-lha.

— Encerra algum segredo?... – perguntou malicioso.

— Um terno bilhetinho.

Os dois riram, mas Stella e Ritinha entreolharam-se surpreendidas.

— De meu marido, já se vê, de meu ilustre e adorado marido... - continuou Zaira.

Arantes pegou no pequeno tubo de carmim que levou ao nariz.

— Que perfume delicioso! ah! fosse eu este carmim! Tudo aqui é encantador! até o forro verde! Que achado! Verde! a cor da esperança e da estética, segundo Eça de Queirós. A cor da consolação suprema, segundo eu!

Severião murmurou pensativo:

— Deveria ser essa a cor do amor!

Eloy pôs-se a citar com verbosidade as obras de Eça de Queirós, por quem tinha verdadeiro fanatismo. Uma faísca de ironia rutilou no olhar brejeiro de Ritinha. Ele perguntou um pouco desconcertado:

— A senhorita há de achar-me muito curioso, pois não?

— Muito. Digno mesmo de estudo!

Zaira exclamou alegremente:

— Descreva-o a Zezé, para ela o botar em algum romance. Mas não vá descrever-me a mim também porque tenho horror à celebridade.

— O doutor aprecia as obras de Zezé Macedo? - perguntou Ritinha.

O jornalista teve um gesto de piedade.

— A senhorita desculpe a minha franqueza, mas nunca leio literatura feminina.

— Todo o tempo é pouco para ler a sua?

Ele corou, acariciando a barbicha. Não, mas achava as

mulheres tão pouco perspicazes, citando a propósito de tudo luares de prata e confissões alambicadas...

— Se as não lê, como sabe disso?

Zaira soltou uma gargalhada e o homem da pera rolou sobre Stella os olhos chamejantes, agitando afirmativamente a cabeça. Esta, muito vermelha, fitava o copo vazio. Aquela conversa tão alegre entristecia-a ainda mais, fazendo-a arrepender de ter cedido ao convite de Ritinha para entrar ali. Havia já dois dias que Nhonhô não lhe aparecia, e nessa tarde, antes de sair, distinguira no terraço o vulto claro da prima, que se sumira rapidamente. Que angústia! Quando se desfaria aquela situação? Conservar-se-ia assim ainda por muito tempo? Stella sentiu-se desfalecer, e aquela mesma esplendorosa claridade das ruas a atordoava, porque dentro d'alma só tinha impressões melancólicas, como se estivesse velada por intermináveis véus de nuvens escuras. A voz de Zaira despertou-a da sua profunda meditação:

— O senhor não pode discutir com Ritinha - afirmava ela - porque será sempre vencido.

O jornalista deixou cair o monóculo, encolhendo os ombros. Severião festejou o dito com algumas palmas frouxas, e Zaira, recostando-se na cadeira, gozou por alguns momentos a confusão imensa de Eloy. Mas de súbito, mordendo os lábios, tornou enfastiada:

— Reparem quem vem aí! maldição! vivo a fugir deste homem e ele a aparecer a meu lado como se nascesse debaixo dos meus pés!

Todos se viraram para a porta, por onde o visconde do Roseiral entrava, coxeando um pouco.

Houve exclamações de surpresa.

— Não esperava vê-las!

— Nem eu...

— Hoje é dia das elegantes, esqueceu-se disso?

Eloy, aproveitando o rebuliço que a presença do visconde motivara, foi conversar com uma moça que nele fitava insistentemente a comprida luneta de prata, e, depois de conceder-lhe dois rápidos minutos, correu para beijar os dedos de duas outras que se tinham levantado, enquanto Zaira, enciumada, lhe seguia os movimentos.

Severião inclinou-se para Stella, e Roseiral, com as bochechas murchas, a testa inundada de suor, segredava, aflito, ao ouvido de Ritinha, que lhe dardejara, para a calva rosada, um olhar investigador.

— Estou inconsolável, pois não há meio de a cabeleira parar na minha cabeça. Escorrega, torce-se, ginga, balança, foge... parece ter sido fabricada com cabelos diabólicos ou conter muitas pilhas elétricas! Não entendo aquilo!

— É talvez falta de jeito da sua parte...

Ele suspirou com o olhar umedecido:

— Ah! D. Ritinha, creio que devo desistir!

— Mande-a para a breca - retorquiu ela risonha.

— Isso é bom de dizer, mas não me conformo com a ideia de perdê-la, mormente depois dos conceitos que lhe ouvi sobre as calvas.

Ela deu uma gargalhada e Zaira, que fervia de curiosidade, interrompeu-os, batendo com o cabo da colher na mesa:

— Falem em voz alta, faça-nos rir, visconde!

— Ah! minha senhora, não sou nenhum palhaço! - respondeu este formalizado.

XXXIV

Para atender ao chamado de Clotilde e aquecer-se à chama vivificadora da sua amizade, Stella saiu logo depois do almoço, mas, quando ia atravessar a praça José de Alencar, ouviu alguém chamá-la duas vezes. Era D. Gertrudes Taveira, que a fez parar bradando numa admiração:

— Ditosos olhos a vejam! Então que foi isso? Ninguém mais lhe botou a vista em cima! Anda zangada conosco?

Intenso rubor cobriu as faces de Stella:

— Não, D. Gertrudes, somente a minha vida de recepções e de bailes me toma o tempo todo!

A outra alçou a cabeça para poder fitá-la melhor.

— Hum, hum, a senhora está a preparar-nos grande surpresa, é o que é! Qualquer dia estoira aí alguma notícia sensacional!

Stella achou graça àquele prurido latente de curiosidade que a não deixava sossegar, tanto na monotonia pacata da roça, como na vida agitada do Rio. Trazia a mesma *matinée* de babados, com rendinhas nas pontas, a mesma saia de lã preta, sem enfeites e bem escovada; somente para substituir o indefectível medalhão, tinha pregado no meio do peito que balançava, sem colete, um pequeno broche de oiro fosco representando um braço de mulher a segurar uma pérola tosca.

— Eu sabia que a senhora morava nesta rua, mas como a mana, por engano, deu-me o número da porta errado, nunca acertei com a casa. Muitas vezes passei com tenção de lhe fazer uma visita, mas fiquei lograda. Eu, que moro em São Cristóvão, imagine que horrível estafa! Diga-me: qual é o número da sua casa?

Stella hesitou um pouco.

— Sessenta – respondeu finalmente.

D. Gertrudes retorquiu rindo.

— Não me esquecerei, pois é a idade do Seu Neca. Sabe? Escreveram-me de Teresópolis anunciando que ele volta breve à corte. Assim que souber a data, corro para lhe descobrir o esconderijo. Aquele tipo na corte deve ser de se lhe tirar o chapéu! Com certeza perde o tino quando entra na rua do Ouvidor... A senhora tem sabido as novidades de Teresópolis?

— Apenas as que me podem interessar.

D. Gertrudes puxou-a para a sombra de uma árvore e, depois de mirar e remirar duas senhoras que recostadas comodamente ao peitoril da janela olhavam para a rua, disse a meia-voz:

— Aqui é como na roça, não há diferença, ficam as pessoas toda a tarde a espiar para fora como se passasse cortejo ou procissão!... Ora, não há! Onde está a aristocracia deste bairro? É só fama e mais nada!

Stella conservou-se séria; a velha continuou com um sorriso velhaco:

— Pois vou dar-lhe notícias... O Bebiano adoeceu com uma tremenda indigestão de dobradinha e está a gemer em cima dos colchões como um porco quando vai para o cutelo; a Josefa do tanoeiro foi com o marido para o Bananal, para ajustar-se na costura, pois o homem é carpinteiro e pouco ou nada faz para as despesas; o *sublime* Jacinto anda a compor odes novas e D. Ana, a virginal e mística D. Ana, não arreda o pé da capela por estar mais sobrecarregada de pecados.

— É uma boa alma, D. Gertrudes.

A outra chasqueou:

— Vá-se fiando nessas ratas de sacristia que metem o bedelho em todos os cantos onde cheira a padre! Aquela tem mais pecados do que eu banha no cachaço.

Stella estendeu-lhe friamente a mão enluvada.

— Espere; ainda há muita coisa para lhe contar, pois, não sei se a senhora sabe, tenho gente minha por lá... Estou a par de tudo, e é isso que eles ignoram – mas, como a moça conservasse o braço alongado sem disfarçar a impaciência, despediu-se com um ligeiro abraço, prometendo ir vê-la dentro de breves dias. Enquanto Stella apressava o passo, ela resmungava: — Vai ali direitinha para o namorado! Dizem que em Botafogo é uma tal desfaçatez! – abanou a cabeça repetidas vezes e continuou a rebolar com dificuldade os gordos quadris.

Quando Stella chegou à sala de Clotilde, exclamou por entre lágrimas, abraçando-se a esta, que terminara ao piano uma fuga de Bach:

— Ah! minha amiga, sou muito infeliz, a minha estrela é incansável em me perseguir!

— Por quê? – perguntou a dona da casa, conduzindo-a para o sofá, com ares espantados.

— Imagine que desgraça! Dinorah tem andado esquisita, evitando de me falar, como se tivesse qualquer ressentimento contra mim, mas nestes últimos dias tem excedido os limites! – e num enorme desabafo contou-lhe a cena que Ritinha observara quando Nestor passara a cavalo diante dela.

Clotilde sorriu com muita finura e, tirando-lhe os cabelos da testa, respondeu:

— Ritinha tem razão, minha filha, tem muitíssima razão, foi por isso mesmo que a chamei. Dinorah apaixonou-se por Nhonhô desde aquela tarde em que fomos visitá-la. Quando ele passa por lá para vê-la, Stella, é ela que lhe aparece, quando ele para embaixo do terraço, ainda é ela que se encosta à grade e fica a contemplá-lo com expressão romanesca... Nhonhô tem-se visto atarantado, sem saber como lhe dizer isso, receando que você perca a confiança nele, embora seja inocente, mas eu, que sou sua amiga sincera, não me pude calar e decidi mandar-lhe aquele recadinho. Enfim, meu amorzinho, a espécie humana é tão infame que devemos desconfiar, inclusive, dos próprios irmãos.

Stella fitava-a idiotizada. Quando pôde falar, exclamou:

— Não, Clotilde, você está encobrindo a verdade! Isso não é verossímil!

— A sua resposta ofende-me – tornou a outra assumindo uma aparência digna –, vejo que andei erradamente divulgando-lhe um segredo que me não pertence, mas não pude resistir à tentação de lho revelar.

— Isto não é exato...

— Estou arrependida desta conversa; deveria ter deixado correr o marfim... Ninguém se envolva em negócios de terceiros... Não direi nada mais, acabou-se.

Stella, com um desvario repentino, sacudiu-lhe os pulsos.

— Fale pelo amor de Deus. Que mais há? Nhonhô ama Dinorah? É isso? responda, ama-a?

— Não repita semelhante indignidade, nem por simples gracejo, visto ser uma grave injúria feita ao meu pobre irmão, que não é nenhum traste.

— Ah! mas sou tão infeliz que tudo me chega! Só a mim sucedem fatos como este!

Clotilde garantiu-lhe a constância de Nestor, os seus sofrimentos, as dissimulações a que era obrigado para não desmoralizar uma moça de família distinta como Dinorah...

E continuava a exortá-la com inefável doçura. A sua voz era como a brisa a sussurrar de encontro às rosas. Nenhuma toada mais viva se destacava, nada perturbava o incomparável encanto do seu timbre musical! De vez em quando os olhos marejavam-se-lhe de lágrimas que ela deixava escorrer, sem enxugar, como uma Madona apunhalada. Stella chorava repetindo a todo momento:

— Como sou infeliz, meu Deus, como sou infeliz! Todos que amei atraiçoaram-me, riram-se da minha lealdade!

— Se eu não morasse com Nhonhô, convidava-a a vir para aqui um mês ou dois, até à data do seu casamento, mas ele vive comigo... Um mês voa, e você não encontraria a toda hora sua prima, cuja presença lhe deve ser muito penosa!

Stella começou a soluçar, crispando desesperadamente os braços.

— Meu Deus, matai-me para eu não testemunhar nenhuma infidelidade mais!

— Não blasfeme; Nhonhô e eu amamo-la tanto! – replicou Clotilde, abraçando-se a ela, e as duas, durante alguns minutos, misturaram as lágrimas e os gemidos.

Quando regressou a casa, muito excitada, Stella deitou-se e sonhou que a tinham amarrado a um rochedo escarpado, deixando-lhe apenas soltos os cabelos, que se sublevavam como bojos de ondas convulsas. O céu estava ameaçador, pejado de nuvens grossas, e por cima da sua cabeça, transformados em gaivotas, Nhonhô e Dinorah atiravam-lhe palavras cruéis que a feriam como se fossem cascalhos. Stella, exasperada, fixava-os transida de horror, sem poder mover os membros gelados. Ainda tentou pedir-lhes para se compadecerem das suas agonias, e em troca lhes daria a liberdade do amor, mas dos seus lábios, em lugar de voz, evolou-se um esguicho de água alta e fina como um repuxo, que foi cair no mar pulverizando-o de tons diamantinos. Tão depressa a última gota se desfez, surdiu ao seu lado um monstro disforme, metade mulher, metade peixe, que lhe ciciou junto ao rosto imobilizado:

— Sou Clotilde, a tua íntima e melhor amiga. Nestor ama Dinorah, mas, se quiseres ser a predileta, substitui pelos meus os teus olhos rutilantes, as tuas tranças opulentas, esse teu corpo harmonioso que tanto invejo! Despoja-te da tua beleza em meu proveito, e conseguirei que o seu coração te pertença.

De manhã, ao acordar com um peso em todo o corpo que parecia conservar a friagem da água, ela compreendeu o que a esperava. Como podia Dinorah comportar-se daquele modo abjeto, quando no mundo superabundavam homens mais interessantes do que Nestor, e livres, sem que ninguém os amasse? Ah! aquele horror não podia continuar, devia sair da casa de D. Guilhermina quanto antes! Tudo nela se lhe tornara odioso; desde o sorriso dos que a habitavam até o tinir forte e repercutivo do dinheiro. Mas como fazê-lo sem arrostar a justa indignação da madrinha, que lhe servira de mãe durante tantos anos? Para onde ir, que rumo tomar? Pedir de novo agasalho à irmã, depois de se ter tantas vezes negado a voltar para sua casa? Teria ainda de sujeitar-se a semelhante vergonha?

Estendeu-se num canapé para refletir, porém os projetos vinham-lhe à mente disparatados e sem nexo. Se começasse a ensinar? Mas que instrução possuía ela para transmitir a outrem? Ah! não fosse essa paixão por Nestor, dominadora e brilhante como um astro generoso, terminaria aquela existência que lhe pesava como uma ingratidão. Mas tinha-o a ele para ampará-la e protegê-la, tinha-o ainda a ele! E a fé na sua fidelidade, que Clotilde assegurava ser inabalável, a crença ardente na constância dos seus sentimentos, davam-lhe coragem para lutar contra as maiores tormentas.

Um carro parou na porta da frente. Ela encolheu-se vendo o vestido de Dinorah e as plumas brancas do seu chapéu de gaze. Essa visão provocou-lhe de novo o desespero. Ergueu-se e escreveu um bilhete a Nestor, pedindo-lhe que viesse falar-lhe sem falta nessa mesma noite. E quando mais tarde o viu chegar às grades do portão, bradou em tom aflitivo depois de lhe repetir a revelação de Clotilde:

— Nestor, quero sair daqui quanto antes!

Ele respondeu com muita doçura:

— Sossegue, Stella, vamos refletir primeiro. Você não pode deixar sua madrinha de um dia para outro, sem explicações aceitáveis para ela e para a sociedade, e, se repetir o que Clotilde tão levianamente contou, ficarei contrariadíssimo, pois sua prima não me perdoaria nunca tal indiscrição, e o mundo quando comentasse o caso não o faria como ele o é na realidade, haveria de interpretá-lo a seu modo, e nós dois, minha querida Stella, representaríamos o mais aviltante papel.

— Pode ficar sossegado, Nestor, não repetirei nada a minha madrinha nem a Dinorah, não os comprometerei. Prefiro que me tomem por louca ou estouvada...

— Ah! – fez ele com ternura. — Tenho toda a confiança em você, pois conheço a delicadeza dos seus sentimentos. Quando estivermos casados, saberemos então como agir.

— Não botarei mais os pés aqui. Estou cansada de sofrer.

— Nem eu o consentiria. Sua prima inspira-me tal repulsão!

Stella levou as mãos à cabeça.

— Não falemos mais nela pelo amor de Deus! – e ansiosamente: — Para onde devo ir?

Nestor cravou os olhos nas pedras da calçada, meditando. Subitamente, como se o assaltasse uma ideia libertadora:

— Vá para Teresópolis, aí está, mas vá sem demora. Não encontro solução mais a propósito, nem mais acertada!

Ela deixou pender os braços num grande desalento:

— Impossível! com que cara aparecerei lá? que razões darei à minha irmã?

— Pensei que, após a confissão feita por mim, há tempos, todo o ressentimento contra sua boa irmã se havia desvanecido! – respondeu ele com grande dignidade.

— Acredita que Nair me perdoou? - perguntou Stella numa voz estrangulada.

— Ainda o duvida? você mesma não mo afirmou tantas vezes?

Ela baixou a cabeça. Nestor observava-a inquieto e a sua mão apertava nervosamente o castão da bengala. Se ela se recusasse a partir e por um doido capricho preferisse ali ficar até o casamento, ou pelo menos até o pedido oficial? Já se arrependia de ter deixado "as coisas" irem tão longe, como dizia a irmã. Por que lhe não seguiria os avisos sensatos, e não rompera com ela, afoitamente, dando como motivo a extinção total da sua afeição? Dinorah acabaria por amá-lo do mesmo modo, Dinorah era mulher; haveria de colocar o amor acima de tudo.

— Não sei que resolva, pois voltar para Teresópolis é um sa- crifício superior às minhas forças! - disse afinal Stella.

— Estamos em desacordo; frieza, se frieza existe, antes lá do que nesta penitência diária - perdoe-me a dureza da ex- pressão –, mas viver neste palácio, depender da sua prima, deve ser intolerável... Eu, no seu caso, partiria sem vacilar.

— Mas não desejo outra coisa! Até me lembrei de ir para casa de uma amiga, ensinar, ou tomar conta de crianças...

Nestor exclamou estupefato:

— São fantasias irrealizáveis! Não posso admitir que uma moça ajuizada como você esteja falando a sério.

— Preferiria passar uns tempos com Ritinha, por exemplo, dando à minha madrinha um pretexto qualquer...

— Proíbo-lho - gritou ele exasperado.

— Com que direito?

— O de noivo, de futuro marido. Não consinto que ninguém ouse censurar o passado de minha mulher! Ir para casa de Ritinha? que absurdo! que insensatez!

— Ignorava que a casa da baronesa fosse um lugar pouco respeitável...

Ele retorquiu cheio de cólera:

— Decerto que não é, mas desde já a previno: se persistir nessa doidice, deve considerar o nosso casamento definitivamente desmanchado...

Stella fez-se lívida. Perdê-lo, Santo Deus? Por ele padecera tanto, e tão cruéis momentos atravessara! Faltava-lhe isso agora, Virgem Misericordiosa! Fitou-o aterrada, mas viu-o bem firme no seu propósito. Uma cobardia amoleceu-a, apavorou-se do seu isolamento futuro.

— Ah! Nestor, não me force a voltar para Teresópolis!

Ele guardou um silêncio duro.

Perdê-lo? - pensava Stella sucumbida. Que seria de sua vida sem ele, sem carinhos, sem um ente para a acompanhar e amar? Um soluço doloroso subiu-lhe à garganta.

— Visto isto, partirei tão depressa chegue a resposta de Iaiá, a quem escreverei breve.

Nestor agradeceu-lhe e, roçando-lhe os lábios na mão, murmurou com muita doçura:

— Há muito desejava-a longe desta casa, desta rua, disto tudo, mas não ousava pedir-lho, temendo que descobrisse a minha aversão por sua prima e por tudo que é dela. Mas não se desespere, conto deixá-la apenas um mês ou dois, no máximo, em casa de seu cunhado. Apenas o tempo indispensável para arranjar os meus negócios e poder casar.

Ela limpava os olhos, toda sacudida por intermitentes soluços. Aquelas lágrimas irritaram-no, e, para estancá-las, prometeu-lhe tão depressa voltasse de São Paulo – para onde seguia a negócios, no fim da semana, conforme a prevenira – alugar um quarto no hotel mais próximo da chácara de Antonico. Uma luz doce espalhava-se pelo semblante triste de Stella.

— Está mais consolada? Não quero mais ver essas lágrimas que a desfeiam.

Ela não respondeu, sufocada de pranto. Um bonde vinha-se aproximando. Nestor pediu-lhe que lhe comunicasse para São Paulo o dia da sua viagem para Teresópolis, e apertou-lhe as mãos, agradecendo-lhe com efusão, com transporte.

Depois, levantou o chapéu em sinal de adeus e saltou a toda a pressa para o estribo do veículo.

Stella foi sentar-se no jardim com a frescura da noite a cair-lhe em cheio sobre a cabeça desiludida, e pouco a pouco se abismou numa meditação profunda. Na sua alma saturada de amargura, um sem-número de saudades foi despertando por aquele tempo já remoto em que vivia ao lado da prima, envolta na sua amizade fervorosa e vigilante! Como o Destino lhe sorria esperançoso! Que lhe restava disso tudo? Nada! Dantes os seus dias deslizavam plácidos, sempre iguais, e ela revoltava-se com tão eterna monotonia... Hoje, cada minuto escoado trazia surpresas dolorosas, desenganos acabrunhadores. Mil vezes recomeçar a calma insípida de outros tempos do que sofrer aquelas atribuladas horas! Para que escutara as insinuações de Clotilde e se deixara seduzir por elas? Nunca teria conhecido os sentimentos de Nestor e decerto estaria mais feliz ao lado de Dinorah, estudando juntas e juntas idealizando! E agora? cada qual para o seu lado, esquivas e indiferentes. Nhonhô seria digno de tamanhos sacrifícios? Stella olhava em redor interrogando as trevas. Sê-lo-ia? Uma chuva muito fina começou a cair como poeira, e os passos do jardineiro arrastaram-se pesadamente pela terra. Então, assustada, ergueu-se de um salto e entrou em casa sem se virar para trás. Mas não pôde adormecer; pelo teto e paredes via largas sombras escuras que se moviam como fantasmas; aos cantos do quarto, outras pulavam satanicamente arremessando os braços esqueléticos, e a impressão era tão forte que, espavorida, cobriu as faces para os não ver. Mas era debalde; ao destapá-las, encontrava-as de novo a dançar numa confusão macabra. Amedrontada, encolheu-se na cama, puxando os lençóis para a cabeça e baixinho, sem prestar atenção ao que dizia, começou a rezar precipitadamente.

XXXV

Apenas terminou o solo, o farmacêutico pôs-se em pé, declarando com azedume:

— Logo vi pela sua puxada, amigo Antonico, que tínhamos perdido o jogo.

— Ora, Seu Neca, eu não podia adivinhar que as espadas estavam nas suas mãos.

— Deixe-se de desculpas, o amigo não passa de um pexote. Não reajo por estar caipora. Cachorro morto... todos a ele.

— O amigo só fala por anexins...

— Porque o provérbio é um guia seguro. "*Vox populi vox Dei.*"

Antonico riu-se e o Bebiano começou novamente a baralhar as cartas.

— Não me apanham mais! – bradou o Neca levantando os suspensórios. — Por hoje chega de caiporismo.

— Console-se comigo – disse o juiz de paz –, a última vez fui eu que perdi.

Antonico abriu a carteira e ofereceu-lhes fumo picado.

— É para nos apaziguar, a nós do fiasco, Seu Neca, e recompensar o Seu Bebiano da bela jogada.

— Aqui onde me vê – retorquiu este – já trabalhei que não foi graça, pois estive a preparar um guisado de aves para o Zeca da Barreira.

O farmacêutico teve uma tossezinha sarcástica.

— É esta a minha eterna lida: casar uns e adoçar a boca a outros.

— Organize festas, Seu Bebiano, porque a nossa roça está muito chocha. Não há mais banquetes nem nada, anda tudo uma sensaboria. Não falo por mim, que nunca ponho os pés em pândegas, mas pelos amigos que as apreciam.

— Alto lá! – bradou o Neca levantando um dedo – raramente a elas assisto, porque, em saindo da sopa de marmelos ou dos bolinhos de cará, nada me sabe.

— O amigo tem um estômago tão mau assim?

— Péssimo, Seu Antonico, e em todo o sentido.

O Bebiano interveio com o seu modo bonachão:

— Como o amigo é fértil em ditados, deve conhecer este: "Para ser feliz, é indispensável ter-se bom estômago e maus bofes". Mas esse ditado falha porque eu sou feliz e tenho mau estômago e bom coração.

O Neca apressou-se em responder:

— Mas o amigo é *avis rara* no município; está com os chefões e nesse caso o ditado não pega. Ele só dá certo quando a gente mergulha – fez um gesto largo de quem se afundava.

Antonico observou amigavelmente:

— Não blasfeme; a farmácia sempre lhe rende para as despesas...

— Sim, não digo o contrário, quando consigo impingir algum remédio de ervinhas do mato, em 10 tostões tenho 9 de lucro, mas como isso se dá excepcionalmente... De mais a mais, o clima é bom, não há epidemias, é o diabo! – e tornando-se mais hostil: — De fato, é o paraíso terrestre, pois, com as enchentes do Alto, não posso compreender como as moléstias não se desenvolvem! E os atoleiros da Várzea que deveriam ser focos de mosquitos e de febres?

O Bebiano acudiu alegremente:

— Vão mandá-los aterrar. O presidente da Câmara já me autorizou a contratar trabalhadores para esse fim.

— Se mandassem aterrar a rua atrás da igreja, seria mais acertado, mas os senhores mandões, como querem adular o deputado Alves, que mora no Alto, não hesitam em desfalcar os cofres públicos! Há dois anos recusaram-me adrede a proposta que lhes fiz na melhor das intenções. Negam-me o pão, mas eu não me importo, quero é saúde e sossego. "*Mens sana in corpore sano.*"

— O presidente deu-me licença para dar início às obras desde já...

O Neca chacoteou:

— Esse presidente é um grande homem; se eu fosse escritor aproveitava-o.

— É o que o amigo deve fazer, visto ter tão boa cabeça! – tornou o Bebiano lançando a Antonico um olhar significativo – mande piadinhas para os "apedidos" do *Jornal*; pode ser que deem sorte.

O Neca ergueu-se furioso e, plantando-se-lhe na frente, com o cigarro entre os dedos amarelados:

— Está o amigo muito enganado comigo; sou desses que combatem a peito descoberto. Quando não me serve, recalcitro e apregoo com denodo o meu pensar. Fique o senhor juiz de paz sabendo que a minha opinião foi sempre acatada nos tempos em que eu era gente, agora, porém, que fiquei reduzido a nada, todos se acham no direito de me favorecer com alfinetadas. Saio-me mal em tudo em que me meto. Anteontem arrisquei uns cobres numa partida de toucinho, e perdi toucinho e dinheiro.

O Bebiano perguntou-lhe, com um sorrisinho que não conseguiu tornar irônico, se a operação fora com algum boiadeiro de Minas.

— É raça de gente que não quero ver nem a 10 léguas de distância! – respondeu ele com fúria. — São ineptos, atrasados, empacados...

— Estão verdes, amigo Neca, e muito verdes! – atalhou o doceiro, rindo.

O farmacêutico bramiu. A lembrança da fuga do boiadeiro produzia-lhe humilhações que não podia esquecer, e até Antonico, sabedor do caso pelo juiz de paz, não a aludiu nunca a ele para não encolerizá-lo.

— Se os da cidade são finos, os da roça redobram, pois só pensam em livrar-se dos espertalhões. Fazem tirocínio de esperteza! – tornou a dizer o Bebiano – bote os olhos no compadre Frauzino, que nunca mais deu sinal de vida...

— Portou-se como um sandeu! Não tinha necessidade de zarpar, bastava recusar a minha proposta; eu não ia segurá-lo à força pelas abas do paletó – teve um riso sardônico. — Em suma, Seu juiz de paz, botemos um ponto-final nessa história indecente. Águas passadas não movem moinhos – e mais brando, para fazer esquecer as frases amargas que proferira, perguntou a Antonico se tinha lido os jornais da oposição.

— Só assino o do *Comércio*.

— E o Seu Bebiano?

— Deus me livre de perder tempo com reles pasquins! Em casa só me entram as folhas honestas.

— Eu acho-as esplêndidas – disse o farmacêutico rejubilando-se. — Com que intrepidez descobrem as verdades! Tenho-me regalado! Para o mês, quero dar outro pulo à capital.

Mariana entrou com o café, que escaldava.

— Como tem você passado? – perguntou o Bebiano batendo nas costas da crioula.

— Vou indo sabe Deus como – respondeu ela fazendo um gesto de tristeza. — Piorei do reumatismo; aos velhos tudo chega.

— Velho sou eu – replicou o farmacêutico aceitando a xícara que Antonico lhe oferecia.

— O senhor está ainda rijo; eu é que já sinto o peso dos anos. Iaiá manda dizer para provarem este bolo de arroz, que ficou muito gostoso.

O Bebiano, sem se fazer rogar, alongou o braço para o prato e, logo às primeiras dentadas, exclamou com a face a brilhar de alegria:

— Está na hora; diga a D. Nair que ficou uma delícia. Estou aqui a ver se percebo como sua senhora o temperou; cá para mim, amigo Antonico, ela só botou gema de ovo...

Mas Nair entrou vestida de escuro, com o cabelo entrançado no alto da cabeça.

O marido saudou-a com palmas alegres:

— Venha receber as felicitações, gentil doceira, venha depressa.

— Está de apetite o bolo – observou o Neca, que ainda o comia –, e repare, D. Iaiá, a minha opinião tem valor, pois sou ruim para doces.

O Bebiano perguntou-lhe qual o processo que empregava. Quantos gramas de açúcar? e uma garrafa ou meia de leite?

Ela respondeu com o seu modo suave. Depois sentou-se ao lado do marido. Mostrava-se abatida; na sua fisionomia melancólica a que os olhos sérios davam uma expressão de nobreza, percebiam-se traços de lágrimas recentes. O Neca notou-lhas, fitando-a através dos óculos acavalados na ponta vermelha do nariz.

— Estou preocupada com as notícias que recebi de Stella – respondeu Nair.

— Está doente?

— Doente não; mas ela é de saúde débil, e a vida mundana tem-na prejudicado; está muito neurastênica e enfraquecida... Isso impressiona-me, mas como vem ficar uns tempos comigo...

— Para cá?

— Sim, precisa descansar, e a permanência na roça, de um ou dois meses, lhe será de grande benefício. Eu mesma lhe pedi para vir – e, envergonhada com a sua inocente mentira, baixou a fronte por alguns momentos.

O Neca pôs-se a celebrar a pureza do clima teresopolitano e a incomparável frescura da água.

— D. Stella deve demorar-se entre nós pelo menos um ano.

A capital anda empestada, só se fala em moléstias, remodelações... A cidade arruína os mais fortes organismos e consome os nervos. A gente aqui nem se lembra deles porque se levanta com as galinhas e com elas se deita.

O Bebiano, muito grave, sentenciou:

— E tudo que se come é são, não há os tais guisados franceses onde introduzem ingredientes perigosos para dar cor. O macuco é morto quando sadio, a rês idem, não temos nada *faisandé*.

Antonico aprovou, e Nair, levando uma cadeira para junto da janela, recostou-se molemente. O que Stella lhe escrevera vinha-lhe sempre à lembrança e, embora experimentasse um desejo enorme de a ver, um aviso inexplicável fazia-a temer esse dia. Por quê? Que lhe teria sucedido durante a longa ausência em que ela lhe enviava notícias curtas, sem se alargar nas ternas confidências de outrora? Que mistério residia naquilo tudo? E por que lhe pedira perdão do seu comportamento? Quem a aconselhara? Nair julgava ver nos menores indícios a malvada influência de Clotilde. Stella não se libertaria nunca do seu feitiço infernal? Quem a aconselhara? Uma grande melancolia lhe confrangia o peito durante a tarde inteira enquanto preparava o quarto da irmã, adornando-o com plantas e mimos feitos por ela. Era forçoso que Stella se sentisse bem em sua casa. Queria suavizar-lhe os dias a que aquele exílio voluntário a forçava, pois bem compreendia devia haver um acontecimento excepcional para fazê-la abandonar o Rio sem lhe dar as menores explicações. Com certeza fora outra decepção que viera suceder às primeiras. Continuaria a ser sempre assim? Stella não depararia nunca com um ente que a compreendesse? Para que lhe servia tanta formosura se o seu espírito se debatia sempre entre torturas? E não seria ela vítima da própria formosura? Nair tinha lágrimas nos olhos. Com um movimento de abnegação, murmurou de si para si:

— Vou proporcionar-lhe divertimentos, embora contrários à minha natureza, para mitigar-lhe os desgostos passados e incutir-lhe confiança e fé no futuro.

XXXVI

Na tarde seguinte, Stella acordou desolada. Vestiu-se automaticamente, alisou o cabelo, triste, tristíssima. Almoçou sozinha na pequena mesa de canela esculpida, comeu pouco, engasgando-se com soluços nervosos que se lhe entalavam na garganta. Depois afastou a bandeja e rompeu a chorar perdidamente. Só fazia isso agora; afigurava-se-lhe estar num oceano descampado, sem ilha nem rochedo, como um náufrago em meio da procela. E não poder desabafar a sua dor, não ter um coração afetuoso que a enchesse de carinho e de conforto! Se rompesse a promessa feita a Nhonhô e exigisse de Dinorah a verdade toda?

Antes uma certeza esmagadora do que aquela dúvida cruel. Mas ele não queria escândalos... Não estaria também culpado? Resistiria de fato à paixão de Dinorah ou, de acordo com esta, conspiraria contra ela? Stella estremeceu como se um punhal muito fino lhe varasse o peito de lado a lado...

A criada veio sutilmente retirar os pratos. Para se esquivar ao seu exame, Stella refugiou-se na varanda, onde permaneceu algum tempo com os pés encharcados e a chuva a cair-lhe na cabeça, olhando para duas pessoas que caminhavam, com chapéus abertos e longos impermeáveis cinzentos.

Da esquina saiu um enterro. O coche ia à disparada, as coroas balançando nas colunas e os carros que acompanhavam, correndo também, como se tivessem pressa de se desembaraçar daquele fardo importuno.

Um desejo de descanso se apossou dela... Se morresse, repoisaria afinal! Dinorah e Nestor a chorariam, talvez, e desapareceria do mundo, amada e lamentada!

Pancadas leves bateram à porta, e Ritinha entrou, vestida de escuro.

Depois dos primeiros abraços, exclamou, desabotoando as luvas:

— Oh! Stella, você e Dinorah estão zangadas? Não saem mais juntas. Que é isso?

As faces de Stella tingiram-se com rapidez e, num ímpeto desesperado, as palavras jorraram-lhe dos lábios, copiosamente, para narrar as últimas e dramáticas peripécias da sua curta existência.

Ritinha atalhou com inflexão decisiva:

— Eu não lhe afirmei que ela ficou alvoroçada quando, naquela tarde, o viu a cavalo? Por que não se abriu você comigo, não sou tão sua amiga? - e pensativa: — Com franqueza, repugna-me crer nisso. Admito que Dinorah o ame, pode ser uma atração fatal como há muitas, mas que lhe apareça de minuto em minuto, semelhante a um ser sobrenatural, por todos os lados que o rapaz se vira...? Isso parece novela da época dos Sforza...

"Habituei-me tanto a perscrutar o coração humano, apesar dos meus 22 anos, que antevejo aí um ponto obscuro... Minha cara, infelizmente sou como a pobre Cassandra, a quem tomavam por visionária, condenada como estava a não ser acreditada, embora raras vezes se iludisse."

Stella deu um suspiro doloroso.

— Você fia-se muito em Clotilde? - tornou Ritinha.

— Não sei... estou vacilando... O certo é que a atitude de Dinorah confirma as suas afirmativas...

— Eu, no seu lugar, interpelava Dinorah.

— Não me quero humilhar, além de que prometi segredo a Clotilde e a Nestor. Ah, meu Deus! qual será o fim desta campanha? Desde a minha dúvida com Iaiá, perdi o jeito de lhe escrever! E fi-lo agora! E devo ir para lá, eu que a deixei daquele modo violento! Meça a extensão do meu sacrifício por Nestor!

— Se tudo fosse mentira? - lembrou Ritinha com um clarão de alegria. — Mamãe e Mário dizem que Clotilde é tão astuciosa e endiabrada!...

— Mentira não pode ser, uma vez que Dinorah está outra para mim. Cada ser nasce com o destino traçado, o meu é este, estou-o cumprindo. Ah! minha cara, tenho a sensação de me estar afundando, afundando, e nem forças sentir para me agarrar a uma tábua de salvação! O meu mal é não ter bastante fé na religião. Se ao menos fosse crente sincera, voltar-me-ia para Deus. Com Esse não se sofrem desilusões. Bem me recomendou D. Ana que O invocasse! Antes eu tivesse seguido os seus conselhos benéficos, pois o mundo me apareceria sob um aspecto diferente... e indiferente!

— Foi esse o seu grande erro, minha amiga, Deus não deve nunca ser esquecido, porque é o princípio e o fim de tudo. A alma precisa buscar o consolo na essência divina que lhe acendeu a chama. Leia as obras de Santo Agostinho, Santa Teresa, a *Imitação de Cristo*, que operou a conversão de La Harpe no cárcere... Madame de Sévigné dizia com justeza que as leituras sólidas trazem ideias vigorosas ao espírito... Eu galhofo, zombo, mas em questões de religião não quero brincadeiras. E todavia chamam-me herege por não me confessar aos padres!... Que disparate!

— Quem ama Deus verdadeiramente liga bem pouco às misérias da vida. Quando a desgraça chega, avaliamos então a imensa falta desse sentimento confortador e precioso. Muitas vezes O tenho suplicado, mas Ele não me ouve, talvez porque dantes O não implorava. Para aumentar as minhas amofinações, sou indolente, e não me quis aperfeiçoar nos estudos. Se me tivesse aprofundado numa arte, modesta que fosse, não estaria tão escravizada a esta paixão; a minha arte me levantaria o moral. Ah! se Jesus aplacasse a tempestade que ronca dentro de mim! Se não fosse você ter vindo hoje, estaria eu reduzida a desembuchar com as paredes. Este desabafo, ao menos, far-me-á bem!

— Clotilde evidentemente reprova Dinorah?

— Muito... pelo menos ela o diz... Ah! minha cara, estou ficando tão descrente, que não sei mais em quem acreditar e em quem não acreditar...

— Nestor que diz à perseguição de sua prima?

— Está aborrecido, e faz questão que eu saia daqui; note-se, fui eu mesma que lho propus. Ele persuadiu-me para ficar em Teresópolis dois meses, no máximo, enquanto arranja os negócios para poder pedir-me em casamento – e corando muito: — Enfim, não sei, tenho vontade de desaparecer e que ninguém saiba mais o que foi feito de mim... Dinorah falou-lhe a meu respeito?

— Não; esteve a discutir sobre pintura e mostrou-me duas aquarelas que compôs...

— Ela é feliz de poder pintar. Eu não durmo, arrasto uma vida miserável, não tenho calma para nada, ela pinta! E o pior é Nestor ameaçar-me de não se casar comigo se eu persistir em abalar para casa de alguém a não ser de Iaiá. Veja o dilema em que o meu espírito se debate! Ou voltar para Teresópolis, vexadíssima, ou desistir dele! É assim que redimo o pecado de o amar!

— Esta conquista exige mais tenacidade que a do Tosão de Ouro!

Na escuridão do céu, fulguravam as fitas movediças dos relâmpagos.

Stella, aniquilada, sentou-se na beira da cama. Um trovão estalou, e a chuva desprendeu-se em fortes bátegas, alagando as vidraças e a varanda. No jardim as rosas desfolhavam-se.

Ela pronunciou num profundo abatimento:

— Há pessoas que não resistem às tormentas da alma, outras há que as afrontam e até desafiam! Eu pertenço ao número das primeiras.

Ritinha machucava os dedos com um anel de brilhantes. Um tufão mais brusco fez vergar as árvores, e na agitação do vento duas imensas folhas de palmeira despenharam-se de cima como dois grandes pássaros feridos.

Ela disse lentamente:

— Eis o motivo por que me instruo: o *spleen* apavora-me. Quem trabalha tem a susceptibilidade menos aguda e não sofre aqueles penosos momentos em que tudo aborrece e nada oferece encantos. Devemo-nos precaver contra o mal contagioso da neurastenia, e para isso só há a ocupação, que amortece um pouco a dor causada pelas ingratas surpresas da vida. Se eu pudesse retroceder, o meu programa seria tão diverso! Ainda está em tempo; você é moça, estude, para desviar um pouco o seu pensamento de Nhonhô Rezende.

— Embora reconheça o enorme benefício que me adviria, é-me impossível fazê-lo e não terei serenidade enquanto esta situação não se definir. Se, porventura, eu me casar com ele, modificarei radicalmente os meus hábitos – e com um sorriso desolado: — Todos proclamam a minha beleza, mas ela sozinha não prende ninguém. E a prova é que não são as mulheres mais belas que inspiram paixões mais duradoiras. Por que será? Ignoro-o, mas afianço-lhe ser esta a desforra da inteligência.

— O seu caso não é idêntico, Stella, somente a sua inteligência foi mal aproveitada, não dando os frutos que poderia ter dado. Repare como Dinorah encara as vicissitudes de forma diversa! – e postando-se ao espelho, com pancadinhas lentas nas flores do chapéu, que colocou na cabeça – você não teve uma orientação equilibrada, foi isso que a prejudicou. Mas sossegue, deixe por minha conta este mistério de sua prima. Hei de esclarecê-lo, custe o que custar e dê no que der.

XXXVII

Para fazer a projetada visita a Stella, a Taveira, depois de se demorar alguns minutos a esquadrinhar os canteiros bem tratados do jardim de D. Guilhermina, apertou a campainha e esperou com impaciência que viessem abrir.

O marido, mais afastado, tinha a vista pregada na balaustrada de mármore, que se alongava do lado esquerdo até o terraço, guarnecido de plantas e cadeiras com almofadas bordadas a cores vivas.

— Oh, Taveira, que é aquilo? - perguntou ela, lançando olhares insofridos para os fundos da chácara.

Ele debruçou-se, trêmulo, arrimado à bengala, que não deixava ultimamente por causa da dor reumática, e murmurou de beiço estendido:

— Parece uma estufa.

— A esta gente não falta nada; se empobrecesse, não teria capacidade para coisa alguma. Bonita maneira de educar

uma moça que não possui um real de seu...! A irmã é outra te-
lhuda, vive a pintar e versejar por todos os recantos da casa...

O Taveira rosnou com um eco fúnebre:

— É a educação moderna.

— Há de lhes servir de muito...

Um criado encasacado apareceu no limiar da porta, que
abriu com precaução.

— D. Stella está em casa? - perguntou a velha.

O homem hesitou em responder, notando-lhes o aspecto
esquisito.

— Está ou não está? - insistiu ela com arrogância.

— Com licença; vou informar-me.

— Diga-lhe que é D. Gertrudes Taveira - volveu ela em tom
desabrido.

E assim que o homem se retirou virou-se furiosa para o marido. O mostrengo ia informar-se! Onde se vira desaforo igual?
Se pensavam que ela estava disposta a eternizar-se ali, engana-
vam-se. Ia informar-se! Praticava-se cada cena ridícula naquele
Botafogo! Um criado de casaca, todo empinado e empavesado,
vir abrir a porta da rua como se fosse servir um banquete!

— Numa República plebeia como a nossa, estas famílias terem pretensões a aristocratas! - e dando um safanão ao braço
do marido: — Ó, Taveira, que é aquilo em cima do espelho?

— Um quadro feito de pedacinhos. É o que por aí chamam
mosaico.

— Hum... hum... - e subiu mais dois degraus pesadamente.

Mas o criado não voltava, e ela, frenética, içou-se com dificuldade pela escada toda, parando de minuto em minuto para
tomar fôlego.

348

O marido seguia-a, encantado com os lavores do teto abobadado e dos espelhos que se estendiam pelos muros, finamente pintados a óleo.

Esperaram um pouco no peristilo, mas, como ninguém aparecesse, foram até à antecâmara, onde D. Gertrudes, extenuada, se deixou cair com um suspiro de alívio sobre uma cadeira de espaldar alto de coiro trabalhado.

O Taveira apalpou os estofos e uma luz admirativa se lhe foi desabrochando, nos olhinhos coruscantes:

— É o que há de melhor!

— Acho insensato gastar-se um dinheirão com semelhantes porcarias! Os de Teresópolis têm o mesmo desespero de desperdício. São estragados até nos chás que oferecem à gente – respondeu ela.

O criado voltou e, vendo-os ali, não pôde dissimular um espanto risonho.

— D. Stella ia sair – começou levantando as sobrancelhas –, mas...

— Mas ainda não saiu? então podemos palrar à vontade.

O homem teve um sorriso e conduziu-os a uma saleta alcatifada, à qual os largos reposteiros de seda e as amplas cortinas com ricas incrustações rendadas vedavam a luz quase por completo.

D. Gertrudes, irritada, empurrou as janelas para trás, escancarando-as completamente.

— Não posso ficar às escuras, estou habituada com muita claridade. Sol não custa dinheiro.

O criado saiu, encolhendo os ombros.

A velha escarafunchou as paredes com uma minuciosidade

esmerilhadora e persistente. Os quadros, sobretudo, mere-
ciam-lhe observações hilariantes.

— Como se pode empregar uma existência inteira de pin-
cel nas mãos, besuntando as roupas com tintas fedorentas?

— São gostos...

— Qual gostos, qual nada... É mania. Gente assim não tem
a bola no lugar – atirou um raspão desdenhoso com a ponta
da botina de elástico ao fofo tapete branco que tinha debaixo
dos pés. — Quanto dinheirão aqui enterrado! Safa! Deus me
livre! Que perdulários!

Nesse momento o reposteiro franziu-se e Stella apareceu
sem sorrisos nem amabilidades no semblante pálido. D. Gertrudes, que se erguera a custo para cumprimentá-la, perguntou, piscando os olhinhos maliciosos:

— A senhora pensou que escapava da minha visita, hein? –
e a um gesto negativo da moça: — Bem sei que a minha companhia não lhe pode ser muito agradável, mas que quer? se
eu cá não viesse hoje, estoirava, com saudades... E saiba que
não gosto nada de fazer visitas; quando me resolvo a isso é
caso para repicar sinos.

Stella retorquiu, muito séria:

— Fez bem de vir, porque breve pretendo passar um mês
em Teresópolis.

A Taveira, faiscando de curiosidade, averiguou logo o motivo daquela partida inesperada.

— Agora, no inverno? – volveu, pasmada. — A senhora anda
às avessas de todo o mundo!

— É porque sou uma excêntrica.

— Pois não é bom, a gente deve ser igual aos outros.

Na poltrona em que se afundara com a bengala atravessada nos joelhos, o marido doutrinou, coçando a barba grisalha:

— Cada qual é como Deus o fez!

A mulher examinava Stella, admirando-se da sua magreza e das olheiras fundas que lhe acentuavam fortemente os olhos.

A menos que não sejam artificiais – pensou, sem deixar de a fitar. Dizem que elas agora deram em mascarrar-se de carvão, para se fingirem mais bonitas... Pavoneiam-se com arrebiques de toda a espécie para deitar o anzol aos homens. Pouca-vergonha! Este Rio de Janeiro caminha para a perdição... – e cruzando as mãos sobre o ventre:

— Então a senhora safa-se nesta época de bailes e concertos? Sei que os há por uma sobrinha dada a dançar fados e maxixes, e que não perde patavina do que as folhas gemem... Cá por mim não gasto tempo com leituras imorais.

Stella sorriu, enfastiada, ficando a olhar para o teto, numa atitude de resignação.

— Que diz a mana à sua partida para lá? Recebe-a bem?

— Decerto; minha irmã e eu somos muito amigas.

— Apesar disso, a senhora fugiu dela como o diabo da cruz... Aquilo também foi um mistério!

— Aborreceu-se – tornou o marido, afagando a barba com a mão trêmula –, aborreceu-se... cada um sabe de si...

Stella respondeu, embaraçada:

— Minha prima tinha adoecido e eu fiquei aflita para vir vê-la.

A velha trocou com o marido um olhar perspicaz.

— Não foi essa a versão que correu lá. Disseram que a senhora foi acossada pelo seu cunhado, por causa de um tal bigorrilhas chamado Nhonhô Rezende, ou o que é...

Uma cor rubra subiu às faces da moça, e o coração estremeceu-lhe dentro do peito.

O Taveira, para suavizar a conversa, aventurou-se a declarar que fora certamente uma calúnia que na roça se levantara.

— A voz do povo é a voz de Deus – acudiu a mulher, descerrando as pálpebras empapuçadas.

Stella respondeu enraivecida:

— Não me incomoda a opinião alheia, por isso podem discutir à vontade a minha humilde pessoa.

— Nunca é bom dar-se pasto às más línguas.

A moça cruzou os braços e começou a bater o pé num compasso impaciente.

D. Gertrudes narrou episódios novos. Era um nunca acabar de novidades.

As tais almas do outro mundo horrorizavam as pessoas pacatas de Teresópolis, havendo também um jumento sem cabeça, que escoiceara a madrugada inteira, atroando os ares com urros medonhos, fazendo tremer até os impassíveis morros do Frade. E o lobisomem? conhecia ela aquele caso engraçado? Recostou-se melhor no sofá, cuja maciez lhe dilatava com regalo as narinas largas.

— Parece que esse é um filho do Neca, falecido há dois anos.

E a um sorriso irônico de Stella:

— Ou algum membro daquela abençoada família; não pode deixar de ser isso.

Sabia ela que o farmacêutico dera agora em literato? Pois

todos os dias mandava verrinas para as folhas da corte, com descomposturas medonhas aos seus conterrâneos. Que peste de homem! Ao princípio ela não crera nessa notícia, por achá-lo burro demais para isso, mas tinha-lho afiançado alguém que lhe seguira a pista no Rio...

Ela, D. Gertrudes, já lhe sugerira picuinhas espirituosíssimas em que o Neca, qual imperador sem manto de penas de tucano, lhe concedera o título de baronesa. O Taveira, idem, até o juiz de paz, que era a sua sombra passiva, não lhe escapara das garras de abutre.

Que homem asqueroso! Como podia Nair, tão difícil para contrair relações, dar entrada em casa a semelhante patife?

O Taveira, repetenado na poltrona de damasco vermelho, com um sorriso esperto a arregaçar-lhe os beiços secos, murmurou em tom lúgubre:

— Tem-lhe respeito à língua...

Stella não conteve o riso.

Houve um momento de silêncio da parte dos dois velhos.

D. Gertrudes informou-se do tamanho da casa e do número dos seus salões. Parecia até o palácio do Catete, com escudeiros de casaca, espelhos e estátuas por todos os cantos...

Dando um brilho de escárnio às bochechas, prosseguiu:

— Com certeza só comem iguarias de primeira...

A moça não respondeu, absorta em seus pensamentos. Ela insistiu maldosamente:

— Ninhos de andorinhas ou bicos de rouxinóis - mas, descoroçoada da sua observação ainda desta vez não ser aplaudida, acrescentou mais séria, mirando-a de esguelha: — Quantos aposentos tem a casa?

Stella não sabia ao certo, mas, para saciar-lhe a curiosidade, fingiu interesse em lhe responder. Alçou os olhos ao teto, refletindo. Contou os quartos mentalmente.

A velha inquiriu com avidez:

— O seu quarto é maior que o de Teresópolis?

— Mais ou menos de igual tamanho.

A Taveira, sem poder mais dominar-se, foi examinar os bronzes e os objetos de arte.

— Bonito, sim senhora, muito bonito tudo! – revirou um vaso de porcelana por todos os lados nas suas grossas mãos desajeitadas, e declarou-o rico. Esticou o lábio superior com afetada admiração: — Rico! Somente não sei como se pode empatar tanto dinheiro nestas ninharias – e voltando-se para Stella, que não se despregara do sofá: — O seu quarto também tem estofos? Gostaria de o ver, deve ser tal qual o de uma princesa!

Nada tinha de notável, dizia a moça, sem se mover – era muito singelo, verdadeiro cubículo de gente pobre...

— Num palácio tão rico?

— Que é de minha madrinha, eu apenas sou hóspede.

Mas com certeza não passaria penúria, deveria mesmo herdar a terça...

Stella soltou risadinhas, asseverando que nunca se lembrara de tal.

— Chaleire-a bem; quem porfia mata caça – disse D. Gertrudes, sentando-se no mesmo lugar com as mãos apoiadas sobre o estômago.

Não trouxera luvas, nos dedos curtos e papudos, de unhas mal aparadas, nenhum anel luzia, nem mesmo a aliança do casamento; no peito enorme e balofo, sem colete a ampará-lo, o mesmo broche que usava nos dias de festa, e que ela intercalava com o medalhão, estava pregado, muito bambo, meio escondido nas pregas do corpete verde enfeitado com entremeios de filó doirado. De vez em quando bamboleava a cabeça, onde oscilava o chapéu de palha azul com uma seca e eriçada pluma branca a lamber-lhe as abas desbotadas.

O marido, de fraque preto, lustroso e mal tinto, detinha-se sempre na mesma posição de cansaço, arremessando os olhinhos perfurantes num pasmo contínuo e demorado...

No corredor soaram vozes alegres e logo em seguida, entreabrindo as amplas dobras do reposteiro, a cabeça de Zaira espiou para dentro.

Stella recebeu-a alegremente, visto a recém-chegada libertá-la da chocalhice infatigável da velha.

Esta remexeu também o corpo imenso, fazendo investidas para se erguer do sofá. Mas Stella abreviava as apresentações.

Zaira avançou, risonha, com Zizita colada às saias farfalhantes.

A mulher do Meireles cruzou logo as pernas e abriu a bolsa para procurar a caixinha de pó de arroz.

D. Gertrudes, escandalizada com aquele ar insolente, cravou-lhe nas meias de seda um olhar terrível. Mas Zaira, sem prestar atenção, empoava-se tranquilamente; enquanto Zizita, muito encolhida, apertava nos dedos magros o livro de missa de coiro da Rússia.

Stella, receosa de que a Taveira desandasse de novo a falar, crivou a recém-vinda de perguntas consecutivas. Esta aproveitou para desabafar as mágoas conjugais.

Positivamente era uma infeliz! O marido torturava-a com ciúmes disparatados: deveria libertar-se desse incômodo companheiro, porque a situação tornara-se intolerável para todos. Ele não distinguia a distância entre os viçosos 30 anos dela e os seus decrépitos 50. Se passeava só, ao regressar, recebia-a com implicância doentia; se ia à cidade, a compras indispensáveis ao bom governo da casa, lançava urros como um animal apedrejado. Um suplício!

— Por que lhe não faz você a vontade? - perguntou Stella com brandura.

— Porque estou farta dele e das suas ranzinzices.

— Se fosse comigo, far-lha-ia.

— Venha para cá! - tornou ela com modo rancoroso. — Um velho pirracento, sem a menor delicadeza. Obedecer-lhe você? Isso é modo de dizer, minha rica.

D. Gertrudes, irritada com o silêncio a que estava sendo submetida, sentenciou a sua opinião, embora lha não pedissem:

— Quando uma senhora nova e bonita se casa com sujeito de idade, a discórdia é inevitável.

A Meireles, satisfeita com o elogio, apelou para ela: Pois não era exato, Madame Taveira? A culpa, bem o sabia, fora sua, pois deveria ter previsto aquele resultado desastroso, mas o que queriam se a mocidade era imprevidente? - suspirou - ah! Para que o aceitara por marido, quando poderia ter aspirado a um partido mais brilhante? Envolveu todos num olhar de chamas:

— Meus pais foram culpados em terem consentido neste enlace absurdo, e agora reprovam que eu saia só e me divirta com rapazes conhecidos.

Stella fez uma reflexão de severidade, enquanto a silenciosa Zizita movia os lábios com a vista na orla do vestido. Ah! Mas Zaira bem se importava com a opinião deles! Se lhe proibissem as idas às confeitarias, rebentaria de raiva. Também não era uma escrava. Só no Brasil é que se via disso. Em Londres as senhoras *flirtavam* à grande, desabusadamente, e ninguém murmurava; no Rio era um inferno. Pela menor coisa desenrolava-se uma tempestade!

Puxou o tubo de carmim e roçando-o nos lábios:

— Sabem o que sucede? - mirou-se ao espelho da bolsinha: — É que o intrujo sempre que posso. Quando ele chega em casa e eu não estou, afirmo, logo ao entrar, que fiquei na igreja purgando os pecados... Nunca rezei tantas supostas novenas durante a minha existência.

Zizita balbuciou indignada:

— Espanta-me de você não temer o castigo de Deus!

— Ora - riu ela -, Deus não se intromete nestas asneiras!

— É o que você pensa. Nós temos o livre-arbítrio, mas mais tarde, no outro mundo, somos forçados a prestar contas das nossas faltas ao Criador. Prepare-se para o fogo perpétuo, porque não tem poucas.

Zaira começou a rir, enxugando de leve os lábios pintados. Endireitou os frisados da testa, que esvoaçavam, alisou as pregas do corpete descaído. Suspirou. Que procedimento incorreto tinha ela, afinal? Conversar com os homens? Que mal lhe poderia vir desse inocente passatempo? Olhou para o Taveira, que sem dizer nada a encarava estarrecido:

— Aposto que o senhor quando se casou era moço? - e, a um gesto afirmativo dele: — Assim é que deveriam ser todos, pois evitavam-se muitíssimas sensaborias. Com certeza nunca teve ciúmes de sua senhora?

Todos riram maliciosamente. Ela prosseguiu, muito séria:

— Pois o meu esposo – bateu na boca algumas pancadinhas cômicas –, eu não deveria horrorizar a assembleia mais do que já fiz, mas sempre lhe porei a calva à mostra – tem ciúmes até dos velhos.

— Você bem podia poupar-lhe certos aborrecimentos – retorquiu Stella.

— Ela é culpada – sussurrou Zizita –, uma vez que se casou com ele, tem de sofrer as consequências do seu ato leviano, mas nunca proceder desse modo indecoroso.

Zaira dava piparotes na seda do vestido. Ah! Para que se encarcerara tão cedo? – e olhando demoradamente para todos, um por um: — Imaginem que ele se enfurece até de eu falar com aquele ridículo visconde do Roseiral! O Roseiral da calva flamejante, que manca por causa de um calo arruinado! Um tipo que ninguém leva a sério. O outro dia, Meireles fez-me uma cena terrível só porque o coitado me acompanhou a casa!

— Para que veio você sozinha com ele? – tornou Stella.

— Que mal havia? Um sujeito velho, inofensivo, conhecido pelos seus amores senis...

— Mas não é seu marido! – murmurou Zizita indignada.

— Antes fosse, ao menos eu teria uma vida menos atribulada.

Levantou-se com outro bocejo. Ia-se embora, pois tinha licença apenas para ficar na rua até às quatro horas, e essas já tinham repicado... Lá voltava para a berlinda. Que fazer, visto a sua sina ser essa?

A prima, muito séria, levantou-se também, e D. Gertrudes, ávida para pesquisar melhor a vida delas, despediu-se de Stella e, fazendo um sinal autoritário ao marido, que ficara imóvel e silencioso, saiu logo no encalço das outras.

Mas, embora se acelerasse, não pegou a mulher do Meireles, que corria atrás de Eloy Arantes, que, de roupa cor de pinhão e barbicha aguçada, atirava as magras pernas num passo nervoso e rápido.

Ela parou esfalfada:

— Não há maior descaramento do que neste Botafogo. E rosna-se de São Cristóvão e Engenho de Dentro! Reparem como ela dispara atrás do sujeitinho, com a saia pelo meio das pernas, como uma menina de 14 anos! A minha vontade é mandar um papelinho anônimo ao marido, repetindo o que ela disse.

O Taveira, cabisbaixo, não se atrevia a abrir a boca.

— E a lambisgoia da Stella, que não nos quis mostrar o quarto de dormir? Com certeza dorme no sótão, a grandeza é só por fora. Vão ver que nem tem cama!

O marido levantou os olhos humildes numa interrogação ansiosa.

— Sei lá! – bradou ela, sacudindo os ombros – em Botafogo é assim, por fora cordas de viola, por dentro pão bolorento – e, furiosa de não poder acercar-se de Zaira, que desaparecera com o jornalista e a prima, arrancou do peito ofegante um imenso gemido. — Não posso, não tenho idade nem forças para perseguir cabritas. Lá vai ela e mais a outra, que está com cara bem sei de quê. Freira? Pois sim, é só enquanto não achar marido. Também, com aquele frontispício desgraçado é o que tem de mais acertado a fazer. E a sirigaita da Dinorah, que não nos honrou com a sua presença? – enxugou o suor com o largo lenço aberto. — Achou que éramos pouco para ela... Fez bem, dizem que é uma bicha feia de meter medo! – e, soprando para o ar com ruído, encostou-se a um lampião para esperar o bonde.

XXXVIII

Quando Ritinha chegou a casa, depois da conversa com Stella, tomou a firme resolução de pesquisar o romance da amiga, não só no intuito de a auxiliar, como também por aquela paixão acidentada ter interessado vivamente a sua vida rotineira. Pela rua ia planejando um projeto que a pusesse na pista desejada.

Ah! Se fosse mais independente ou idosa, procuraria Nestor, e admoestá-lo-ia em nome da lealdade a usar de absoluta franqueza com a amiga, pois tudo que esta lhe contara causava-lhe suspeitas aterradoras. Ao pôr o pé no limiar da porta, ouviu o irmão dizer alegremente:

— Isto em pleno século XX, mamãe, revela que o mundo caminha a passos de gigante!

Ritinha entrou e jogou logo o chapéu para cima de uma cadeira.

Mário, que lhe reparou no aspecto sorumbático, perguntou, ainda divertido com a recente palestra que tivera com a baronesa:

— Você está macambúzia como se voltasse do cemitério ou de alguma missa de sétimo dia...

— Que me deixaria talvez impassível... - respondeu ela.

— De onde regressa então com esse feitio lúgubre de gato--pingado?

— Da casa de Stella.

Uma expressão rancorosa se espraiou pelo rosto dele.

— Você não deixa a porta dessa moça! Não sei como mamãe tolera as suas ridículas fantasias!

Ritinha abriu desmedidamente os lindos olhos castanhos, meneando a cabeça num exagerado desdém. Depois, muito sarcástica:

— Você está despeitado por Stella nunca lhe ter prestado atenção! Eis o segredo desse rigor de última hora. É sempre essa a superioridade masculina!

Ele respondeu colérico:

— Minha pobre irmã, a sua amiga teve a insidiosa capacidade de lhe atrapalhar os miolos, mas felizmente foram só os seus que atrapalhou. Quero ver a cara dela no dia do casamento de Nhonhô com a prima! Será um espetáculo com o qual me regozijarei. Que derrota!

Ritinha ergueu-se de um salto, espantada:

— Dinorah vai casar-se com Nhonhô Rezende? Isso é boato do qual você foi mal informado, Mário. Então Nhonhô é um perverso, um homem destituído de brios? Ele, que ama Stella, ir desposar a outra? Duvido. Duvido. Foi um alvitre infernal que lhe ocorreu agora, não foi?

Mário dobrava-se a rir, afetando zombaria. Que o deixassem divertir-se com aquela história burlesca! Mas Ritinha possuía então uma ingenuidade de noviça? Nhonhô amar Stella? Não via o absurdo de tal afirmativa? Se ele a amasse, resignar-se-ia a desposar a outra? Quem o forçava a isso? E parando defronte da irmã, atônita:

— Estou a par dessa trapalhada. Houve de fato entre eles um *flirt* em Teresópolis, mas quando Nhonhô voltou para o Rio, essa *louca paixão* a que você se refere com tanto calor evaporou-se qual bola de sabão que sobe ao ar – levantou os braços com gestos cômicos, imitando bolas que se elevam e se desfazem.

— E por que concessão especial conhece você minudências que todos ignoram?

— Primeiramente porque sou íntimo de Nestor, e há dois meses, mais ou menos, falando-lhe eu por acaso nessa moça, respondeu-me que simpatizava muito com ela.

— Ah! Então sempre confessou que a amava?

— Qual amava, qual nada, você embrulha tudo, namoriscou-a apenas durante alguns meses. Foi isso que ele me confirmou antes de seguir para São Paulo.

— E você acreditou nessa resposta sem penetrar no pensamento desse seu tão leal quanto sincero amigo? Pois não lhe atingiu o alcance?

— Nhonhô alega não ter sido positivo, por Stella o cacetear com lágrimas e ameaças de suicídio. Não teve, por isso, ânimo de a despersuadir, mas como não pode continuar a sacrificar o seu coração e o seu futuro, resolveu declarar-lhe sem rebuços que se pretende casar com Dinorah dentro de poucos meses.

— E, apesar desse heroísmo, vai-lhe mandando bilhetinhos amorosos de vez em quando?

— Ele? Disso, minha cara, você não me convence nem por decreto régio.

— Tem mandado, que os li! – bradou Ritinha, batendo com raiva no peito.

— É falso!

— Juro-lhe.

Mário deu uma risada.

— Foi Stella mesma que os redigiu, a fim de a convencer que provinham dele. Creia, Ritinha, apesar da sua decantada perspicácia, celebrizada em prosa e verso, há ainda quem seja mais esperto e a engane com facilidade. Essa moça daria uma ótima escritora, emocionante, empolgante, verdadeira folhetinista de jornaleco barato... Venha repetir-me essas patranhas a ver se me convence da sua veracidade!

Lágrimas encolerizadas pularam dos olhos de Ritinha, que numa revolta desvendou à mãe aquele drama confuso...

Vinham-lhe expressões de amargura e de descrença. Ah! Agora compreendia tudo claramente! Nhonhô amava Stella, mas ficara seduzido pelo dote colossal de Dinorah. E fora o dinheiro que o corrompera! – e apelando para a baronesa:

— Não é lógico, mamãe?

Esta queria serená-la; ela não ouvia, indignada com tanta baixeza.

Mário rematou com um riso forçado:

— Forte candura, a sua! Ninguém acreditará nos seus 22 anos!

A moça retorquiu, fora de si:

— Candido é você – mas, de súbito, com um pensamento: — Clotilde, com certeza, ignora o casamento do irmão?

— Ainda ontem, em casa do deputado Mariano, houve quem a ele se referisse, e D. Clotilde, que estava presente, mostrou-se contentíssima. Além disso ele já é público e notório...

— Como Clotilde é malvada e tem ludibriado a pobre Stella, que nunca supôs que a perversidade humana pudesse ascender a tamanho requinte de perfeição!

Eis o motivo por que Nhonhô influiu Stella a partir já para Teresópolis! Quer afastá-la para longe de sua esfera de ação! Aí está o fio da Ariadne!

Mário saiu da saleta com movimentos de piedade, enquanto ela exclamava enraivecida:

— Hei de contar a Stella essa maquinação tramada contra ela, hei de desmascará-los a todos!

A mãe proibiu-lho severamente; aquele incidente seguiria sem dúvida o curso natural; os dois se casariam, Stella, no decorrer dos meses, olvidaria aquele amor infeliz e Clotilde ficaria como um exemplo de lealdade, alegando que o irmão se enfastiara da amiga, não obstante ela ter advogado a sua causa com ardor e dedicação.

— E assim é o mundo, minha filha, vencem os que estão amparados!

— Não me conformo com essa filosofia de algibeira.

— É forçoso conformar-se, a gente para ser feliz deve acompanhar o seu século, e não distinguir-se como ente exótico.

— Prefiro que o meu século me acompanhe.

A baronesa tornou-lhe com doçura:

— Escute sua mãe, minha filha. Esses excessos de superioridade não nos tornam estimadas, antes pelo contrário. O mundo finge louvar tais originalidades, mas, quando as julga, fá-lo severamente. Não repita nada à sua amiga, deixe-a partir sossegada para Teresópolis. Lá, ela tem a irmã, que é criteriosa e a consolará melhor do que ninguém.

— E se sucumbir a esse desgosto, não terei eu uma grande responsabilidade para com a minha consciência?

— Consciência, minha filha, é uma palavra muito solene para ser empregada em qualquer assunto. Creio até, Deus me perdoe a heresia, que já caiu em desuso, pois não há mais quem a aprecie nem defina.

Ritinha teve outro gesto de revolta:

— Tenha paciência, mamãe, mas não sou de submeter-me a convenções servis. Se eu o fizesse, me rebaixaria a meus próprios olhos, e graças a Deus ainda prefiro a tudo a tranquilidade do espírito e a retidão do caráter.

E, como era voluntariosa, decidiu arranjar uma prova esmagadora contra Nestor, que advertisse Stella antes de ele regressar de São Paulo, envergonhando ao mesmo tempo o irmão, da sua culpada credulidade no amigo. Mas qual seria o meio mais seguro de a obter? Já havia alguns dias que prometera a Stella ocupar-se disso e a angustiosa situação estacionava!... Se se demorasse a agir, ele voltaria, e a pobre, sem poder livrar-se do laço que lhe estavam a preparar! E se perdesse a razão? Ritinha disse de si para si:

— Uma ideia, meu Deus, a minha fortuna por uma ideia! como pedia Ricardo III! – Lembrou-se de Clotilde. Se a fosse visitar, e com finura encarreirasse a palestra para aquele ponto? Decidida, chamou Miss Lesly, e, enquanto esta foi dar umas voltas, subiu rapidamente a escada da irmã de Nestor, que a recebeu muito contente:

— Pela sua animação, adivinho o que aqui a traz! Vem anunciar-me o seu casamento, aposto!

— Adivinhou; escolhi o visconde do Roseiral. Não sabe que ele aluga todas as manhãs um bote para assistir aos meus banhos de mar? Assim que o lobrigo, escondo-me atrás de uma barraca até vê-lo desaparecer... Estou como Dafne, só me falta ser metamorfoseada em loureiro.

Clotilde intimou-a, rindo, com o dedo mínimo espetado:

— Não faça o careca padecer, moça. Isso é falta de caridade.

Ah! - dizia ela com uma gargalhada - o careca só lhe era fiel quando estava longe de Marieta... - e, sentando-se mais comodamente, acrescentou com um suspiro terno: — Vim vê-la por sentir falta das suas conversas inteligentes; ando tão farta de gente fofa que só se interessa por trapos...

Clotilde sorriu, lisonjeada, e com um encolher indulgente de ombros:

— Nem só de roupas e de pão vive o homem... e a mulher...

Detiveram-se alguns ligeiros minutos a falar da fragilidade do julgamento feminino.

— O cérebro das mulheres é mais incompleto que o dos homens - afiançou Ritinha numa toada cômica.

— E é você que se exprime desse modo? você, a paladina delas todas!

— Em público não perco ensejo de admirá-las, mas só em público. Ainda ontem, em casa de Dinorah tive uma renhida discussão com o Dr. Arantes a esse respeito.

— E quem ganhou?

— Eu. O pomo da discórdia foi a entrada para o palco da sobrinha da condessa do Castelo, a Otávia, o Dr. Eloy mostrava-se deslumbrado de ela ter rompido com os preconceitos sociais, que em geral são poderosos liames...

Clotilde disse numa voz melífica:

— Uma moça educada não deve fazer tal temeridade, porque é uma mãe de família de menos.

— Antes uma atriz boa, a mais, do que cem mães de família que não prestem. Somente sou de parecer que os que entram para o teatro não devem ser casados. Dediquem-se à sua arte, mas conservem-se solteiros.

Clotilde estava de acordo, e sorrindo:

— Quem há de custar, a prender-se, bem sei...

— Eu?

Ela acenou afirmativamente.

— Ontem mesmo, com a Dinorah e o Arantes abordamos esta questão.

Clotilde inquiriu vivamente:

— E Stella? esteve com ela?

— Não, ela nunca me aparece, o que acho desaforo, pois não lhe vou pedir nenhuma esmola. Também não me incomodo, a sua prosa não é para desejar, anda tão impertinente, tão irascível...

— Vocês eram tão íntimas!

— Dantes; hoje prefiro mil vezes Dinorah, é mais chã, mais lhana... Stella mudou muito ultimamente, ou então fui eu que mudei... Ouvi dizer que o mau humor dela é devido a uma paixão contrariada...

Clotilde esfuziou um risinho:

— Ignora da mania dela por Nhonhô?

— Não é de Dinorah que ele gosta?

— É, e até pretendem casar-se breve. Quem lho disse?

Ritinha fingiu procurar na memória:

— Homem, nem sei... Alguém me contou; creio que foi a própria Dinorah. Mas, então, Stella não se enxerga?

— Parece... porque entre as duas não pode haver hesitação.

— Decerto! que ingenuidade!

A campainha fora tocou, ela ergueu-se.

— É visita, e eu despenteada!

O coração de Ritinha batia com força, aterrado com a possibilidade de alguém vir interromper um diálogo que começara tão habilidosamente. Ela também não se podia demorar, tinha dito à baronesa que voltaria cedo...

Instantes depois Clotilde reapareceu.

— Despachei; não vou receber pessoas estranhas nesta figura.

Esquecera o carmim, não frisara as franjas... Para Ritinha não havia inconveniente, era uma menina simples, que não ligava a exterioridades. Sentaram-se muito conchegadas.

— Ainda não estou em mim da surpresa! – começou Ritinha, cruzando as pernas com familiaridade. — O seu irmão querer Dinorah, e Stella, conhecendo essa preferência, não se acanha de pensar nele? Chega a ser falta de tino... e até de pudor!

Clotilde abafou a voz numa confidência:

— Ela não o sabe, porque Nhonhô flirtou-a em Teresópolis, por desfastio, mas uma vez aqui apaixonou-se pela Dinorah; então, para requestar esta, viu-se forçado a não desenganar Stella!... Foi um embuste imposto pelo amor, mas que o tem mortificado horrivelmente!

— Que combinação genial! E você, como se portou?

— Fiquei alheia a tudo... O certo, porém, é que Stella é pouco perspicaz.

— Pouquíssimo!

— Parece uma *Agnès*, crê em todos os absurdos, contanto que sejam temperados com encômios aos seus extraordinários requisitos... Ah! La Fontaine discerniu divinamente na sua fábula da raposa e do corvo!...

— Todas as composições dele são estupendas! Conhece a da raposa e o galo? É admirável também! - rematou Ritinha com ar inocente, rindo para dentro e baixando os olhos gaiatos.

— Essa não conheço. É verdadeira como a outra?

— Se é!

Vendo-se tão festejada, Clotilde expandiu-se mais largamente, e mencionou os episódios chistosos daqueles meses de verão. E Ritinha, não obstante a expressão risonha do seu semblante, sentia uma dor sincera com a relação burlesca daqueles mesmos acontecimentos que Stella lhe contara banhada em lágrimas.

— Que lhe parece?

— Curiosíssimo! Você é uma águia!

A irmã de Nestor ficou toda no ar com o elogio, já agora poria os pontos nos is. Nhonhô, que partira para São Paulo por duas semanas, escrevia-lhe sempre, mas como era muito escrupuloso, muito honesto, andava atormentado com aquele estado de coisas. E para testemunhar o embaraço aflitivo do irmão, resolveu ler-lhe alguns trechos alusivos ao fato.

— Espere - disse, e foi buscar um cofre de prata contendo um macinho amarrado por uma fita amarela. Pôs-se a procurar devagar, mas logo fechou rapidamente a primeira carta.

Ritinha ainda lançou a vista, não pôde, porém, ler; o gesto da outra foi breve. Vendo-a sobressaltar-se, ficou numa curiosidade irrequieta. Que diria aquele papel? Se o furtasse? Mas a dona estava ali, atenta e firme como um dragão. Agora que levara as investigações a esse ponto, deveria desistir?

— Oiça – observou Clotilde desdobrando outra. — "Estou cada vez mais receoso de que o caso se complique enquanto eu não estiver bastante garantido. Tenho pena de perder Stella, confesso-o, pois como mulher é muito superior à prima... mas... por que não segue ela para Teresópolis? Esta demora enerva-me!..."

Ritinha lia para diante, querendo num só olhar abranger todas as linhas. A outra acabara aquele final atropeladamente, não podendo desprender-se a tempo, e não prevendo a continuação da frase encetada.

— Ele acha Stella melhor que Dinorah? – perguntou Ritinha com ar cândido.

É porque o irmão tinha um modo original de se exprimir – respondia Clotilde dobrando a página, que, malgrado o seu admirável sangue-frio, lhe tremia nas mãos. E explicou numa voz alterada: se aquele parágrafo estava ambíguo para os estranhos, era compreensível para ela. Nhonhô adorara Stella...

— Ah! não foi sempre Dinorah a preferida?

Percebendo que se atraiçoava, Clotilde tossiu, pegou no lenço para limpar a boca:

— Foi; mas, atendendo aos disparates que ela faz, lamenta-a...

— Ah!... sim!... – murmurou Ritinha vagamente.

Preocupava-a a posse dos papéis. Que fazer para isso, Virgem Santíssima?

Uma inspiração iluminou-a: fingir-se adoentada para arredar a amiga momentaneamente. Cerrou logo as pálpebras e, apertando o estômago, soltou um ai dolorosíssimo...

— Tem alguma coisa?

— Uma dor horrível! - respondeu ela contorcendo-se.

Clotilde levantou-se muito assustada. Quereria tomar um chá, um remédio?

— Aceito um calmante - gemeu Ritinha -, estou cada vez pior. Ultimamente ando achacada a este sofrimento, cuja causas os médicos não atinam. Até já me mandaram para Caxambu...

Clotilde correu para buscar o remédio. Ritinha ergueu-se de um salto, abriu o cofre fechado à pressa, puxou um punhado de cartas e numa agitação, com os olhos pregados na porta, meteu-as no bolso, atirando com a tampa da caixinha. Os minutos estavam contados, a outra entrava com um vidro na mão.

— Beba, é melissa... Como está vermelha! terá febre? - e, inquieta, apalpava-a, tomava-lhe o pulso.

— Talvez... Sinto-me mal. Vou-me embora, estou ficando tonta.

Clotilde instava para que descansasse em cima da cama, ela recusava, ansiosa para sair dali. Perto da mãe, que lhe conhecia as macacoas, é que se queria achar...

— Em virtude dessa razão, que reputo justa, não a obrigarei a ficar, mas deixe-me mandar chamar um carro.

— Não, não, preciso de ar fresco. Vou indo a pé até encontrar Miss Lesly, que deve andar por perto - e, muito nervosa, atirou-se pela escada abaixo.

Vendo a rapidez com que ela descera, Clotilde bateu alegremente na testa. Descobriu! Com certeza Ritinha marcara alguma entrevista com o namorado, e para ter um pretexto de sair representara a cena da moléstia! Riu muito saboreando a sua argúcia.

— Coitada, faz bem, está na idade das ilusões! – e, sem se lembrar mais das confidências de Nestor, encaminhou-se para o toucador a fim de passar um pouco de carmim nos lábios.

Ritinha ia apressadamente pela rua fora, tal terror tinha que a perseguissem, pois o ódio de Clotilde aparecia-lhe tremendo e sem perdão, não só pelas intimidades que aqueles papéis desvendariam, como por ela a ter escarnecido. O seu susto era tamanho que não pôde esperar a governanta, chamou um *coupé* e deu ao cocheiro a direção do palacete de D. Guilhermina. Enquanto os cavalos trotavam, cansados, ela espreitava a todo o momento para as ruas, receando ver Clotilde surgir de repente, fulgurante de vingança e de rancor. Ah! mas que importavam esses temores passageiros, se o conteúdo das cartas salvaria Stella, pois, por mais vigorosas que sejam as expressões verbais, perdem com o tempo a significação, e mesmo o valor; mas as que foram escritas são inexoráveis e, quanto mais se devoram, mais avivam a cólera ou os sentimentos afetivos.

O carro parou. Ritinha fê-lo esperar e rapidamente, com o coração aos pulos, subiu ao quarto de Stella, que tinha os olhos vermelhos de chorar.

A moça estacou:

— Vim dar-lhe parte do que fiz em seu favor, Stella, mas acho-a tão acabrunhada que não sei se ouse...

— Fale – pediu esta, enxugando as lágrimas –, já agora ando preparada para tudo... Estou comovida com a resposta de Iaiá, recebida hoje. Ela é tão superior a mim e a todos!

Ritinha continuou muito excitada:

— Leia isto, e medite, todas as explicações serão supérfluas perante documentos desta ordem. Amanhã lhe direi o que ocorreu entre mim e Clotilde.

Uma palidez cadavérica se espalhou pelo rosto de Stella, que moveu os lábios em silêncio. As mãos crisparam-se-lhe num tremor convulso, quando as estendeu para receber o embrulhinho. Ritinha tentou consolá-la, pedindo-lhe para ter ânimo, o mundo era assim mesmo, perverso e traidor; mas vendo-a calada, com uma expressão indefinível de angústia, abraçou-a com muita meiguice:

— Você vai mostrar a dignidade que o caso requer, minha queridinha, ele e a irmã são criaturas desprezíveis; não merecem a mais ligeira atenuante, e nem sequer uma lágrima sua.

Stella abriu vagarosamente uma carta; Ritinha, notando-lhe o gesto, tornou a abraçá-la e saiu engasgada pela comoção.

"Sinhá" – dizia Nestor numa das mais recentes, datada de São Paulo –, "fui forçado a partir sem me despedir de você, com medo de perder o trem, de maneira que lhe não pude contar a cena trágica a que me submeti na véspera, à noite.

Submeti, digo bem, porque a D... é tão feia que chego a ter pena de mim. Consegui encontrar-me com ela na sala de bilhar, embaixo, e depois de mil juras e protestos, ajoelhei-me a seus pés, eu, este secarrão que você conhece, eu, este *blasé* insolente, aguardando cabisbaixo a minha sentença... de morte. Mas como o não fazer, se defronte de mim luzia essa miragem sorridente que verga as mais altaneiras frontes e enobrece aqueles que o vulgo chama bandidos? Compreende você esta linguagem simbólica? Não sou mais explícito por recear os desvios do correio, contra os quais devemos, por prudência, estar prevenidos. Detenha-se diante de uma comédia que desafiaria o lápis satírico de qualquer Abel Faivre ou Caran d'Ache... Ainda hoje contenho dificilmente o riso; imagino então o que não sucederá com você! Apesar do meu *idealismo*, não imitarei a grandeza d'alma de Philippe Derblay; não vá ela *me prendre au mot* e deixar-me com a carga às costas e o bolso vazio... Admire a minha bonachona alegria, Sinhá! (estou de um humorismo raro) e, não fosse a hora da coleta, expor-lhe-ia outro incidente hilariante que reservarei para contar de viva voz. Embora S... ainda esteja no Rio, sou obrigado a seguir para aí esta semana, porque, além de um chamado urgente do meu sócio, a minha presença e as minhas promessas abrandarão a fúria intempestiva dos credores. Felizmente eles se calarão breve... Diz você na sua carta de ontem que não posso reprimir o meu entusiasmo por S... É puro engano; não sinto por ela o menor estremecimento; lastimo somente perdê-la porque nunca ninguém me amou neste baixo mundo com tão ingênua e ardente candura. Ela seria para mim uma admirável Andrômaca, se eu fosse homem a me deixar embalar por doces sentimentalismos. Em todo o caso, sou-lhe grato de ter-me inspirado outro tipo de heroína que me disporei a descrever algum dia... Negue-me ainda a força da imaginação, essa *folle du logis* que ora nos conduz a paraísos deslumbrantes, ora nos embrenha nos mais negros infernos. Reconheço, entretanto, que sem o seu auxílio eu nada teria realizado, e por isso, mais do que nunca, concordo que os governos deveriam escolher mulheres para resolverem os problemas diplomáticos que parecem insolúveis..."

A carta continuava no mesmo tom mordaz, mas Stella fechou-a e caiu sobre a cama, sem forças para chorar mais. Lentamente, invadiu-a uma fadiga, um torpor que a fez almejar a paz e o esquecimento. E lembrou-se outra vez da morte! Pensou nela como na mais nobre libertadora de todos os males, na misericordiosa mãe em cujo seio magnânimo pudesse descansar a pobre cabeça atormentada! Ah! se ela a levasse para a calma sacrossanta do túmulo, esse abrigo supremo dos grandes desgraçados! Mas, num desvario que a fustigou como uma chicotada invisível, empurrou o cabelo para as costas e precipitou-se à procura da prima, que foi encontrar no gabinete do irmão.

— Dinorah! - gritou com voz lancinante - vais compreender enfim, como eu, a horrível intriga desse miserável Nestor! Vê o que nós duas temos sido para ele!

— O que é? - fez aquela muito pálida, tomando as cartas nas mãos trêmulas. E a sua fisionomia afogueou-se logo, como uma brasa viva, enquanto um brilho de febre ardia nos seus tristes olhos pasmados. Leu-as todas, releu-as até o fim. Stella girava de um lado para o outro, doida, desatinada. De repente parou ao ver o revólver de Álvaro, carregado de balas, sobre o mármore reluzente da cômoda!

Com um impulso sinistro, avançou para ele e acercou-o do ouvido, pronta para desfechar o gatilho, mas Dinorah deu um grito e bradou convulsivamente, agarrando-lhe o braço:

— Que indignidade ias cometer!? Pede já perdão a Deus! Eu, que sou mil vezes mais desgraçada, seria incapaz de semelhante cobardia!

— Mais infeliz do que eu não há ninguém! Perdi tudo: o amor de minha irmã, o teu, por causa desse homem que me dilacerou a alma. Tu ao menos és rica...

Dinorah exclamou, torcendo as mãos:

— Sou rica? Eis por que não me podem amar! O meu infame dinheiro, posto que me facilite tudo, tem sido o meu maior carrasco. Que expiação! – e, escorregando no sofá, rolou a cabeça nas almofadas, mordendo o lenço com gritos desesperados.

Stella cobriu o rosto que a aflição tornara lívido:

— Tenho a triste certeza de que a minha vida está no fim!

— E a minha nunca principiará; esta maldita fortuna perverte todos que dela se aproximam. Tu és bela, quem te amar será por ti somente.

Stella cravava no tapete o olhar alucinado, mas de súbito, traspassada de compaixão, suplicou-lhe, sacudida pelo choro:

— Escuta-me, Dinorah, esqueçamos o passado! Não pronunciemos mais o nome dele e da irmã. Queres? Responde, queres? Perdoemo-nos mutuamente as nossas faltas.

Dinorah atirou-se-lhe nos braços, balbuciando:

— Sim, Stella, sejamos as mesmas de dantes! Esqueçamos tudo! O meu amor por ele converteu-se em ódio e desprezo. Amanhã mesmo mandar-lhe-ei estas cartas como resposta à que dele ontem recebi. Não falemos mais em tal; a surpresa foi terrível demais para eu poder analisá-la a sangue-frio.

E as duas soluçaram por muito tempo, estreitamente abraçadas, enquanto o sol, invadindo o aposento, as envolvia no seu generoso manto de luz.

XXXIX

Nessa mesma tarde Nestor encaminhava-se para a estação, a fim de tomar o noturno do Rio, acompanhado pelo seu íntimo Arnaldo Maciel.

— Você teve sorte, homem – disse este. — Quanto mais penso no seu caso, mais me abismo do resultado favorável que obteve.

Nestor respondeu afrouxando os passos:

— Meu caro, para se atingir o ideal ou, por outra, o alvo ambicionado, é mister possuir-se muita audácia. Os tímidos nunca vencerão, creia você.

— A sua observação é falsa, a audácia sozinha é insuficiente. Tenho conhecido muitos rapazes ousados que nada arranjaram, apesar das suas tentativas e investidas.

— Faltava-lhes a sagacidade necessária.

— E alguns gramas de cinismo...

— Também. Mas o físico do ambicioso deve auxiliar-lhe as empresas, porque um nariz à Cyrano ou uma pança à Falstaff transtornarão os planos do seu possuidor.

Começaram a falar de Dinorah e da sua imensa fortuna. Arnaldo lastimava ela não ser formosa, porque a seu ver a roda conjugal não marchava com a devida firmeza quando à mulher faltava formosura. Nestor encolheu os ombros:

— Sabe você de uma? Nunca fui partidário do casamento por amor. Não tolero nada que me incomode ou preocupe; o amor, afinal de contas, é uma maçada, um desassossego de todos os instantes...

— Mas viver-se amarrado a uma criatura indiferente, homem de Deus?

— Ora... cada qual vai para o seu lado e evitam-se muitas atribulações.

— O que há de novo sobre Stella? Resignou-se a partir para Teresópolis, ou ficou presa à prima, como um carrapato?

— Deve partir hoje ou amanhã, segundo me informou Clotilde. É um pesadelo a tal pequena! Choraminga o dia todo, representa melodramas e tragédias... Foi uma encrenca em que minha irmã me envolveu!

Arnaldo acendeu um fósforo, que aproximou do cigarro:

— Você deve se casar quanto antes e roer os milhões sem fazer barulho, para esse negócio se extinguir de morte natural.

À lembrança da fortuna que o esperava, o rosto de Nestor refulgiu. Os milhões! Ele, que nascera com gostos de milionário, ia enfim realizar os sonhos que o traziam sobressaltado.

— Eu sou poeta, meu caro, poeta sem rima. Não calcula quantas fantasias a minha imaginação me fornece, ao lembrar-me que vou ter muito dinheiro à minha disposição.

— A quanto monta o dote?

— Mil contos, sem contar o que herdará da mãe.

— Caramba! Não haverá engano?

— Não; informei-me minuciosamente por várias vias.

— Mas é um colosso! Com tal dote a menina merece ao menos fidelidade...

Por única resposta Nestor piscou-lhe maliciosamente os olhos. Tinham chegado à estação onde havia grande alarido de vozes. Uma senhora muito enternecida beijocava uma criancinha de colo. Nestor observou a meia-voz, com asco:

— Isso só no Brasil! As argentinas não fazem pieguices dessa ordem! Se eu um dia tiver filhos, hei de entregá-los à *nursery*, e não os quero ver enquanto usarem fraldas e cueiros. Deus me livre de crianças pequenas; esganiçam-se, esperneiam, sujam as roupas dos adultos... Um horror! Só as aprecio de longe, e mesmo assim dentro de carrinhos com muitas fitas e rendas.

E teria continuado a perorar com a mesma superioridade e dureza se a locomotiva não lançasse um silvo estridente, anunciando a hora da partida. Os dois abraçaram-se. Nestor subiu para o compartimento, desembaraçando-se do sobretudo claro que envergara à pressa. Vozes acauteladas faziam recomendações a dois sujeitos que chegavam atrasados e se arremessavam para os estribos, carregados de maletas e de embrulhos. A máquina resfolgou e, dando um brusco estremeção, pôs-se em movimento. Nestor estirou-se regaladamente, depois de substituir o chapéu de coco por um boné de casimira e com gestos morosos acender um charuto. Em seguida enterrou a cabeça nas almofadas, tendo um sorriso de bem-estar nos beiços carnudos.

O comboio agora rompera com velocidade, desenrolando novelos de fumaça que, por momentos, toldavam a transparência do céu e enevoavam as pequenas cidades, fugitivas às vistas fatigadas dos viajantes; nas estações parava, arquejando, mas logo partia com apitos estridentes, cortando a serenidade majestosa da tarde.

POSFÁCIO
Eis que ressurge uma antiga-nova escritora

CONSTÂNCIA LIMA DUARTE

Conhecia-a primeiramente de leitura quando, na plêiade brilhante de escritores que faziam de O País, o mais literário e requintado matutino da época, o nome de Abel Juruá aparecia semanalmente firmando crônicas vivas e sugestivas, onde uma delicada finura de mulher a cada linha transparecia, apesar do disfarce masculino e desnorteador do pseudônimo.

Conheci-a, portanto, da melhor maneira que nos é dada de conhecer uma criatura: pela inteligência e pelo que do coração, mau grado seu, no que escreve, todo escritor deixa obscuramente palpitar.

Maria Eugênia Celso, 1941[1]

Como tantas brasileiras que ousaram exibir no passado o brilho de seu intelecto, rompendo os limites impostos pelo poder patriarcal e participando da cena cultural do país, e depois foram sumariamente ignoradas pela historiografia literária, Iracema Guimarães Vilela teve o mesmo destino. E se hoje seu nome soa desconhecido para nós, isso se deve ao

---

[1] Maria Eugênia Celso (1886-1963), filha do conde Afonso Celso e neta do visconde de Ouro Preto, foi escritora e militante do movimento feminista ao lado de Bertha Lutz. Amiga de Iracema Guimarães Vilela, assinou o afetuoso "Obituário" publicado no *Jornal do Brasil*, em 8 de abril de 1941, p. 5.

memoricídio que sofreu, isto é, ter sido alijada da memória e do arquivo oficial da literatura.

Para reunir informações sobre essa escritora é preciso pesquisar pacientemente em diferentes acervos para então esboçar um quebra-cabeça que parece destinado a ficar sempre incompleto. Sabe-se, até o momento, que Iracema era filha do poeta Luiz Guimarães Júnior (1845-1898) e de Cecília Canongia Guimarães (?-1882); irmã do também poeta Luiz Guimarães Filho (1878-1940); e foi casada com Gastão de Azevedo Vilela[2]. Com o falecimento precoce da mãe, o pai entregou os filhos (dois meninos e duas meninas) aos cuidados da avó materna residente em Portugal, onde Iracema teria vivido parte de sua infância e juventude. Sabe-se ainda que a escritora faleceu em 1941, mas ignora-se a data de seu nascimento, que julgamos ter sido na década de 1880.

Sua obra – composta de romances, contos, novela, dramaturgia – encontra-se esparsa em antigas bibliotecas e sebos e raramente é citada em dicionários, enciclopédias e manuais literários conhecidos. O fato de ter assinado quase toda a obra com o pseudônimo de *Abel Juruá* poderia, talvez, ter sido um agravante. Mas constatamos que esse codinome era por demais conhecido dos críticos e dos jornalistas, pois, quando o mencionavam, revelavam em seguida a autoria.

Entre os livros que publicou estão: *Nhonhô Rezende*, em 1918 pela Livraria Editora Leite Ribeiro & Maurillo, do Rio de

---

[2] No *Almanak Laemmert: Administrativo, Mercantil e Industrial* do Rio de Janeiro, 1891-1940 (vol. I, p. 1761), encontra-se a informação de que o engenheiro Gastão de Azevedo Vilela oferecia "aulas particulares" em sua residência à rua Conde de Bonfim, 186.

Janeiro; *Uma aventura*, editado pela Cia Gráfica-Editora Monteiro Lobato, de São Paulo, em 1925, que recebeu a menção honrosa na categoria conto da ABL no ano seguinte; *A veranista*, interessante romance epistolar[3], primeiro surgido em folhetim no jornal *O País*, de fevereiro a março de 1920, depois publicado pela Cia Gráfica-Editora Monteiro Lobato, em 1921; a comédia intitulada *A hora do chá*, representada no Rio de Janeiro em 1926 e publicada em 1933; e, ainda, o romance *Asas partidas*, de 1928; a biografia de seu pai, *Luiz Guimarães Júnior*, surgida no Rio de Janeiro em 1934, pela Oficina Industrial Gráfica; e *A senhora condessa*, outro romance trazido a público pela conceituada empresa dos Irmãos Pongetti, em 1939.

Como tantas escritoras daquele tempo, no Brasil e no exterior, também Iracema adotou um pseudônimo masculino para adentrar no universo das letras[4], e foi com ele que assinou seus artigos, crônicas e contos nos mais importantes periódicos da imprensa carioca, como *O Globo* (de 1916 a 1936), *Correio da Manhã, Revista da Semana, Fon-Fon, O Malho,*

---

[3] *A veranista* inaugurou, com outras duas obras, a coleção Biblioteca da Rainha Mab, que consistia em livros de pequeno formato ricamente encapados com uma sofisticada película de couro artificial. Embora o título não remeta explicitamente ao público feminino, a Biblioteca da Rainha Mab sugere ter sido inspirada nas coleções criadas por Paula Brito, Garnier e outros editores, dedicadas ao seleto grupo de leitoras. O nome Rainha Mab, surgido na peça *Romeu e Julieta*, de Shakespeare, como a fada que provoca sonhos ou pesadelos aos que dormem, tornou-se depois título de uma história infantil de Monteiro Lobato, publicada em 1947.

[4] No Brasil, muitas escritoras usaram o recurso do pseudônimo ou do anonimato para se proteger da opinião pública ou por julgarem que não seriam lidas se revelassem os verdadeiros nomes. Uma delas foi Maria Firmina dos Reis, autora de *Úrsula* (1859), o primeiro romance abolicionista da literatura brasileira, que assinou apenas "Uma Maranhense". Outro exemplo é o livro *As mulheres: um protesto por uma mãe*, publicado na Bahia, em 1887, que faz graves denúncias sobre desvalorização do trabalho feminino, e permanece ainda hoje anônimo.

Para Todos e *Ilustração Brasileira*. Também foi como Abel Juruá que colaborou em *O Nosso Jornal*, dirigido por Cassilda Martins, entre 1919 e 1922, cujo subtítulo era "Pela mulher – Para mulher". Na edição de estreia, de 15 de outubro de 1919, o nome de Abel Juruá está ao lado dos de Albertina Bertha, Amélia Escragnolle, Amélia Rodrigues, Carolina Nabuco, Chrysanthème e Júlia Lopes de Almeida.

Mas o fato de ser filha de um poeta conhecido e admirado como Luiz Guimarães Júnior parece ter contribuído para que ela não fosse valorizada em seu trabalho individual, pois sempre que a mencionam informam logo o parentesco com o famoso escritor. Sobre o pai (e também o irmão) há fartas informações sobre vida e obra: Luiz Guimarães Júnior, nascido no Rio de Janeiro em 1845 e falecido em Lisboa em 1898, foi advogado, diplomata, poeta, contista, romancista e teatrólogo, e um dos fundadores da Academia Brasileira de Letras no Rio de Janeiro. Aos 16 anos escreveu o romance *Lírio branco*, dedicado a Machado de Assis, de quem era amigo fraterno, e colaborou intensamente nos jornais. No ensaio bibliográfico que escreveu sobre o pai, a autora contribuiu de forma decisiva para enaltecer ainda mais a sua memória. E sobre o irmão, Luiz Guimarães Filho (1878-1940), sabe-se que também foi diplomata, poeta, cronista e membro de diversas associações culturais brasileiras e portuguesas, como a Academia Brasileira de Letras, a Academia das Ciências de Lisboa e a Real Academia Espanhola.

Nhonhô Rezende

"Já está à venda nas livrarias este formoso romance de aspectos nacionais, devido à pena de Abel Juruá, pseudônimo que oculta o ilustre nome de uma distinta escritora já muito conhecida no jornalismo pátrio por seus artigos e crônicas de indiscutível valor.

Nhonhô Rezende é uma obra escrita em estilo seguro e brilhante, onde os tipos estão perfeitamente desenhados e as descrições feitas em pinceladas vivas e coloridas. Parte da ação desenvolve-se em Teresópolis e parte no Rio de Janeiro. Em torno de *Nhonhô Rezende* forma-se um movimento de curiosidade literária, também devido ao fato de ser a talentosa autora filha de um dos nossos maiores poetas falecidos."

Correio da Manhã, 24 de setembro de 1918, p. 3

O romance – que Iracema Guimarães Vilela dedica amorosamente ao marido: "Ao Gastão, o meu maior, melhor e mais estremecido amigo" – consiste em legítima narrativa de costumes, isto é: obra de ficção que recria uma sociedade a partir da descrição minuciosa dos costumes e valores morais de um grupo social[5]. E são dois os espaços por onde o enredo circula: Teresópolis – cidade serrana habitada por fazendeiros, comerciantes, pessoas simples, padre, sacristão e juiz; e Rio de

---

[5] Na literatura brasileira do século XIX, *A moreninha*, de Joaquim Manuel de Macedo, e *Memórias de um sargento de milícias*, de Manuel Antônio de Almeida, costumam ser citados como exemplos de romance urbano ou de costumes.

Janeiro, cujos personagens burgueses e aristocráticos acompanham a moda francesa exposta nas vitrines da rua do Ouvidor, residem em palacetes luxuosos e se encontram nas confeitarias da moda, mas que, nos meses mais quentes do verão, se refugiam nas cidades serranas de Teresópolis e Petrópolis.

Com muita competência literária, a escritora constrói detalhadamente cada personagem, tanto os da roça como os da cidade, desde a forma como se vestem, suas qualidades e defeitos, seus conflitos amorosos e problemas socioeconômicos.[6] E através da interação entre os diferentes personagens monta um amplo painel do cotidiano citadino e interiorano, que vai compor os espaços da trama.

O enredo e os principais personagens podem ser assim resumidos: Nair surge em cena já casada com Antonico, homem honesto e trabalhador, residindo numa próspera chácara em Teresópolis. Quando jovem, foi apaixonada por Nestor Rezende, que a iludiu com vãs promessas e depois a abandonou. Passando uma temporada em Teresópolis, temos Stella, sua irmã, que reside no Rio de Janeiro com a madrinha D. Guilhermina e a filha desta, Dinorah.

O personagem que nomeia o romance, e em torno de quem gira todo o enredo – Nestor Rezende (ou Nhonhô Rezende) –, é desde o início apresentado como um tipo frívolo, um dândi vaidoso, elegante e sedutor, que contracena com a irmã Clotilde, também falsa e maquiavélica, que se finge de amiga das

---

[6] Também no romance *A veranista*, temos a representação dos costumes próprios da cidade e do interior, assim como os hábitos, os flertes, a leitura e a moda.

jovens só para ajudar o irmão em suas conquistas. A trama realmente se inicia quando Stella se aproxima de Nhonhô e Clotilde, que também veraneavam em Teresópolis, para a aflição de Nair, que mantinha a triste experiência amorosa em segredo. Como era previsível, Stella também se deixa seduzir por Nestor, que a ilude com falsas promessas de amor, pois queria apenas se distrair.

Em pouco tempo o imbróglio ganha novas dimensões quando Nestor e Clotilde passam a mirar seus interesses escusos em Dinorah, a rica herdeira de D. Guilhermina, e armam para dar um golpe na jovem. Como se vê, trata-se de uma trama novecentista, em que o passado está sempre presente: as jovens incautas são prisioneiras do matrimônio e da sedução de homens sem caráter. Semelhantes enredos já estavam consagrados em romances como *O primo Basílio* e *O crime do padre Amaro*, ambos de Eça de Queiroz, ou *Madame Bovary*, de Flaubert.

Mas, graças às artimanhas novelescas (e ao fato de a autora ser uma mulher...), Dinorah e Stella descobrem a tempo as verdadeiras intenções de Nestor, e entre lágrimas de decepção amorosa surgem preciosos diálogos reveladores da intimidade das personagens, inclusive do mau caratismo de Nestor e Clotilde.

Ah! minha cara, infelizmente eu sou o produto genuíno da sociedade de hoje, um produto cético, depravado e frívolo. [...] O que hoje me encanta amanhã me enerva, o que hoje me deslumbra amanhã me contraria. [...] Ora me vejo nababo, descansando sobre coxins riquíssimos e embebedando-me de ópio, enquanto formosas mulheres dançam em torno de mim, coroadas de rosas e de pâmpanos, ora sou o milionário moderno – rei do petróleo e do diamante –, possuidor de museus tão célebres como os mais célebres do mundo, de iates maravilhosos, de palácios de trinta andares [...]. (p. 310)

A novidade para com os romances citados é que, em *Nhonhô Rezende*, temos a denúncia da submissão da mulher ao patriarcado arrivista, ao maquiavelismo de homens que buscam apenas casamentos por interesse e são indiferentes à dor que possam causar às jovens. E assim, finalmente, o dândi sai derrotado.

Mas o enredo não se restringe aos episódios de conquista e desilusão amorosa mencionados. Como todo bom romance de costumes, apresenta com acuidade o modo de falar, os ditos populares e as expressões próprias de quem reside na roça – como "sem rei nem roque"; "Cá e lá más fadas há!"; "sus Cristo"; "estes meninos têm o manfarrico no corpo!"; "O homem deu o cavaco! levou-o a breca!"; "Vossemecê, Sá Mariana"; "Juntou-se a fome com a vontade de comer"; "Gato escaldado de água fria tem medo"; "Vancês não calculam o escarcéu!"; "O Zé Libório foi com sede demais ao pote", entre outras, muitas outras.

Da mesma forma, reproduz a linguagem rebuscada e pretensamente sofisticada dos que residem na metrópole, que a todo instante citam autores estrangeiros e frases atribuídas a eles com o intuito de exibir erudição, em meio a gestos esvaziados de espontaneidade.

Também as diferenças entre a vida na cidade e no interior surgem com frequência nas conversas, com elogios ou críticas tanto a um espaço como a outro. Se alguém faz um discurso abominando o luxo, os bailes, as visitas de cerimônia e elevando o campo ao "paraíso", devido à paz e ao sossego que ali existiriam, logo surge alguém para discordar e lembrar que também ali a vida podia ser "brutal", "egoísta", e que foi a fantasia de romancistas que criou a imagem idealizada do campo.

E o painel de tipos interioranos é exemplar com as figuras do sacristão Jacinto e sua mulher apaixonada; de seu Neca, o farmacêutico que não acredita em médicos e só receita óleos e ervas; e de Bebiano, o juiz de paz, "com as suíças fartas e grisalhas penteadas para os lados, à moda inglesa". Assim como os personagens da capital, como Ritinha Alvarenga, a defensora do feminismo que se vestia segundo a moda de Paris; e o visconde do Roseiral, cuja figura fazia papel ridículo em todo círculo de que se aproximava, com "seu curto bigode, pintado de um preto retinto".

Também merece destaque o debate sobre os direitos das mulheres e o feminismo, que surge em diversos momentos da narrativa através de personagens que manifestam diferentes opiniões sobre o assunto. Enquanto alguns se mostram horrorizados com a possibilidade de uma mulher tornar-se advogada ou médica, pois defendem que seu lugar é em casa cuidando do marido e dos filhos, outros aplaudem a emancipação que ocorre nos países europeus, desejando que chegue logo ao Brasil. Quando lembramos que Iracema Guimarães Vilela era amiga de Maria Eugênia Celso e contemporânea de Bertha Lutz, ambas militantes feministas, não é de surpreender que tal tema apareça com tanta acuidade em seu romance.

E *Nhonhô Rezende* reserva ainda uma surpresa aos leitores acostumados com desfechos previsíveis. Até então, o enredo seguia o ritmo conhecido – inicia com a apresentação dos personagens e da trama, seguida pelo desenrolar das cenas até o clímax, que, nesse caso, ocorre com a revelação do golpe e o desmascaramento dos antagonistas, Nestor e Clotilde. Mas, quando o leitor se prepara para o desenrolar plausível das aventuras e desventuras exibidas, a história termina abruptamente no meio de uma cena, como se deixasse para cada um realizar a própria conclusão. Só que não: na verdade, todos os núcleos já estavam fechados e a harmonia havia sido restabelecida no coração e na mente de cada protagonista. Ou seja, a história pode até terminar de forma abrupta, porém já estava concluída com a crítica ao dandismo e ao dom-juanismo.

Com essa reedição de *Nhonhô Rezende*, Iracema Guimarães Vilela, uma das pioneiras no tratamento da condição feminina do início do século XX, quando uma sociedade totalmente nova se desenhava no Brasil, sai novamente das sombras do esquecimento e ressurge para a literatura brasileira.

CONSTÂNCIA LIMA DUARTE é doutora em literatura brasileira pela USP e professora aposentada da Faculdade de Letras da UFMG e da UFRN. Dedicada à pesquisa de literatura de autoria feminina e crítica literária feminista, é autora de *Nísia Floresta: vida e obra* (2008) e uma das organizadoras de *Mulheres em letras: diáspora, memória, resistência* (2019).

© Editora
Carambaia, 2024

Título original
Nhônhô Rezende: romance
[Rio de Janeiro, 1918]

Preparação
Cristina Yamazaki

Revisão
Ricardo Jensen
de Oliveira,
Karina Okamoto
e Tamara Sender

Projeto gráfico
Fernanda Ficher

Imagem da capa
Mirella Marino
(*Dobras*, monotipia,
40 × 60 cm, 2017)

Editora Carambaia
Av. São Luís, 86, cj. 182
01046-000 São Paulo SP
contato@carambaia.com.br
www.carambaia.com.br

Diretor-executivo
Fabiano Curi

Editorial
Diretora editorial
Graziella Beting

Editora
Livia Deorsola

Editora de arte
Laura Lotufo

Editor-assistente
Kaio Cassio

Assistente editorial/
direitos autorais
Gabrielly Saraiva

Produtora gráfica
Lilia Góes

Relações
institucionais
e imprensa
Clara Dias

Comunicação
Ronaldo Vitor

Comercial
Fábio Igaki

Administrativo
Lilian Périgo

Expedição
Nelson Figueiredo

Atendimento ao
cliente e livrarias
Roberta Malagodi

Divulgação/
livrarias e escolas
Rosália Meirelles

Dados internacionais
de catalogação
na publicação (CIP)

Sindicato Nacional dos
Editores de Livros, RJ

J95n
Juruá, Abel
Nhonhô Rezende: romance / Iracema Guimarães Vilela sob pseudônimo de Abel Juruá; posfácio Constância Lima Duarte.
1. ed. – São Paulo: Carambaia, 2024.
400 p.; 21 cm.

ISBN
978-65-5461-050-6

1. Romance brasileiro.
I. Vilela, Iracema Guimarães.
II. Duarte, Constância Lima.
III. Título.

23-87027
CDD: 869.3
CDU: 82-31(81)
Meri Gleice
Rodrigues de Souza –
Bibliotecária –
CRB-7/6439

O projeto gráfico deste livro teve como ponto
de partida três características presentes na
história: a ruptura de um amor, os dois lados
de uma escolha e os desejos velados.

As escolhas gráficas buscam reafirmar a presença
feminina, uma vez que o livro foi escrito em
uma época em que autoras assinavam suas obras
com codinomes masculinos, para desse modo
driblarem a invisibilidade. Assim, a tipografia
é a Lygia, desenhada pela designer de tipos
Flavia Zimbardi, e o desenho que estampa a
capa é da artista visual Mirella Marino.

O livro foi impresso em Pólen Soft 80 g/m²
na Geográfica, em janeiro de 2024.

Este exemplar é o de número

0582

de uma tiragem de 1.000 cópias